口絵❖山本タカト「馬妖記」
デザイン❖ミルキィ・イソベ

中公文庫

今古探偵十話

岡本綺堂読物集五

岡本綺堂

中央公論新社

目次

附録

今古探偵十話

岡本綺堂読物集五

口絵　山本タカト

今古探偵十話

ぬけ毛《げ》

一

暮春《ぼしゅん》の一夜《いちや》、例の青蛙堂《せいあどう》で探偵趣味の会合が催されたことは、已《すで》に前巻の『探偵夜話《やわ》』に紹介したが、当夜は意外の盛会で、最初は十五六人の予定であつたのが、あとから又七八人も不意に押掛けて来て、それからそれへと種々《いろいろ》の新しい話が出た。そこで、わたしは『青蛙堂鬼談《きだん》』の拾遺《しゅうい》として更《さら》に『近代異妖編』を綴つたやうに、今度もまた『探偵夜話』の拾遺として、更に『探偵十話』を綴ることにした。前巻に掲《かか》げた話は殆《ほとん》ど皆《みな》その舞台を現代に取つたものであるが、今度の舞台は単に現代ばかりでなく、江戸時代、桃山《ももやま》時代、又は支那、南洋にまで亙《わた》つてゐるので、話題の範囲が頗《すこぶ》る広い。したがつて、前巻に比較して、又何等《なんら》かの特色があるかも知れない。

C《シー》君は語る。

これは僕の友人の飯塚《いいづか》君の話である。飯塚君は薬剤師で、まだ三十を越したばかりであるが、細君《さいくん》もあれば子供もある。その飯塚君が一昨年《おととし》の夏のはじめに上州《じようしゆう》の温泉場《おんせんば》へ行つて、二週間ほど滞在してゐた。その当時飯塚君は軽い神経衰弱に罹《かか》つてゐるのであつた。夏の初めであるから東京の客はまだ来ない。殊《こと》に東京の客のあまり来さうもない方面を選んで行つたのであるから、猶更《なおさら》のことである。丁度養蚕《ようさん》の季節であるから土地の人達は勿論《もちろん》来ない。広い旅館は殆ど飯塚君一人のために経営されてゐるやうな姿で、かれは悠暢《のびやか》な気分で当座の四五日を送つてゐた。

いかに旬外《しゆんはず》れでも、毎日こんなことでは旅館が流石《さすが》に行き立つわけのものでない。まだ一週間とは経《た》たない某日《あるひ》のゆふ方に、三組《みくみ》の客が殆ど同時に落ち合つて来た。その二組はそれ〴〵の座敷へ案内されて、飯塚君とはなんの交渉もなかつたが、その一組はすこしく彼の平和を破つた。旅館の番頭はかれの座敷へ来て、ひどく気の毒さうに斯《こ》う云ひ出した。

『まことに申兼《もうしか》ねましたが、お座敷を換《か》へて頂きたいと存じます。こんなことを申上げましては相済まないのでございますが、何分《なにぶん》にもお客様が御承知なさらないもんでございますから。』

居馴染《いなじ》んだ座敷を取換へるのは、誰でも心持のよくないものである。殊にあとから来た客のために追ひ立てられるのかと思ふと、飯塚君は決して好《い》い心持はしなかつた。

『なぜ取換へろと云《い》ふのだ。』と、彼は詰《なじ》るやうに訊《き》き返した。

こつちの顔色が良くないので、番頭も困つたらしい。彼はいよ〳〵恐縮したやうに小鬢《こびん》をかきながら又云つた。

『いえ、どうも相済みませんので……。なにしろ御婦人方は色々の御無理を仰《おつ》しやるもんですから。』

番頭の説明によると、先月の末から今月へかけて半月以上もこの三番の座敷に滞在してゐた二人の女客があつた。それが帰つてから二日目に飯塚君が来て、入れ換《かわ》つて彼等の座敷の主人《あるじ》となつたのである。勿論この奥座敷の三番の座敷は、畳も新しい、造作《ぞうさく》も綺麗である。殊に東の肱掛窓《ひじかけまど》をあけると、上州の青い山々は手がとゞきさうに近く迫つて、眼の下には大きい池が横《よこた》はつてゐる。池のほとりには葉桜のあひだから菖蒲《しょうぶ》の花の白いのが見える。その眺望といひ、造作といひ、この旅館では先《ま》づ一等の好い座敷であるから、誰《たれ》しもこゝを望むのは人情で、彼《か》の女客も今度こゝへ来た時には矢張《やはり》この座敷へ入れてくれと約束して帰つた。併《しか》しそれがいつ来るとも判らないので、旅館の方ではそのあとへ来た飯塚君をこゝへ案内してしまつた。すると、その女客が今日また突然に遣《や》つて来て、前の約束を楯《たて》に取つて是非とも三番へ案内しろと云ふのであつた。もう先客があるといふ事情を訴へても、女客はなか〳〵承知しない。番頭も持余《もてあま》して、飯塚君のところへ拠《よんどこ》ろない無理を頼みに来たのである。その無理は番頭の方でもよく承知してゐるので、彼はあやまるやうにして飯塚君に頼んだ。

頼まれてみれば忌《いや》とも云へない義理になつて、飯塚君は不愉快ながら承知した。

『では、仕方がない。すぐに他《ほか》へ引越すのか。』

『まことに恐れ入りますが、六番の方へどうか御引移りを願ひます。いえ、お急ぎでなくとも宜《よろ》しうございます。あちらのお二人は唯今《ただいま》お風呂へ行つてゐらつしやいますから。』

この交渉は面倒で少し手間取ると思つたので、番頭は兎《と》もかくも女客を風呂場へ追ひ遣《や》つて置いて、それから此方《こちら》へ掛合ひに来たらしい。飯塚君が今度引移るといふ六番の座敷に、彼《か》の女客の荷物のたぐひを仮に運び込んであると番頭は云つた。

『いえ、六番のお座敷だつて決して悪くはないのでございます。どうか彼処《あすこ》で我慢して頂かうと存じまして、一旦《いつたん》あすこへ御案内したのですけれども、あちら様がどうしても御承知なさらないので……。』とかれは繰返して説明した。

『よろしい。先方《むこう》の荷物が置いてあるんぢや直《すぐ》に行《い》くといふわけにも行くまい。先方が風呂から揚《あが》つて来たら報《しら》せて呉《く》れたまへ。』

『かしこまりました。』

番頭が幾度もお辞儀をして立去つたあとで、飯塚君は手廻りの道具などを片附けはじめた。さうして一種のおちつかないやうな不愉快な心持で、六番の客が風呂からあがつて来るのを待つてゐたが、女二人はなか〳〵戻つて来ないらしかつた。それから小《こ》一時間も経つたかと思ふ頃に、番頭が再びこの座敷へ顔を出した。

『どうも御無理を願ひまして相済みません。六番のお客様がお風呂からおあがりになりましたから、何《ど》うぞあちらへ……。』

かう云ひながら番頭はすぐに座敷へ入つて来て、飯塚君の鞄や手廻りの道具をずん〳〵運び出した。それにつゞいて飯塚君も座敷を出ると、廊下で二人連れの女客に出会つた。その女達はほかの女中《じよちゆう》に自分の荷物を持たせてゐた。飯塚君を三番の座敷から追ひ出した事情を彼等も承知してゐると見えて、ふたりの女は摺《す》れ違ひながら飯塚君に会釈《えしやく》した。

『どうも色々の我儘《わがまま》を申しまして相済みません。』と、一人の若い女が小腰《こごし》をかゞめて叮《てい》嚀《ねい》に云つた。

『いえ、どうしまして。』

それぎりで両方は別れてしまつた。六番の座敷におちついて、飯塚君はすぐに風呂場へ行つて来ると、長い日ももう暮れ切つて、八畳の座敷には薄明るい電燈が点《つ》いてゐた。五番の座敷から廊下が折れ曲つて、その方向《むき》はまるで変つてしまつたので、飯塚君は今までの眺望をすつかり奪はれた。眼隠しのやうに植ゑてある中庭の槐樹《えんじゆ》や碧桐《あおぎり》が、欄干《てすり》の前に大きい枝をひろげてゐるのも鬱陶《うつとう》しかつた。今まで空座敷《あきざしき》になつてゐたので、床《とこ》の間《ま》には花も生けてなかつた。

床の間に列《なら》んだ違《ちが》ひ棚の上に鏡台《きようだい》が据ゑてあつたので、飯塚君は湯あがりの髪を繕《つくろ》はうとして鏡台の前に行つた。その抽斗《ひきだし》をあけると小さい櫛《くし》が出た。櫛の歯がすこし湿つてゐるのは、前の女達が湯あがりの髪を搔《か》きあげたのではないかと思はれて、櫛の歯には二三本の長い髪の毛が絡《から》み付いてゐた。それをすぐに使ふのはなんだか気味が悪いので、飯塚君は半紙《はんし》でその脱毛《ぬけげ》を拭《ふ》き取つて、その紙を引《ひ》んまるめて抽斗の奥へ押込んで、それから櫛を持ち直して鏡にむかつた。

『どうも遅《おそ》なはりました。』

お勝《かつ》といふ若い女中が夕飯《ゆうめし》の膳を運んで来た。彼女も座敷換への事情を知つてゐるので、気の毒さうに云つた。

『ほんたうに済みません。どうぞ悪《あし》からず思召《おぼしめ》してください。あちら様が是非三番でなけりや忌《いや》だと仰《おつ》しやるもんですから、帳場でも困つてしまひまして……。』

『あの人達はたび〱来るの。』と、飯塚君は箸《はし》を把《と》りながら訊いた。

『い丶え、先月初めて入《い》らしつたんです。こ丶は閑静《しずか》で大層気に入つたと仰しやつて、帰ると又すぐに出直して入らしつたんですよ。え丶、この前の時もやつぱりお二人連れで、そりや本当にお静《しずか》で、一日黙つてゐらつしやるんですの。尤《もつと》もこ丶らに何にも見る所もありませんけれど、滅多《めつた》に外へ出るやうなこともありませんし、お風呂へ這入《はい》る時のほかは唯《ただ》おとなしく坐つてゐらつしやるんです。』

『病人かい。』

『いゝえ、さうでも無いやうです。一人の方は可愛《かわい》らしい方《かた》ですよ。あなた御覧になりませんか。』

『さつき廊下で摺れ違つたけれど、薄暗いのでよく判《わか》らなかつたが、そんなに美《い》い女かい。』と、飯塚君は箸を休めて又訊いた。

『えゝ、まつたく可愛らしい方ですよ。まるで人形のやうな、あれでも既《も》う二十歳《はたち》か二十一ぐらゐでせうね。もう一人の方はひどい近眼で、この方も同い年ぐらゐですが、やつぱり悪い御容貌《ごきりよう》ぢやありません。』

『どこの人だい。』

『東京の小石川の方《かた》で、何でもよつぽど良《い》い家《うち》のお嬢さん達でせうね。』

『良い家の若い娘達がたつた二人ぎりで何日《いつ》も来るんだね。』

『さうです。』

『すこし変だな。』

『変でせうか。』

そのうちに飯を食《く》つてしまつたので、お勝は膳を引いて行つた。それほどの美しい娘達が附添ひも無しに温泉場へたび〳〵来るといふのが、なんだか飯塚君の気にかゝつた。明日《あした》になつたら明るいところで能《よ》く其《その》正体を見とゞけようと思ひながら、東京から持つて行つた探偵小説を少しばかり読んだ後《のち》に、飯塚君は例《いつも》のやうに早くから寝床に這入つたが、座敷が変つたせゐか、今夜は眼が冴えて眠られなかつた。神経衰弱で兎《と》かくに不眠勝《がち》の彼は、もう斯《こ》うなつたら如何《いか》に焦つても眼瞼《まぶた》が合はなかつた。無理に眼を瞑《と》ぢても、頭のなかは澄んだやうに冴えてゐた。

幾たびか輾転《ねがえり》をしてゐるうちに、夜はだん〳〵に更《ふ》けて来て、そこらの池で蛙《かわず》の声が騒々しくきこえた。飯塚君は這《は》ひ起きて、枕もとに置いてあつた葡萄酒を一杯飲んだ。さうして、再び衾《よぎ》のなかへ潜《もぐ》り込んだときに、廊下を忍ぶやうに歩いて来るらしい足音が微《かす》かに響いた。飯塚君は枕に顔を押付けたまゝで耳を澄ましてゐると、その上草履《うわぞうり》の音は彼の座敷の外にとまつた。猶《なお》も耳を澄《すま》してゐると、外の人は身体《からだ》を少し屈《かが》めて、障子《しようじ》の腰《こし》硝子《がらす》を透《すか》して座敷の内《うち》をそつと窺《うかが》つてゐるらしかつた。

云ひ知れない恐怖が飯塚君を脅《おびや》かした。かれは薄く眼をあいて、これも硝子を透《とお》して外の様子を窺ふと、硝子にはつきりと映つてゐるのは若い女の白い顔であつた。と思ふ間もなく、その白い顔は忽《たちま》ち消えて、低い草履の音は三番の座敷の方へだん〳〵に遠くなつた。

二

暁方になつてやう〳〵にうと〳〵と眠り付いたので、あくる朝飯塚君が眼を醒《さ》ましたのはもう七時を過ぎた頃であつた。早々に楊枝《ようじ》を啣《くわ》へて風呂場へ出かけてゆくと、そこには誰もゐなかつた。一人でゆつくりと、風呂に浸《ひた》つて、半分乾いてゐる流しへ出てくると、風呂番の男が待つてゐた。いつものやうに背中を流して貰ひながら、飯塚君は風呂番に訊いた。

『三番の女連《おんなづれ》はもう風呂へ這入《はい》つたのかね。』

『はあ。もう一時間ばかり前に……。あの人達はいつも早いんですよ。』

『大変に美《い》い女だと云ふぢやないか。』

『さうです。どちらも好い容貌《きりよう》ですね。可哀《かわい》さうに一人はひどい近眼で、まるで盲目《めくら》も同様ですよ。風呂に這入るときには、いつでも片方《かたつぽう》の人に手をひいて貰つてゐるんですが、それでも危《あぶな》くつて兢々《はらはら》するくらゐですよ。』

『そりやお気の毒だな。』

一方がそれほどの近眼であるとすれば、ゆうべ自分の座敷を覗《のぞ》きに来たのは、もう一人の美しい可愛《かあい》らしい女でなければならない。彼女はなんの必要があつて、夜更《よふけ》によその座敷を窺ひに来たのか、飯塚君の好奇心はいよ〳〵募つて来た。好奇心といふよりも、彼はその当時なんとも云へない恐怖心に支配されてゐたので、いはゆる怖いもの見たさで、その女達の身の上を切《せつ》に探り知りたかつた。

なぜ怖ろしいのか、それは飯塚君自身にもよく判《わか》らなかつたが、彼は夜更に自分の座敷を覗きに来た美しい女が唯《ただ》なんとなく不気味であつた。彼はその女達の身の上について、風呂番の口から何かの秘密を探り出さうと試みたが、それは結局失敗に終つた。ふたりの女は風呂番に対して殆《ほとん》ど口を利《き》いたことがないと云ふのであつた。飯塚君は失望して自分の座敷へ帰つた。

帰つて彼は鏡台にむかつた。櫛を出さうとして其抽斗《そのひきだし》をあけると、ゆうべの引《ひ》ん丸めた紙片《かみきれ》が隅《すみ》の方に転《ころ》がつてゐて、その紙のあひだから脱毛《ぬけげ》の端があらはれてゐた。飯塚君はなんといふ気も無しに、再びその紙片を把《と》つて眺めると、漆《うるし》のやうに黒く美しい脱毛の色が彼の注意を惹《ひ》いた。昨夜《ゆうべ》は電燈の暗い光でよく気が注《つ》かなかつたが、その毛の色沢《いろつや》がどうも普通でないらしいので、飯塚君はその毛の一筋《ひとすじ》をぬき取つて、座敷の入口の明るいところへ持つて出て、碧桐の若葉を洩《も》れて玉のやうに輝く朝日の前に、その毛を透《すか》してよく視《み》ると、色も光沢《つや》も普通の若い女の髪の毛でなかつた。飯塚君は薬剤師であるだけに、それが一種の毛染薬《けぞめぐすり》を塗つたものであることを直《すぐ》に発見した。

『あの女は白髪染《しらがぞめ》を塗《ぬ》つてゐるのか。』

飯塚君が昨夜《ゆうべ》この櫛を手に把《と》つたときに、櫛の歯がまだ湿つてゐたのから考へると、この脱毛《ぬけげ》はどうしても彼の女客の髪でなければならない。少《すくな》くも彼等の一人は白髪染を塗つてゐるのである。美しい若い娘……その一人の髪は薬剤を以《もつ》て黒く彩《いろど》られてゐるのである。かう思ふと飯塚君は急に気の毒になつた。寧《むし》ろ惨《いじ》らしいやうな気にもなつた。

彼はその黒髪を自分の口の先へ持つて行つて、廊下から庭へ軽く吹き落《おと》した。さうして、自分の臆病を笑つた。ゆうべ自分の座敷を覗きに来たのは、おそらく夜ふけを待つて白髪染を塗り直す積《つも》りであつたに相違ない。若い女に取つては大事の秘密である。もしや其《その》秘密を誰《たれ》かに窺《うかが》はれはしないかと云ふ危虞《おそれ》から、自分の座敷に最も近いこの六番の座敷をそつと覗きに来たのであらう。かれらが無理に自分を追ひ立てゝ、三番の奥まつた座敷を選んだ理由も大抵は氷 釈《ひようしやく》すると共に、飯塚君はいよ〳〵自分の臆病が可笑《おか》しくなつた。訳もない恐怖に脅《おびや》かされて、さなきだに尖《とが》つてゐる神経をいよ〳〵尖らせて、ゆうべ一夜《ひとよ》を殆ど不眠状態で明《あか》してしまつた自分の愚さが悔まれた。

それにつけても、彼はその女達がどんな人間であるかを見極めたいと思つたが、なるほど宿《やど》の女中の云ふ通り、三番の女客は自分の座敷に閉籠《とじこも》つたぎりで、殆ど廊下へも出たことはなかつた。奥まつた座敷であるから、わざとそこへ行《ゆ》かない限りは、その座敷の前を通り過ぎる機会もなかつた。女中のお勝が午飯《ひるめし》の膳を運んで来た時に、飯塚君は彼女に訊いた。

『三番のお客はどうしてゐるね。』

『いつもの通り、黙つてゐらつしやるんです。なにか訳があるんでせうね。』

『さうだらう。風呂へはたび〳〵行《い》くかい。』

『大抵朝早くと、それから夕方の薄暗い時と、一日に二度ぐらゐですね。』

『そのほかは黙つて坐つてゐるのだね。』

『さうですよ。』と、お勝はうなづいた。『それでも時々に短冊を出して、なにか歌のやうなものを書いてゐることがあります。絵具を持ち出して水彩画のやうなものを描いてゐることもあります。けれども、大抵は黙つてしよんぼりと俯向《うつむ》いてゐることが多いやうです。考へてみると少し変ですね。』

一種の退屈凌《しの》ぎと好奇心とが一緒になつて、飯塚君はしきりに白髪染の女の素姓《すじよう》を探り出したくなつた。午後になつて、彼は散歩に出るついでに旅館の帳場に寄つて、番頭に頼んで宿帳をみせて貰ふと、彼《か》の女客の住所は東京小石川区白山《はくさん》とあつて、ひとりは金田《かねだ》春子二十歳、他《た》は高津藤江《たかつふじえ》二十二歳と記《しる》されてあつた。

『近眼の人はどつちだね。』と、飯塚君は番頭に訊いた。

『近眼の方《かた》は年上の御婦人です。しかし鳥渡《ちよつと》見ると、どちらも同い年ぐらゐにしか思はれません。』

云ひかけて番頭は急に口を噤《つぐ》んでしまつたので、飯塚君も気がついて見かへると、噂の主《ぬし》は二人連れで恰《あたか》もこゝへ出て来たのであつた。番頭は叮嚀に会釈した。

『御運動《ごうんどう》でございますか。今日《こんにち》はよいお天気で結構でございます。御《ご》ゆつくり行つていらつしやい。』

女達はたゞ首肯《うなず》いたばかりで、店の者の直してくれた草履《ぞうり》を突《つ》つかけて徐《しず》かに表《おもて》へ出て行つた。偶然の機会で疑問の女二人をしみ〴〵と見ることが出来たので、飯塚君はかれらの頭の天辺《てつぺん》から爪先《つまさき》まで見落すまいと、眼を据ゑてぢつと見つめてゐるうちに、二人の姿は旅館の門前から左へ切れて、葉桜《はざくら》の繁つてゐる池の方へ遠くなつた。

『絵でもお描きなさるんでせうね。』と、番頭は云つた。飯塚君もさうであらうと思つた。ひとりの女は片手に連《つれ》の女の手をひきながら、片手には絵具箱らしいものを持つてゐた。

宿帳に偽名を記《しる》してゐない限りは絵を描かうとするらしい廿歳《はたち》ばかりの女が金田春子であつた。春子は女としては脊《せい》の高い肉附《にくづき》のよい方《ほう》で、色の白い眼の美しい、なるほど宿の者の褒《ほ》めるのも嘘はないと思はれるやうな可愛らしい顔を有《も》つてゐた。その白い顔を一層引立たせるやうに、大きい庇髪《ひさしがみ》が湿《ぬ》れた鴉《からす》のやうに艶々《つやつや》しく輝いてゐるのが飯塚君の眼をひいて、白髪染の主は彼女に相違ないと思はれた。他《た》のひとりは高津藤江でなければならない。これも春子と同じくらゐの脊恰好《せいかつこう》であつたが、肉は彼女よりも痩せてゐた。透明《すきとお》るやうな色の白い細面《ほそおもて》で、や、寂しい冷い感じのするのを瑕《きず》にして、これも立派な令嬢らしい気品を具《そな》へてゐた。彼女は度の強さうな眼鏡をかけて、殆ど探るやうな覚束《おぼつか》ない足どりで歩いてゐた。

飯塚君もあとから旅館の門を出た。見ると、彼《か》の二人は睦《むつ》まじさうに肩をならべて池の方へ徐《しず》かに歩いてゆくらしかつた。その池はおよそ千坪《つぼ》ぐらゐであらう。汀《みぎわ》には青い葦《よし》や芦《あし》がところ〴〵に生ひ繁つて、その間には野生らしい菖蒲《しょうぶ》が乱れて白く咲いてゐた。まん中の水は青黒く淀《よど》んで、小さい藻《も》の花が夢のやうに白く浮んでゐるのを飯塚君は知つてゐた。自分も矢《や》はりその池の方角へ足を向けようとしたが、若い女達のあとを尾《つ》けてゆくやうに思はれても悪いと遠慮して、飯塚君はわざと反対の右の方角を取つて行つた。

右の方には広い桑畑が見果てもなしに拡がつてゐるばかりで、なんの風情《ふぜい》も眺望《ながめ》もなかつた。しかも方向《むき》が悪いので、もう夏らしい白昼《まひる》の日光は帽子の庇《ひさし》をきら〳〵射《い》て、飯塚君は長く歩いてゐるのに堪へられなくなつた。ステツキを振りながら旧《もと》の旅館の方へ引返《ひつかえ》して来ると、池の汀《みぎわ》には彼《か》の二人の佇《たたず》んでゐる後姿《うしろすがた》が小さく見えたので、飯塚君の足は自然にその方へひかれて行つた。池は旅館の門前から一町《いつちよう》ほども距《はな》れた所にあつて、上州の山々は葉桜の梢《こずえ》に薄暗く横《よこた》はつてゐた。

だん〳〵に近《ちかづ》くに連れて、二人の姿ははつきりと飯塚君の眼に這入つた。春子は葉桜の立木《たちき》をうしろにして、汀の石に腰をおろして、この古池の夏景色をスケツチしてゐるらしかつた。藤江はおなじ立木に倚《よ》りかゝつて、春子の絵筆の動くのを覗《のぞ》いてゐるらしかつた。かうなると、今までの遠慮は消え失せてしまつて、飯塚君はやはり一種の探偵になりたくなつた。彼は足音をぬすんで、かれ等《ら》から少し距《はな》れた木の蔭《かげ》へ忍んで行つて、なにげなく池を眺めてゐるやうな風を粧《よそお》ひながら、耳と眼とを絶えず其方《そつち》へ働かせてゐると、やがて藤江は背後《うしろ》から何か囁《ささや》いたらしく、春子は振仰いでこれに何か答へてゐるらしかつた。両方の声が低いので、飯塚君の耳には殆ど聴き取れなかつたが、唯《ただ》これだけのことが切れ

〴〵に洩《も》れてきこえた。
『暑いから止《よ》したらどうです。』と、近眼の女は云つた。『そんなに急がないでも……。』
『でも、三日ぐらゐには……。』と、絵筆を持つてゐる女は云つた。『それでないと……。もしも此処《ここ》へ誰か来ると……。一日も早く描いてしまつて……。一日も早く……。生きてゐるとお互ひに……。』

飯塚君は又悸然《ぎよつ》とした。この切れ〴〵の詞《ことば》を継ぎあはせて考へると、この二人には何か生きてゐられない事情でもあるらしく思はれた。彼は呼吸《いき》をつめて聴き澄ましてゐたが、それから先はなんにも聴き取れないので、少し焦《じれ》れつたくなつて既《も》う一足《ひとあし》進み寄らうとする時に、かれの抱へてゐたステッキの先が桜の幹に軽くこつりと触れた。

その軽い音も神経の鋭い女達の耳にはすぐに響いたらしい。ふたりは同時に振向いて、春子は飯塚君にむかつて黙礼した。飯塚君も黙つて会釈すると、春子は急に絵具箱を片附けはじめた。

三

その晩から陰《くも》つて来て、あくる日は朝から降り暮らした。飯塚君は絶えず三番の座敷に注意してゐたが、ふたりは薄暗い座敷に閉籠つたぎりで、相変らず沈黙の一日を送つてゐるらしかつた。雨はその晩も降り通して、次の日は矢はり暗かつたが、午後からは流石《さすが》に小歇《こやみ》になつて時々に鈍い日の光が薄く洩れた。二時をすこし過ぎたかと思ふ頃に、春子は足音を忍ばせて六番の座敷の前を通つて行つた。飯塚君はわざと知らない顔をして俯向《うつむ》いてゐたが、彼女が例のスケッチに行くらしいことは、その携帯品を見てもすぐに覚《さと》られた。

近眼の藤江を残して、けふは春子一人でスケッチに出たのは、降りつゞいた雨揚《あめあが》りで路《みち》の悪いせゐかも知れないと思ひながら、飯塚君はなにごころなく廊下へ出て、欄干《てすり》から中庭をみおろしてゐる中《うち》に、白いハンカチーフが裏梯子《うらばしご》のあがり口《くち》に落ちてゐるのを発見した。こゝを通るものは三番の客のほかにはない。きつと彼《か》の春子が落して行つたのであらう。飯塚君は兎も角もそれを拾つてみると、普通の新しい絹ハンカチーフで別に名前などは繍《ぬ》つてなかつた。併《しか》しそれが春子の所持品であることは判り切つてゐるので、彼はそれを手がかりにして近眼の客に接近しようと考へた。

若い女ひとりの座敷を不意に訪問するのは余り無遠慮《ぶえんりよ》だとは思ひながら、飯塚君はもうそんなことを考へてゐられなかつた。彼はセル地《じ》の単衣《ひとえ》の前をかき合はせて、三番の座敷の前に立つた。それから小腰《こごし》をかゞめて内《うち》を覗かうとして少し驚いた。廊下にむかつた障子の腰硝子には、いつの間にか内から白い紙が貼付けてあつた。飯塚君は外から声をかけた。

『御免ください。』

内《うち》では返事をしなかつた。飯塚君は重ねて呼んだ。

『御めん下さい。』

『はい。』と、内から低い返事がきこえた。

『あの、失礼でございますが、お連《つれ》の方がハンカチーフを廊下に落してお出でになりましたから、鳥渡《ちよつと》おとゞけ申しにまゐりました。』

『あゝ左様《さよう》でございましたか。それはどうも恐れ入ります。』

やがて障子を細目にあけて、眼鏡をかけた若い女の顔があらはれた。

『これはお連の方のでございませう。』

飯塚君はハンカチーフを差出すと、藤江は眼を皺《しわ》めて透《すか》すやうに眺めてゐた。

『わたくしにも能《よ》く判りませんが、多分さうでございませう。廊下に落ちて居りましたか。』

『裏梯子のあがり口に落ちて居りました。今出て行く時にお落《おと》しなすつたのでせう。』

『さうでございませう。兎も角もおあづかり申して置きます。』と、藤江は叮嚀に礼を云つた。『どうも御親切にありがたうございました。』

『今日はあなたは御一緒にお出掛けにならないのですか。』

『はい。何分《なにぶん》にも路が悪いのに、わたくしはこの通り近眼でございますから。』

『お眼はよほどお悪いのですか。』

『零度に近いのでございます。』

『零度……。それは御不自由でございませうね。』と、と、飯塚君も同情するやうに云つた。

『盲目《めくら》も同然でございます。お察しください。』

気の毒になつて飯塚君もしばらく黙つてゐると、藤江は沈んだ声でこんなことを訊いた。

『あなたも今日は御散歩《ごさんぽ》にいらつしやいませんか。』

『さあ。路が悪いので何《ど》うしようかと思つてゐます。ちつと雨が降ると、こゝらは甚《ひど》い泥濘《ぬかるみ》になりますからね。』

『左様でございますね。』と、藤江は失望したやうに軽く首肯《うなず》いた。『ですけれども、いつそ雨の降つた方が宜《よろ》しうございます。あなたは……昨日《さくじつ》あの池の縁《ふち》へ散歩にいらしつたやうでございますね。』

『はあ。まゐりました。お連の方が熱心にスケッチをしておいでのやうでした。』

『御覧になりましたか。』

藤江の顔色は見る〳〵陰《くも》つた。彼女は細い嘆息《ためいき》をつきながら云つた。

『あの、あなたは明日《みようにち》も散歩にいらつしやいますか。』

『天気ならばまゐります。』

『やはり昨日《きのう》の時刻でございますか。』

『いつと決まつたこともありませんが、まあ大抵あの時刻に出て行きます。』

何故《なぜ》そんなことを詮議するのかと、飯塚君もすこし不思議に思つてゐると、藤江は幾たびか躊躇《ちゆうちよ》してゐるらしかつたが、やがて思ひ切つたやうに斯《こ》う云つた。

『あの、まことに相済みませんが、明日《みようにち》も明後日《みようごにち》も……。丁度あの時刻に池のところへ入《い》らしつて下さる訳にはまゐりますまいか。』

別にむづかしいことでもないので、飯塚君はすぐに承知した。併《しか》しその理由を知りたいので、かれは何気なく捜索《さぐり》を入れた。

『しかし折角熱心に描いておいでの所へ、無暗《むやみ》に近寄るのはお邪魔ぢやありませんかしら。現に一昨日《おととい》もわたくしが何心なくお傍《そば》へ行きますと、お連の方はあわてゝ止《や》めてお仕舞《しま》ひになつたやうですから。』

藤江は悲しさうな顔をして黙つてゐた。

『いや、わたくしの方は些《ちつ》とも構ひません。』と、飯塚君は云ひ足した。『そちらさへお邪魔でなければ、わたくしは屹《きつ》と拝見に出ます。』

『あなたが傍《そば》へ入らしつたら、あの方《かた》は絵を止《や》めるかも知れません。止めても構ひません。止める方があの方の為にもなり、わたくしの為にもなりますから。』

飯塚君はいよ〳〵判らなくなつて来た。彼はどうかして此《こ》の謎を解きたいと燥《あせ》つた。

『あの方は何を描いてゐるのです。やはりあの池の風景をスケツチしてゐるのですか。』

『さうでございます。あの方は水彩画が非常にお上手なんですから。』

『そんなら猶《なお》のこと、わたくし共《ども》がお邪魔をしては悪いでせう。』と、飯塚君は腑《ふ》に落ちないやうに首をかしげて見せた。

『ですけれども……。』と、云ひかけて藤江は急に俯向いた。眼鏡の下をくゞつて落ちる涙の雫《しずく》が蒼白い頰に糸をひいて流れるのを、飯塚君は見逃さなかつた。

『いや、今も申す通り、お邪魔をする方が好《い》いと云ふことならば、わたくしは幾らでもお邪魔をしますよ。どうせ毎日退屈して遊んでゐるのですから、何時《いつ》でもお邪魔にまゐります。が、同じお邪魔をするにしても、その理由がこつちの頭に這入つてゐますと、非常に都合が好いと思ふのですが……。』

『それは申上げられません。どうぞお訊きくださいますな。』と、藤江はきつぱり断つた。『唯《ただ》わたくし共を可哀さうだと思召《おぼしめ》して、わたくしが唯今お願ひ申したことを御承知くだされば、まことに有難いと存じます。』

『では、なんにも伺ひますまい。さうして毎日あの方がスケツチするお邪魔に出ませう。』と、飯塚君は約束した。

『ありがたうございます。』と、藤江は感謝の頭をさげた。『さうして、あなたは何日頃《いつごろ》まで御逗留でございます。』

『もう一週間ぐらゐは滞在してゐようかと思ひます。』

『もう一週間……。』

藤江は頼りないやうに再び深い嘆息をついた。鈍い日光はいつか隠れて、庭の若葉の影が急に黒《くろ》んで来たかと思ふと、細かい雨が又しと〳〵と降り出した。飯塚君は暗い空をみあげた。

『又降つて来ました。』

『降つてまゐりましたか。』

彼女も眼鏡越しに空の色を仰いで、ほつとしたやうに呟《つぶや》いた。

『でも、あの方は困つておいでゞせう。』

四

不思議な役目を受合つて、飯塚君は自分の座敷へ帰つたが、彼はなんだか夢のやうであつた。春子が池のほとりへ行つて風景をスケッチする、それを自分が毎日妨害にゆく……。それが春子の為でもあり、藤江の為でもあると云ふのは、そこに一体どんな秘密が忍んでゐるのであらう。どう考へても彼はその要領を掴むことが出来なかつた。

併《しか》しこゝに二つの材料が列《なら》べられてある。春子は白髪染《しらがぞめ》を用ゐてゐる。藤江は盲目に近い近眼である。若い女達としては何方《どちら》も悲しいことに相違ない。さうした不幸な女同士が繋《つな》がり合つて、比較的にさびしいこの温泉場《おんせんば》に忍んでゐる以上、彼等のうしろに暗い影が附《まつ》き絆はつてゐることは想像するに難《かた》くない。生きてゐるとお互の……一昨日《おとゝい》彼の池《いか》のほとりで春子の口から洩れた一句がそれを証明してゐるやうに思はれて、飯塚君はまた悚然《ぞつ》とした。いつそ帳場の者に注意して、警察へ早く密告した方が安全であらうとも思つたが、それを表沙汰《おもてざた》にして若い女ふたりに恥辱《ちじよく》をあたへるのは、何だか忍びないやうにも思はれて、飯塚君はそれを断行するほどの勇気も出なかつた。

春子はやがて湿《ぬ》れて帰つて来た。飯塚君の代りに、けふは雨が彼女の邪魔をしたのである。飯塚君は藤江の安心したやうな顔色を想像しながら、タオルをさげて風呂場へ行つた。風呂からあがつて帰つて来ると、それを待つてゐたやうに春子が彼の座敷へ来て、さつきのハンカチーフの礼を云つた。しかし藤江とは違つて、彼女は用のほかには何にも云はないで早々に行つてしまつた。雨は夕方から夜にかけて小歇《こや》みなしに降りつゞいた。

白髪染を用ゐてゐる若い女と、殆ど盲目《もうもく》に近い若い女と、その運命について飯塚君は色々に考へさせられた。それにつけても何とも想像の付かないのは、春子のスケッチ問題であつた。藤江はなぜ他人に頼んでそのスケッチの妨害をして貰はうと云ふのか。それがどうして二人の為であるのか。飯塚君はそれからそれへと駈け廻つてゆく空想に耽《ふけ》つて、今夜も安らかには眠られさうもなかつた。客の少い旅館は早く寝静まつて、十一時頃には広い家中《うちじゆう》に物の音もきこえなくなつた。雨には風が少しまじつたらしく、庭の若葉が時々にざは〳〵と鳴つてゐた。

廊下を柔《やわら》かに踏んで来る上草履《うわぞうり》の音が低くきこえたので、飯塚君は油断なしに耳を引立《ひきた》てゝゐると、それは三番の方から響いて来るらしかつた。飯塚君は枕を顔に押付けながら、薄く眼をあいて障子の方をうかゞつてゐると、草履の音は果《はた》してこの座敷の前に停まつた。つゞいて腰硝子に映る女の顔を飯塚君はひそかに想像してゐると、彼女は座敷の外に立つたまゝで内《うち》の様子を窺つてゐるらしく、障子の紙に触れる袂《たもと》の音がさらり〳〵と微《かすか》にきこえた。どうするかと、息を忍ばせて耳を澄ましてゐると、やがて障子の外から低い声で案内を求めた。

『もうお寝《やす》みでございますか。』

それは春子の声であつた。飯塚君は半身を起《おこ》してすぐに答へた。

『いや、まだ起きてゐます。どうぞお這入りください。』

『這入りましても宜《よろ》しうございますか。』

『どうぞ御遠慮なく……。』と、飯塚君は促すやうにはつきり云つた。

『では、御めんください。』

障子を窃《そつ》とあけて、春子は影のやうにすうと這入つて来た。それでも無論に遠慮して、男ひとりの枕もとから努《つと》めて遠いところに淑《つつま》しやかに坐つてゐた。

『なんぞ御用ですか。』

『先刻《せんこく》はどうもありがたうございました。』と、春子は再び叮嚀に礼を云つた。『夜分遅く出ましてまことに失礼でございますが、少々うかゞひたいことがございまして……。』

『はい。』と、飯塚君はうなづいた。

『あの、あなたは先刻《せんこく》わたくしの留守に、ハンカチーフをおとゞけ下さいましたが、その時にわたくしの連《つれ》の方《かた》があなたに何か申上げましたかしら。』

『いゝえ、別に……。』

飯塚君は先《ま》づ曖昧に答へると、春子は蛇のやうな眼をして相手の顔をぢつと見込んだ。彼女はその返答を疑つてゐるらしかつた。

『まつたく何にも申上げませんでしたか。』

『何故そんなことをお訊《たず》ねなさるのです。』と、飯塚君の方から逆襲した。

『いゝえ、ほんたうに何にも申上げなければ宜しいんですが……。もしやあの方が何かお話し申しはしまいかと存じまして……。』

『いやハンカチーフをお渡し申すと、わたくしはすぐに帰つて来ました。なにしろ御婦人一人のところに長くお邪魔をしてゐるわけには行《い》きませんから。』

『御《ご》もつともでございます。どうも夜分お妨《さまた》げをいたしました。お休みなさいまし。』

春子は消えるやうに出て行つてしまつた。飯塚君はあとから窃《そつ》とその座敷を窺ひに行かうかとも思つたが、夜ふけに若い女達の寝床《ねどこ》を覗きにゆくのも余りに気が咎《とが》めるので、そのまゝに衾《よぎ》を引《ひ》つ被《かぶ》つたが、とても落付いて眠られる筈はなかつた。よそながら、三番の座敷の動静に気を配つて、たうとう夜の明けるまでまんじりともしなかつたが、三番の方ではこそりといふ音も聞えなかつた。

　暁方《あけがた》から雨はやんで、あくる日は上州一面の大空が青々と晴れ渡つてゐた。爽快《さわやか》な朝の空気のなかに庭一杯の若葉が湿《ぬ》れて匂つてゐた。早朝に風呂に這入つて、不眠の重い頭を冷い水で洗つて、飯塚君は少しはつきりした気分になつて、自分の座敷へふら〳〵戻つてくると、風呂場へ通ふ渡り廊下の中ほどで春子と藤江とに出会つた。

『お早うございます。』

　飯塚君の方から先づ声をかけると、ふたりの女も会釈して通つた。両方が摺《す》れ違ふときに、春子が嶮《けわ》しい眼をして此方《こつち》をぢろりと見返つたらしいのが、飯塚君の注意をひいた。

　午後になると、ふたりの女は繋《つな》がつて外へ出た。それから少し間《ま》を置いて、飯塚君もつゞいて出た。藤江との約束があるので、彼はすぐに池の方角へ忍んでゆくと、二人のすがたは果してそこに見出された。春子は矢はり熱心にスケツチしてゐるらしかつた。藤江はそのそばに佇《たたず》んでゐた。飯塚君は木《き》の間《あいだ》をくゞつて段々にそこへ近寄ると、春子は真先に振向いた。彼女は怖い眼をして飯塚君を睨《にら》んだが、又すぐに寂しい笑顔を粧《つく》つた。

『御散歩《ごさんぽ》でございますか。』

『好《い》い天気になりました。』と、飯塚君も笑ひながら云つた。『なか〳〵御勉強《ごべんきよう》ですね。』

『いゝえ、どう致しまして……。』と、春子は忌《いや》な顔をして眼を反《そら》してしまつた。

藤江は哀《あわれ》みを乞《こ》ふやうな眼をして飯塚君をそつと視たが、これもすぐに眼を伏せて、足下《あしもと》の葦《よし》の根に流れよる藻の花をながめてゐた。邪魔をするのが自分の役目である以上、飯塚君は早々にこゝを立去るわけには行《ゆ》かないので、彼はなにかの話題を見つけ出して、それからそれへと休み無しに話しかけると、春子はよんどころなしに手を休めて受答へをしてゐたが、堪《た》へがたい憎悪と嫌忌《けんき》の情が彼女の少し蒼ざめた顔にあり〳〵と泛《うか》んでゐた。自分がかうして邪魔をしてゐることが、春子に取つては非常の苦痛であるらしいことを飯塚君もよく察してゐたが、その仔細はやはり判らなかつた。

どんな事情があるのか知らないが、いかにも苦痛に堪へないやうな春子の顔附をいつまでも残酷に眺めてゐるのは、飯塚君としても随分辛《つら》い仕事であつた。藤江との約束がなければ無論立去るのであるが、一旦《いったん》それを受合つたかぎりは其《その》義務を果さなければならないと、飯塚君も辛抱して一時間ほどもそこに立つてゐた。いつまで居ても際限《はてし》がない。もうこゝらでよからうと思つたので、彼はふたりの女に会釈して池のほとりを離れた。春子の方でもほつとしたであらうが、飯塚君も実にほつとした。さうして、飛んでもない役目を引受けたのを悔《くや》むやうな気にもなつた。

もう一つ、かれに不安をあたへたのは、春子の凄愴《ものすご》いやうな眼の光であつた。彼女は飯塚君と迷惑さうな会話を交換しながら、とき〳〵にその凄愴い眼を走らせて藤江の方を見返つてゐた。それは獲物を狙ふときの蛇の眼であつた。飯塚君はなんといふことも無しに藤江といふ女が可哀《かあい》さうになつて来た。

『ひよつとすると、あの春子といふのは実は女装した男で、藤江といふ可憐《かれん》の女を誘拐して来てゐるのではあるまいか。』

飯塚君はそんなことまでも考へるやうになつた。さうして、旅館の門前《もんぜん》までぶら〳〵引《ひつ》返《かえ》して来たが、俗に胸騒ぎと云ふのでもあらうか、ある怖ろしい予覚が突然に彼の胸に湧《わ》いて来た。自分の立去つたあとで、あの二人はどうしたであらうか。それが何だか気にかゝつてならないので、飯塚君は急に方向を変《か》へて、もとの池の方へ再び忍んで行つた。午後二時ごろの日光は桜の青葉を白くかゞやかして、そこらで蛙《かわず》の鳴く声が閑寂《しずか》にきこえた。そよりとも風の吹かない日で、大きい池の面《おもて》は一つの皺《しわ》をも見せないで、平《たいら》かに淀んでゐた。

飯塚君がふたりの女に一旦別れて再びこゝへ引返《ひつかえ》して来るまでに、多く見積つても十五分を過ぎない筈であつた。その短い時の間《ま》に、ふたりの上にどういふ急激の変化が起つたのか知らないが、春子と藤江との影が池の汀《みぎわ》に縺《もつ》れあつて闘つてゐるらしかつた。闘つてゐると云ふよりも、微弱な抵抗を試みてゐる藤江を春子が無理無体に引摺つて行かうとしてゐるらしかつた。飯塚君はいよ〳〵驚いて駈寄らうとする間《ひま》に、藤江は春子にするする〳〵と引摺られて行つて、池の底へ見る〳〵沈んでしまつた。

呆気《あつけ》に取られて少時《しばらく》は口も利《き》けなかつたが、飯塚君はやがて大きな声で人を呼んだ。自分も水泳の心得があるので、すぐに衣服《きもの》をぬいで水のなかへ飛び込むと、池は想像以上に深かつた。飯塚君の声を聞きつけて、遠い桑畑から三四人の男が駈けて来た。かれらも飯塚君に力を協《あわ》せてやう〳〵に二人の女を水の底から担《かつ》ぎあげると、二人ともに既う息《もう》はなかつた。春子は藤江をしつかりと抱へてゐた。汀には描きかけた水彩画の紙がずた〳〵に引き裂かれて落ち散つてゐた。

五

温泉旅館に滞在してゐる若い女二人が同時に池に沈んだのである。土地の騒ぎは云ふまでもない。ふたりは旅館へ運ばれて、いろ〳〵に手当を加へられたが、春子はどうしても生きなかつた。藤江は幸ひにその魂を呼び返された。しかし彼女は口を噤《つぐ》んで何事も打明けなかつた。あまりに神経を興奮させてはよくないといふ医師《いし》の注意によつて、駐在所の巡査も取調べを中止して一旦引き揚げた。

春子の死体は別室に移された。藤江は矢張《やはり》三番の座敷に横《よこた》はつてゐた。その枕許《まくらもと》には宿の女中が交《かわ》る〳〵に坐つてゐた。夜《よ》の九時頃である。飯塚君がその容態《ようだい》を見にゆくと、女中のお勝が看病に来てゐた。

『どうです。その後は……。』

『もう大丈夫だとお医師《いしや》も云つてゐました。』と、お勝は囁《ささや》いた。『今は少しうと〲と眠つてゐらつしやるやうですよ。』

『さう。』と、飯塚君も安心して枕もとに坐つた。さうして藤江の真蒼《まつさお》な顔を差覗《さしのぞ》くと、彼女は薄く眼をあいた。

『どうです。心持はもう快《よ》うござんすか。』

『色々と御厄介になりまして相済みません。』と、藤江は微《かす》かに云つた。

『あなたはもう大丈夫です。御安心なさい。』

『もう一人の方《かた》は……。』

飯塚君はお勝と顔をみあはせた。

『もう不可《いけ》ませんか。』と、藤江はそれを察したらしく云つた。

なまじひに隠すのは悪いと思つて、飯塚君は正直に事実を話した。それからお勝を遠ざけて、かれは藤江に諭《さと》すやうに云ひ聞かせた。

『そこで、春子さんといふ人がもう不可《いけ》ないとすると、宿の方でも相当の手続きをしなければなりません。先刻《さつき》すぐに東京へ電報をかけると、小石川にはそんな者はゐないといふ返事が来ました。もう斯《こ》うなつたら仕方がありませんから、あなた方の身分や本名《ほんみよう》を正直に云つてくれませんか。』

藤江は蒲団《ふとん》に顔を押付けて黙つてゐた。

『一体あの春子さん……無論偽名でせうが……といふ人はどこの人です。』と、飯塚君は又訊いた。『あの人はなぜ毛染薬を用ゐてゐるのですか。』

びつくりしたやうに藤江は顔をあげた。

『あなた、どうして御存じです。』

『わたくしの座敷の鏡台の抽斗《ひきだし》から彼《あ》の人の脱毛《ぬけげ》を発見しました。わたくしは薬剤師です。その脱毛になにが塗付《ぬりつ》けてあるかと云ふことは直《すぐ》に判ります。』

藤江は又しばらく黙つてゐた。

『わたくしの邪推かも知れませんが、あの人はそれを苦にして、或《あるい》はそれが何かの原因となつて、死なうと思ひ詰めたのぢやありませんか。』と、飯塚君はかさねて云つた。

一々に星を指《さ》されたらしく、藤江は俯向いて考へてゐたが、たうとう思ひ切つたやうに起き直つた。彼女は電燈のひかりを恐れるやうに眼を皺《しわ》めながら、潤《うる》んだ睫毛《まつげ》を幾たびか瞬《しばたた》いた。

『皆さんにも御心配をかけまして重々《じゆうじゆう》相済みません。おつしやる通り、あの方《かた》が死んでしまつた以上は、もういつまでも隠してゐるわけにはまゐりません。宿帳《やどちよう》に記《しる》してありますのは皆んな偽名で、あの方は矢田秋子《やだあきこ》さんと仰《おつ》しやるのでございます。わたくしは宮《みや》島辻子《じまつじこ》と申します。』

矢田と宮島、この二つの姓を一緒にならべられて、それが二つながら富豪の実業家であるらしいことを飯塚君は思ひ出した。試《こころ》みにその親達の名を指《さ》して訊くと、藤江の辻子はそれに相違ないと答へた。

『矢田秋子さんは何《ど》ういふものか子供の時から白髪が多くて、十六七の頃にはもう七十以上の女のやうに真白になつてしまひました。秋子さんはひどくそれを苦に患《や》んで白髪染の薬を始終《しじゆう》塗《ぬ》つてゐましたが、努《つと》めてそれを秘密にしてゐたので、ほんたうに仲の好《よ》い二三人の御友達のほかには、世間では誰も知らないやうでした。』

『すると、あなたも親友のお一人なのですね。』

『はい。』と、辻子は眼をふきながら答へた。『御覧の通り、わたくしもまた子供の時から強い近眼で、十七八の頃から盲目同様になつてしまひました。宿帳にはわざとわたくしを年上のやうに書いて置きましたが、実は秋子さんと同い年で、どちらも今年廿歳《はたち》でございます。どちらにも斯《こ》ういふ欠陥があるもんですから、自然に二人が特別に親《した》しくなつて、まるでほんたうの姉妹《きようだい》のやうに、どんな秘密も明かし合つて親密に交際してゐました。さうして、二人ともに一生独身で暮さうと約束しました。ところが、この二月頃になつて秋子さんに結婚の話が始まつたのでございます。』

云ひかけて辻子はすこし躊躇《ちゆうちよ》した。飯塚君はあとを催促するやうに追ひ掛けて訊いた。

『では、その結婚問題から面倒が起つたのですね。』

『まあ、さうでございます。これはわたくしの邪推ばかりでなく、大勢の人達から確《たしか》に聞きましたところでも、秋子さんは大層その縁談に気乗りがしてゐた様でした。その相手の男の名は申されませんが、それは立派な青年紳士でございます。一生独身で暮らすと約束しながら……併《しか》しそれも秋子さんの身になつて無理もないことだと存じまして、わたくしも蔭ながら其《その》縁談の滑《なめら》かに進行することを祈つて居りますと、いよ〳〵と云ふ間際《まぎわ》になつて先方から破談になりました。誰が洩《もら》したのか知りませんけれど、白髪染の秘密が相手の男の耳に這入つたのださうです。わたくしも心からお気の毒に思ひました。秋子さんも非常に失望して、その当座は毎日泣いてゐたとか云ふことです。ところが、こゝに不幸なことは、その縁談の相手の男といふのはわたくしの家《いえ》の親戚にあたる者で、わたくしも平素《ふだん》から識《し》つてゐるのでございます。で、秋子さんは……何だかわたくしを探《うたが》つてゐるらしいのです。白髪染の秘密はわたくしの口から洩れたのではないかと疑つてゐるやうにも思はれるのです。つまり独身生活の約束を破らうとするのを妾《わたくし》が怨《うら》んで、故意に秋子さんの縁談に邪魔を入れたと、かう思つてゐるらしいのでございます。秋子さんは其《それ》以来、いつそ死にたい死にたいと口癖のやうに云つてゐましたが、先月の中旬になつていよ〳〵わたくしにも一緒に死んでくれと云ひ出したのでございます。』

秋子の我儘《わがまま》を憎みながらも、飯塚君は黙つて聴いてゐると、辻子は一息ついて又語り出した。

『その時にいつそきつぱりと断《ことわ》つたら好《よ》かつたかも知れません。無論、わたくしも一応は秋子さんに意見をしましたが、秋子さんはどうしても肯《き》かないのでございます。そればかりでなく、わたくしも盲目同様の身の上で生きてゐても詰《つ》まらないと思つたことも、今までに無いことはございません。第一にわたくしの心を寂《さび》しくさせたのは、秋子さんの結婚問題でございます。いゝえ、同性の恋などと云ふ、そんな間違つたことぢやありませんけれども、一生屹《きつ》と独身で押通すとあれほど堅く誓つて置きながら、勝手にその約束を破らうとする。して見ると、親友などと云ふものも決して的《あて》にはならないものだと思ひまして、実を申せばなんだか此世《このよ》が頼りないやうな果敢《はか》ないやうな、寂しい悲しい心持になつてゐるところへ、秋子さんからその相談をかけられて、わたくしもたうとう其気《そのき》になつてしまひました。それから二人は親の金を持ち出して、どこか人の知らないところで死なうと約束して、先づこゝへまゐりました。ところが御承知の通り、先月の末《すゑ》には毎日のやうに雨が降りましたので、どうすることも出来ませんでした。』

『雨が降つたので……。』と、飯塚君は腑《ふ》に落ちないやうな顔をした。自殺と花見とは同一でない以上、なにも天気を択《えら》む必要もなさゝうに思はれた。

『それには訳があるのでございます。秋子さんは水彩画が大層お上手ですから、後《のち》の形見に自分の死場所をスケッチして、世の中に残して置きたいといふ考へで、こゝの池の景色を描かうとしたのですが、雨が降りつゞくので一足《ひとあし》も外へ出ることが出来ません。東京の家《うち》の方でも屹《きつ》と秘密に捜索してゐるに相違《さうい》ないと思ひますと、いつまでも一つ所に滞在してゐるのは不安だと思ひまして、ふたりは到頭こゝをあきらめて、近所の山の中の温泉場へまゐりましたが、こゝは案外に雑沓《ざつとう》してゐますので、やつぱり先《せん》のところが好《い》いと云ふことになつて、もう一度こゝへ引返《ひつかえ》してまゐりましたのでございます。かうして彼地此地《あつちこつち》さまよつて居ります中《うち》に、わたくしの考慮《かんがえ》はだん〳〵に変つてまゐりまして、何のために死なうとするのかはつきりと判らなくなつて来ました。わたくしはやつぱり生きてゐたくなりました。しかし秋子さんはもう堅く思ひつめてゐるので、わたくしの意見などは何《ど》うしても肯《き》きません。殊《こと》にわたくしの決心がだん〳〵鈍《にぶ》つて来たらしいのを見て、わたくしの挙動を厳重に監視するやうになりました。秋子さんは何《ど》うしてもわたくしを一緒に殺さうとしてゐるのでございます。それは前にも申上げた通り白髪染の秘密をわたくしが洩《もら》したと疑《うたが》つてゐる故《せい》もありませう。わたくしも一旦約束した以上、秋子さんを振捨てゝ逃げようとは思ひません。又、逃げようとしても秋子さんが逃がしますまい。所詮《しよせん》どうすることも出来ない運命と覚悟はしてゐながらも、一寸逃《いつすんのが》れに一日でも、長く生きてゐたいやうな未練から、こつちへ今度まゐりましても雨のつゞくのを祈つて居りました。秋子さんが池のスケツチを描きあげる日がわたくし共《ども》の最後の日でございます。あなたに邪魔をしてくれとお願ひ申したのも其為《そのため》でございましたが、それが禍《わざわい》の種《たね》になつて、たうとうこんなことが出来《しゆつたい》してしまひました。』

これで一切の事情は判明した。この長い話を聴いてゐるうちに、飯塚君は女といふものに就《つ》いて色々のことを考へさせられた。

『さうすると、まだ其《そ》の水彩画を描きあげないうちに、突然死ぬことになつたのですね。』

『秋子さんはわたくしがあなたに何か頼みはしないかと疑《うたが》つてゐたのでございます。ところへ、あなたが今日《きよう》わたくし共《ども》のあとを追つてお出《い》でになりまして、いつ迄もスケッチの邪魔をしてゐたのを見て、いよ〳〵それに相違ないと思ひつめてしまつたのでございませう。あなたの後姿《うしろすがた》が見えなくなると、秋子さんは描きかけてゐる彼《あ》の絵をずた〳〵に引裂いてしまつて、もう一刻も躊躇してはゐられないから、さあ直《すぐ》に一緒に死なうと突然云ひ出したのでございます。わたくしは何だか急に怖ろしくなりましたが、逃げる訳にも参りません。大きい声を出す訳にもまゐりません。唯《ただ》おど〳〵して顫《ふる》へてゐますのを秋子さんは無理無体に引摺つて行つて……。それから先は何にも存じません。』

二人の女の身許《みもと》が確《たしか》にわかつたので、宿からはすぐに電報を打つと、あくる日の午前中に両方の家《いえ》から迎ひの者が来て、死んだ女と生きた女とを秘密に受取つて行つた。

三番の座敷はこれで空《あ》いたが、飯塚君は再びそこへ戻る気にもなれなかつた。それでも一度その空座敷《あきざしき》へ這入つて、そつと鏡台の抽斗をあけて見ると、薄気味の悪い女の脱毛が隅の方から沢山に見出された。それにはみな毛染の薬が血のやうに黒く沁《し》みてゐた。

女侠伝《じよきようでん》

一

I《アイ》君は語る。

秋の雨のそぼ降る日である。わたしはK《ケー》君と、支那《しな》の杭州《こうしゆう》、彼《か》の西湖《せいこ》のほとりの楼外楼《ろうがいろう》といふ飯館《はんかん》で、支那のひる飯《めし》をくひ、支那の酒を飲んだ。後《のち》に芥川龍之介氏の『支那游記《ゆうき》』をよむと、同氏もこゝに画舫《がぼう》をつないで、槐《えんじゆ》と梧桐《ごどう》の下で西湖の水をながめながら、同じ飯館の老酒《ラオチユー》を啜《すす》り、生姜煮の鯉《こい》を食《く》つたと記《しる》されてゐる。芥川氏の来たのは晩春の候《こう》で、槐や柳の青々した風景を叙してあるが、わたしがこゝに立寄つたのは、秋もやうやく老《お》いんとする頃で、梧桐は勿論、槐にも柳にも物悲しい揺落《ようらく》の影を宿《やど》してゐた。わたし達も好んで雨の日を択《えら》んだわけではなかつたが、ゆうべは杭州の旅館に泊まつて、けふは西湖を遊覧する予定になつてゐたのであるから、空模様のすこし怪《あや》しいのを覚悟の上で、いはゆる画舫なるものに乗つて出ると、果《はた》して細かい雨がほろ〳〵と降りかゝつて来た。水を渡つてくる秋風も薄ら寒い。型《かた》のごとくに蘇小《そしょう》の墳《ふん》、岳王《がくおう》の墓、それからそれへと見物ながらに参詣《さんけい》して、彼《か》の楼外楼の下《した》に画舫をつないだ頃には、空はいよ〳〵曇つて来た。差して強くも降らないが、雨はしと〳〵と降《ふ》りしきつてゐる。漢詩人ならば秋雨《しゅうう》蕭々《しょうしょう》とか何とか歌ふべきところであらうが、我々俗物は寒い方が身にしみて、早く酒でも飲むか、あたゝかい物でも喰《く》ふかしなければ凌《しの》がれないと云ふので、船を出ると早々に彼《か》の飯館に飛び込んでしまつたのである。

酒をのみ、肉を喰つて、やゝ落ちついた時にK君はおもむろに云ひ出した。

『君は上海《シャンハイ》で芝居をたび〳〵観《み》たらうね。』

わたしが芝居好きであることを知つてゐるので、K君はかう云つたのである。私《わたし》はすぐに首肯《うなず》いた。

『観たよ。支那の芝居も最初はすこし勝手違ひのやうだが、たび〳〵観てゐると自然に面白くなるよ。』

『それは結構だ。僕は退屈凌《しの》ぎに行つてみようかと思ふこともあるが、最初の二三度で懲《こ》りてしまつたせゐか、どうも足が進まない。』

彼は支那の芝居ばかりでなく、日本の芝居にも趣味を有《も》つてゐない男であるから、それも無理はないと私は思つた。趣味の違つた人間を相手にして支那の芝居を語るのは無益であると思つたので、わたしはその問答を好加減《いいかげん》にして、更《さら》に他《た》の話題に移らうとすると、けふのK君は不思議にいつまでも芝居の話をくり返してゐた。

『日本でも地方の芝居小屋には怪談が往々《おうおう》伝へられるものだ。どこの小屋では何の狂言を上演するのは禁物《きんもつ》で、それを上演すると何かの不思議があるとか、どこの小屋の楽屋には誰かの幽霊が出るとか、色々の怪しい伝説があるものだが、支那は怪談の本場《ほんば》だけに、田舎の劇場などには矢《や》はり此《こ》のたぐひの怪談が沢山あるらしいよ。』

『さうだらうな。』

『そのなかにこんな話がある。』と、K君は語り始めた。『前清《ぜんしん》の乾隆《けんりゆう》年間のことださうだ。広東《カントン》の三水県《さんすいけん》の県署の前に劇場がある。そこで或日、包孝粛《ほうこうしゆく》の芝居を上演した。包孝粛は宋《そう》時代の名判官《めいはんがん》で、日本でいへば大岡様と云ふところだ。その包孝粛が大岡捌《さば》きのやうな段取りで、今や舞台に登つて裁判を始めようとすると、ひとりの男が忽然《こつねん》と彼の前にあらはれたと思ひたまへ。その男は髪をふりみだし、顔に血を染めて、舞台の上にうづくまつて、何か訴ふる所があるらしく見えた。併《しか》し狂言の筋から云ふと、そんな人物がそこへ登場する筈《はず》ではないから、包孝粛に扮してゐる俳優は不思議に思つてよく見ると、それは一座の俳優が仮装したではなくして、どうも本物らしいのだ。』

『本物……幽霊か。』と、わたしは訊いた。

『さうだ。どうも幽霊らしいのだ。それが判ると、包孝粛も何もあつたものぢやない。その俳優はあつと驚いて逃げ出してしまつた。観客《けんぶつ》の眼には何も見えないのだが、唯《ただ》ならぬ舞台の様子におどろかされて、これも一緒に騒ぎ出した。その騒動があたりに聞《きこ》えて、県署から役人が出張して取調べると、右の一件だ。しかしその幽霊らしい者の姿はもう見えない。役人は引返《ひつかえ》してそれを県令《けんれい》に報告すると、県令はその俳優をよび出して更に取調べた上で、お前はもう一度、包孝粛の扮装《ふんそう》をして舞台に出てみろ、さうして、その幽霊のやうなものが再び現れたらば、こゝの役所へ連れて来いと命令した。』

『幽霊を連れて来いは、無理だね。』

『勿論無理だが、そこが支那のお役人だ。』と、K君は笑つた。『俳優も困つたらしい顔をしたが、お役人の命令に背《そむ》くわけには行《ゆ》かないから、兎《と》もかくも承知して帰つて、再び包孝粛の芝居をはじめると、幽霊は又出て来た。そこで俳優は怖々《こわごわ》ながら云ひ聞かせた。おれは包孝粛の姿をしてゐるが、これは芝居で、ほんたうの人物ではない。おまへは何か訴へることがあるなら、役所へ出て申立《もうした》てるがよからう。行きたくばおれが案内してやると云ふと、その幽霊はうなづいて一緒に附いて来た。そこで、県署へ行つて、堂に登ると、県令はどうしたと訊く。あの通り、召連《めしつ》れてまゐりましたと堂下《どうか》を指《ゆび》さしたが、県令の眼にはなんにも見えない。県令は大きい声で、おまへは何者かと訊いたが、返事もきこえない。眼にもみえず、耳にもきこえないのであるから、県令は疑つた。彼は俳優にむかつて、貴様《きさま》は役人をあざむくのか、その幽霊はどこにゐるのかと詰問《きつもん》する。いや、そこに居《お》りますと云つても、県令には見えない。俳優もこれには困つて、なんとか返事をしてくれと幽霊に催促すると、幽霊はやはり返事をしない。併《しか》し彼は俄《にわか》にたち上つて、俳優を招きながら門外へ出てゆくらしいので、俳優はそれを県令に申立てると県令は下役《したやく》ふたりに命じてその跡を追はせた。幽霊のすがたは俳優の眼にみえるばかりで、余人《よじん》には見えないのであるから、俳優は案内者として先に立つてゆくと、幽霊は町を離れて野道《のみち》にさしかゝる。さうして、およそ数里、日本の約一里も行つたかと思ふと、やがて広い野原にゆき着いて、一つの大きい塚の前で姿は消えた。その塚は村で有名な王家《おうけ》の母の墓所であることを確《たしか》めて、三人は引返《ひつかえ》して来た。』

『幽霊は男だね。』と、わたしは又訊いた。『男の幽霊が女の墓に這入《はい》つたと云ふわけだね。』

『それだから少し可怪《おかし》い。県令はすぐに王家の主人をよび出して取調べたが、なんにも心当りはないと答へたので、本人立会《たちあい》の上でその墓を発掘してみると、土の下から果《はた》して一人の男の死体があらはれて顔色《がんしよく》生けるが如くにみえたので、県令は扨《さて》こそといふ気色《けしき》でいよ〳〵厳重に吟味したが、王はなか〳〵服罪しない。自分は決して他人の死骸などを埋《うず》めた覚えはない。自分の家《いえ》は人に知られた旧家であるから、母の葬式には数百人が会葬してゐる。その大勢の見る前で母の柩《ひつぎ》に土をかけたのであるから、他人の死骸なぞを一緒に埋めれば、誰《だれ》かの口から世間に洩《も》れる筈《はず》である。まだお疑ひがあるならば、近所の者を一々お調べくださいと云ふのだ。』

『併《しか》しその葬式が済んだあとで、誰かゞ又その死骸を埋めたかも知れないぢやないか。』

『そこだ。』と、K君は首肯《うなず》いた。『支那の役人だつて、君の考へるくらゐの事は考へるよ。県令もそこに気が注《つ》いたから、更に王にむかつて、おまへは墓の土盛りの全部済むのを見とゞけて帰つたかと訊問《じんもん》すると、母の柩を納めて、その上に土をかけるまでを見とゞけて帰つたが、塚《つか》全体を盛りあげるのは土工《どこう》にまかせて、その夜のうちに仕上げたのであると答へた。支那の塚は大きく築き上げたのであるから柩に土をかけるのを見とゞけて帰るのが先づ普通で、王の仕方に手落ちはなかつたが、さうなると更に土工を吟味しなければならない。県令はその当時埋葬に従事した土工等を大勢よび出してみると、いづれも相貌兇悪《きようあく》の徒《やから》ばかりだ。彼等の顔を一々睨《ね》めまはして、県令は大きい声で、貴様達は怪《け》しからん奴等《やつら》だ、人殺しをして其儘《そのまま》に済むと思ふか、証拠は歴然、隠しても隠し果《おお》せる筈はないぞ、さあ真直《まつすぐ》に白状しろと頭から叱り付けると、土工等は蒼《あお》くなつて顫《ふる》へ出した。さうして、相手のいふ通り、真直に白状に及んだ。その白状によると、彼等は徹夜で王家の塚の土盛りをしてゐたところへ、ひとりの旅人が来かゝつて松明《たいまつ》の火を貸してくれと云つた。見ると、彼は重さうに銀嚢《かねぶくろ》を背負つてゐるので、土工等は忽《たちま》ちに悪心《あくしん》を起して、不意に鉄の鋤《すき》をふりあげて彼《か》の旅人をぶち殺してしまつて、その銀《かね》を山分けにした。死体は王家の母の柩の上に埋《うず》めて、又その上に土を盛り上げたので、爾来《じらい》数年のあひだ、誰も知らなかつたと云ふわけだ。』

『すると、幽霊はその旅人だね。』と、わたしは云つた。『併し幽霊になつて訴へるくらゐなら、なぜ早く訴へなかつたのだらう。さうして又、舞台の上にあらはれるにも及ぶまいぢやないか。』

『そこには又、理窟がある。土工等は旅人を殺して、その死体の始末をするときに、かうして置けば誰も覚《さと》る気づかひは無い。包孝粛のやうな偉い人が再び世に出たら知らず、さもなければ迚《とて》もこの裁判は出来まいと云つて、みんなが大きい声で笑つたさうだ。それを旅人の幽霊といふのか、魂《たましい》といふのか、兎《と》もかくも旅人の死体が聞いてゐて、今度こゝの劇場で包孝粛の芝居を上演したのを機会に、その名判官の前に姿をあらはしたのだらうと云ふのだ。土工等も余計なことを饒舌《しゃべ》つたばかりに、見《み》ごと幽霊に復讐《ど》されたわけさ。支那にはこんな怪談は幾らもあるが、包孝粛は遠いむかしの人だから何うすることも出来ない。そこで幽霊がそれに扮《ふん》する俳優の前にあらはれたと云ふのは鳥渡《ちよつと》面白いぢやないか。いや、話はこれからだん〳〵に面白くなるのだ。』

K君は茶を啜《すす》りながらにや〳〵笑つてゐた。雨はいよ〳〵本降《ほんぶ》りになつたらしく、岸の柳が枯れか、つた葉を音も無しにふるひ落してゐるのも侘《わび》しかつた。

二

わたしは黙つて茶を啜《すす》つてゐた。併《しか》し今のK君の最後のことばが少し判らなかつた。包孝粛の舞台における怪談はもうそれで解決したらしく思はれるのに、彼はこれからが面白くなるのだといふ。それがどうも判らないので、わたしは表《おもて》をながめてゐた眼をK君の方へ向けて、更にそのあとを催促するやうに訊いた。

『さうすると、その話は済まないのかね。何かまだ後談《ごだん》があるのかね。』

『大いに有るよ。後談がなければ詰《つ》まらないぢやないか。』と、K君は得意らしく又笑つた。『今の話はこゝへ来たので思ひ出したのさ。その後談はこの西湖のほとりが舞台になるのだから、その積《つも》りで聴いてくれたまへ。その包孝粛に扮した俳優は李香《りこう》とか云ふのださうで、以前は関羽《かんう》の芝居を売物にして各地を巡業してゐたのだが、近ごろは主として包孝粛の芝居を演じるやうになつた。さうして、広東の三水県へ来て、こゝでも包孝粛の芝居を興行してゐると、前に云つたやうな怪奇の事件が舞台の上に出来《しゅつたい》して、王家の塚を発掘する事になつたのだ。土工の連累者《れんるいしゃ》は十八人といふのであるが、何分《なにぶん》にも数年前《ぜん》のことだから、その中《うち》の四人はどこかへ流れ渡つてしまつて行方《ゆくえ》が判らない。残つてゐる十四人はみな逮捕されて重い処刑に行はれたのは云ふまでもない。たとひ幽霊の訴へがあつたにもせよ、かうして隠れたる重罪犯を摘発し得《え》たのは、李香の包孝粛に因《よ》るのだからと云ふので、県令からも幾らかの褒美が出た。王の家でも自分の墓所《はかしよ》に他人の死体が合葬《がつそう》されてゐるのを発見することが出来たのは、やはり李香のおかげであると云つて、彼に相当の謝礼を贈つた。県令の褒美は勿論形《かた》ばかりの物であつたが、王家は富豪であるから可《か》なりの贈物があつたらしい。』

『かうなると、幽霊もありがたいね。』

『まつたく有難い。おまけにそれが評判になつて、包孝粛の芝居は大入りといふのだから、李香は実に大当りさ、李香の包孝粛がその人物を写し得て、いかにも真に迫ればこそ、寃《えん》鬼《き》も訴へに来たのだらうと云ふことになると、彼の技藝にも箔《はく》が附くわけで、万事が好都合、李香に取つては幽霊様々と拝み奉《たてま》つツても好《い》いくらゐだ。彼はこゝで一ケ月ほども包孝粛を打ちつゞけて、懐《ふとこ》ろをすつかり膨《ふく》らせて立去つた——と、こゝまでの事しか土地の者も知らないらしく、今でもその噂が炉畔《ろはん》の夜話《よばなし》に残つてゐるさうだが、扨《さて》その後談だ。それから李香はやはり包孝粛を売物にして、各地方を巡業してあるくと、広東の一件がそれからそれへと伝はつて——勿論、本人も大いに宣伝したに相違ないが、到るところ大評判で、興行成績も頗《すこぶ》る良《い》い。今までは余り名の売れてゐない一個の旅役者に過ぎなかつた彼が、その名声も俄《にわか》に揚《あが》つて、李香が包孝粛を出しさへすれば大入りは屹《きつ》と受合《うけあ》ひと云ふことになつたのだから偉いものさ。かうして三四年を送るあひだに、彼は少からぬ財産をこしらへてしまつた。なにしろ金はある。人気はある。彼は飛ぶ鳥も落しさうな勢ひでこの杭州へ乗込んで来ると、こゝの芝居も素派《すば》らしい景気だ。しかし人間はあまりトン〳〵拍子にゆくと、兎かくに魔がさすもので、李香はこの杭州にゐるあひだに不思議な死方《しにかた》をしてしまつた。』

『李香は死んだのか。』

『それがどうも不思議なのだ。李香はこの西湖のほとりの、我々がさつき参詣《さんけい》して来た蘇《そ》小小《しようしよう》の墓の前に倒れて死んでゐたのだ。身体には何の傷のあとも無い。たゞ眠るがごとくに死んでゐるのだ。さあ、大騒ぎになつたのだが、彼がなぜこんなところへ来て死んでしまつたのか、一向《いつこう》にわからない。なにしろ人気役者が不思議な死方をしたのだから、世間の噂は区々《まちまち》で、種々さま〴〵の想像説も伝へられたが、もとより取留めた証拠があるわけではない。併《しか》しその前日の夜ふけに、彼が凄《すご》いほど美しい女と手をたづさへて、月の明るい湖畔《こはん》をさまよつてゐたのを見た者がある。それはこの西湖の画舫《がぼう》の船頭《せんどう》で、十日ほど前に李香は一座の者五六人とこゝへ遊びに来て、誰もがするやうに画舫に乗つて、湖水のなかを乗りまはした。人気商売であるから、船頭にも余分の祝儀をくれた。殊《こと》にそれが当時評判の高い李香であるといふので、船頭もよくその顔を見おぼえてゐたのだ。その李香が美しい女と夜ふけに湖畔を徘徊してゐる――どこでも人気役者には有勝《ありが》ちのことだから、船頭も深く怪《あやし》みもしないで摺れ違つてしまつたのだが、扨《さて》かういふことになると、それが船頭の口から洩れて、種々のうたがひが其の美人の上へかゝつて来た。』

『それは当りまへだ。そこで、その美人は何者だね。』

『まあ、待ちたまへ。急いぢやあいけない。話はなか〳〵入り組んでゐるのだから。』と、K君は焦《じ》らすやうに、わざとらしく落ちつき払つてゐた。

秋の習《ならい》といひながら、雨は強くもならず、小歇《こや》みにもならない。先刻《さつき》から殆《ほとん》ど同じやうな足並でしと〳〵と降りつゞけてゐる。午《ひる》を過ぎてまだ間もないのに、湖水の上は暮れかゝつたやうに薄暗く烟《けむ》つてゐた。

『李の死んだのは何日《いつ》だね。』と、わたしは表をみながら又訊いた。

『む、。それを云ひ忘れたが、なんでも春のなかばで、そこらの桃の花が真紅《まつか》に咲いて、おひ〳〵に踏青《ふみくさ》が始まらうといふ頃だつた。さうだ、支那人の詩《し》にあるぢやないか――孤《こ》憤《ふん》何《なんぞ》関《かんせん》児《じ》女事《じよのこと》、踏青《とうせい》争《あらそつて》上《のぼる》岳王墳《がくおうのふん》――丁度まあ其頃で、場面は西湖、時候は春で月明《げつめい》の夜《よ》といふのだから、美人と共に逍遥《しようよう》するにはお誂《あつら》へ向きさ。併しその美人に殺されたらしいのだから怖ろしい。勿論、殺したといふ証拠があるわけでも無し、死体に傷のあとも無いのだから、確《たしか》なことは云へた筈ではないのだが、誰が云ふともなしに李香はその女に殺されたのだといふ噂が立つた。いや、まだ可笑《おかし》いのは、その女は生きた人間ではない。蘇小小の霊だといふのだ。』

『また幽霊か。』

『支那の話に幽霊は附物《つきもの》だから仕方がない。』と、K君は平気で答へた。『蘇小小といふのは、君も知つてゐるだらうが、唐代《とうだい》で有名な美妓《びぎ》で、蘇小《そしよう》といへば藝妓《げいしや》などの代名詞にもなつてゐるくらゐだ。その墓は西湖に於《お》ける名所の一つになつてゐて、古来の詩人の題詠《だいえい》もすこぶる多い。つまり、蘇小小の霊が墓のなかから抜け出して、李をこゝへ誘つて来たといふのだ。その蘇小小が李香といふ俳優に惚れて、その魂が仮に姿をあらはして、巧《たく》みに李を誘惑して、共に冥途《めいど》へ連れて行つたといふわけだ。剪燈新話《せんとうしんわ》や聊斎志異《りようさいしい》が汎《ひろ》く読まれてゐる国だから、かういふ想像説も生まれて来さうなことさ。相手がいよ〳〵幽霊ときまれば、どうにも仕様がない。船頭のいふ通りに、果《はた》して凄いほどの美人であるとすれば、或《あるい》は蘇小小の霊かも知れない。そこで、李が美人の霊魂にみこまれて、その墓へ誘ひ込まれたとなれば、いかにも詩的であり、小説的であり、西湖佳話《かわ》に新しい一節を加ふることになるのだが、流石《さすが》に役人達はそれを詩的にばかり解釈することを好まないので、それ〴〵に手をわけて詮議をはじめると、李はその夜ばかりでなく、已《すで》に二三度もその怪しい美人と外出したらしいと云ふことが判つた。彼は芝居が済んでから旅宿《りよしゆく》をぬけ出して、夜の更けるまで何処かをさまよひ歩いて来る。今から考へれば、その道連れが彼《か》の美人であつたらしいと、同宿の一座の者から申立てた。さうなると、彼《か》の船頭ばかりでなく、李が彼の美人と歩いてゐたのを俺《おれ》も見たといふ者が幾人もあらはれて来た。中《なか》には美人が笛を吹いてゐたなどといふ者もあつて、この怪談はいよ〳〵詩的になつて来たが、どこまでが本当だか判らないので、役人は兎も角もその美人の正体を突き留めようと苦心してゐた。座頭《ざがしら》の李香がゐなくなつては芝居を明けることは出来ない。無理に明けたところで観客《けんぶつ》の来る筈もない。座頭を突然にうしなつた此《こ》の一座は殆ど離散の悲境《ひきよう》に陥《おちい》つてしまつたが、何分《なにぶん》にもこの一件が解決しない間は、むやみにこゝを立去ることも出来ないので、一座の者は代る〴〵に呼び出されて、役人の訊問を受けてゐた。実に飛んだ災難だが、どうも仕方がない。』

『一体、その李といふのは幾歳《いくつ》ぐらゐで、どんな男なのだね。』と、わたしは一種の探検的興味に誘はれて又訊いた。

『年《とし》は三十四五で、まだ独身であつたさうだ。たとひ田舎廻りにもしろ、兎もかくも座頭を勤めてゐるのだから、脊《せい》もすらりとして男振りも悪くない、舞台以外にはどちらかと云ふと無口の方で、たゞ黙つて何か考へてゐるといふ風だつたと伝へられてゐる。併し相当に親切気のある男で、座員の面倒も見てやる。現に自分の子とも附かず、奉公人とも附かずに連れ歩いてゐる崔英《さいえい》といふ十五六歳の少女は、五六年前《ぜん》に旅先で拾つて来たのださうで、なんでも李が旅興行をしてあるいてゐる中《うち》、そのころは今ほどの人気役者ではなかつたので、田舎の小さな宿屋に燻《くすぶ》つてゐると、そこに泊りあはせた親子づれの旅商人《たびあきんど》があつて、その親父《おやじ》の方《ほう》は四五日煩《わずら》つて死んだ。その病中《びようちゆう》、李は親切に世話をして遣《や》つたので、親父も大層よろこんで、死際《しにぎわ》に自分のあとの事を色々頼んださうだ。頼まれて引取つたのが其娘《そのむすめ》の崔英で、まだ十一か二の小娘《こむすめ》であつたのを、自分の手もとに置いて旅から旅を連れてあるいてゐると云ふのだ。一事《いちじ》が万事《ばんじ》、先《ま》づかう云つた風《ふう》であるから、彼は一座の者から恨まれてゐるやうな形跡は些《ち》つともなかつた。それであるから、彼は蘇小小の霊に誘はれて死んだといふことにして置けば、まことに詩的な美しい最期《さいご》となるのであつたが、意地のわるい役人達はどうもそれでは気が済まないとみえて、更に一策を案じ出した。勿論、最初から湖畔の者に注意して、何か怪しい者を見たらばすぐに訴へ出ろと申付けては置いたのだが、別の二人の捕吏《ほり》を派出して、毎晩彼《か》の蘇小小の墓のあたりを警戒させることにした。』

『誰でも考へさうなことだね。』と、わたしは思はず笑つた。

『誰でも考へさうなことを先づ試みるのが本格の探偵だよ。』と、K君は相手を弁護するやうに云つた。

『見たまへ。それが果《はた》して成功したのだ。』

三

少し遣《や》り込められた形で、わたしはぼんやりとK君の顔をながめてゐると、彼はや〻得意らしく説明した。

『二人の捕吏が蘇小小の墓のあたりに潜伏《せんぷく》してゐると、果してそこへ二つの黒い影があらはれた。宵闇《よいやみ》ではあるが、星あかりと水明《みずあか》りで大抵の見当は付く。その影はふたりの女と判つたが、その話声は低くてきこえない。やがて二つの影は離れてしまひさうになつたので、隠れてゐた捕吏は不意に飛び出して取押へようとすると、ひとりの女はなか〳〵強い。忽《たちま》ちに大《だい》の男ふたりを投げ倒して、闇のなかへ姿を隠してしまつたが、逃げおくれた一人の女は其場でおさへられた。よく見ると、それは十五六歳の少女で、前に云つた崔英《さいえい》というふ女であることが判つたので、捕吏はよろこび勇んで役所へ引揚げた。かうなると、少女でも容赦はない。拷問《ごうもん》しても白状させるといふ息込《いきご》みで厳重に吟味すると、崔英は恐れ入つて逐一《ちくいち》白状した。先づこの少女の申立てによると、彼《か》の広東における舞台の幽霊一件は、まつたく李香のお芝居であつたさうだ。』

『幽霊の一件は嘘か。』

『李がなぜそんな嘘をかんがへ出したかと云ふと、崔の父の旅商人《たびあきんど》といふのは、曩《さき》に旅人をぶち殺して其《そ》の銀嚢《かねぶくろ》をうばひ取つた土工の群《むれ》の一人であつたのだ。彼は分け前の銀《かね》をうけ取ると共に、娘を連れてその郷里を立去つて、その銀を元手に旅商人になつたが、比較的正直な人間とみえて、むかしの罪に悩《なやま》されて其後《そのご》はどうも好《い》い心持がしない。からだもだん〳〵に弱つて来て、たうとう旅の空で死ぬやうになつた。そのとき彼《か》の李香が相宿《あいやど》の好《よ》しみで親切に看病してくれたので、彼は死際《しにぎわ》に自分の秘密を残らず懺悔《ざんげ》して、自分は罪のふかい身の上であるから、かうして穏《おだや》かに死ぬことが出来れば仕合せである。たゞ心がかりは娘のことで、父をうしなつて路頭に迷ふであらうから、素姓《すじよう》の知れない捨子を拾つたと思つて面倒をみて、成長の後《のち》は下女にでも使つてくれと頼んだ。李はこゝろよく引受けて、孤児《みなしご》の娘をひき取り、父の死体の埋葬も型のごとくに済ませて遣《や》つたが、こゝで不図《ふと》思ひ付いたのが舞台の幽霊一件だ。崔の父から詳しくその秘密を聞いたのを種《たね》にして、かれは俳優だけに一と狂言書かうと思ひ立つたらしい。王の家をたづねて、お前の母の塚には他人の死骸が合葬してあると教へて遣つたところで、幾《いく》らかの謝礼を貰ふに過ぎない。寧《むし》ろそれを巧みに利用して、自分の商売の広告にした方が優《ま》しだと考へたので、今までは関羽を売物にしてゐた彼が俄《にわか》に包孝粛の狂言を上演することにした。さうして、広東の三水県へ来て、その狂言中に幽霊が出たといひ、又その幽霊が墓のありかを教へたと云ひ、細工《さいく》は流々《りゆうりゆう》、この狂言は大当りに当つて、予想以上の好結果を得たといふわけだ。先刻も話した通り、彼の幽霊は李香の眼にみえるばかりで、余人《よじん》の眼には些《ちつ》とも見えなかつたと云ふのも、あとで考へれば成程《なるほど》と首肯《うなず》かれるが、其時はみんな見事に一杯食はされたのだ。そこで、彼は県令から御褒美を貰ひ、王家からは謝礼を貰ひ、それから俄に人気を得て、万事が思ふ壺に嵌《はま》つたのだが、やはり因果応報《いんがおうほう》とでも云ふのか、彼は崔の父によつて其運命を拓《ひら》いたと共に、崔のために身をほろぼすことになつてしまつたのだ。』

『では、その娘が殺したのか。』と、わたしは少し意外らしく訊いた。『たとひ李といふ奴が大山師《おおやまし》であらうとも、崔に取つては恩人ぢやないか。』

『勿論恩人には相違ないが、李も独身者だ。崔の娘がまだ十三四の頃から関係を附けてしまつて、妾《めかけ》のやうにしてゐたのだ。崔も自分の恩人ではあり、李に離れては路頭に迷ふわけでもあるから、おとなしく彼に弄《もてあそ》ばれてゐたのだが、その一座に周《しゆう》といふ少年俳優がある。これも孤児《みなしご》で旅先から拾はれて来たものだが、容貌《きりよう》がよいので年の割には重く用ゐられてゐた。崔と周とは同じやうな境遇で、おなじやうな年頃であるから、自然双方が親密になつて、そのあひだに恋愛関係が生じて来ると、眼の敏《さと》い李は忽ちにそれを看破《かんぱ》して、揃ひも揃つた恩知らずめ、義理知らずめと、かれは先《ま》づ周に対して残虐な仕置《しおき》を加へた。かれは崔の見る前で周を赤裸《あかはだか》にして、しかも両手を縛《くく》りあげて、殆《ほとん》ど口にすべからざる暴行をくり返した。それが幾晩もつゞいたので、美少年の周は半病人のやうに窶《やつ》れ果てゝしまつたが、それでも舞台を休むことを許されなかつた。それを見せつけられてゐる崔は悲しかつた。自分もやがては周とおなじやうな残虐な仕置を加へられるかと思ふと、それも怖ろしかつた。』

『成程《なるほど》、そこで李を殺す気になつたのだね。』

『いや、それでも崔は少女だ、流石《さすが》に李を殺さうといふ気にはなれなかつたらしい。さりとて此儘《このまま》にしてゐれば、周は責め殺されてしまふかも知れないので、かれは思ひあまつて一通の手紙をかいた。即《すなわ》ち自分の罪を深く詫《わ》びた上で、その申訳《もうしわけ》に命を捨てるから、どうぞ周さんをゆるして呉《く》れ。周さんが悪いのではない。何事もわたしの罪であるといふやうな、男をかばつた書置《かきおき》をのこして、崔はある夜そつと旅宿をぬけ出した。そのゆく先はこの西湖で、かれは月を仰いで暫《しばら》く泣いた後《のち》に、あはや身を投げ込まうとするところへ、不意にあらはれて来たのが彼《か》の蘇小小の霊と云はれる美人だ。美人は崔をひきとめて身なげの仔細《しさい》をきく。それが如何《いか》にも優しく親切であるので、年のわかい崔はその女の腕に抱《だ》かれながら一切の事情をうちあけた。それが今度の問題ばかりでなく、過去の秘密一切をも語つてしまつたらしい。それを聞いて、女はその美しい眉をあげた。さうして、崔に向つて決して死ぬには及ばない。わたしが必ずおまへさん達を救つてやるから、今夜は無事に宿へ帰つて此後《このご》の成行《なりゆき》を見てゐろと誓ふやうに云つた。それが嘘らしくも思はれないので、崔は死ぬのを思ひ止《と》まつて素直にそのまゝ帰つてくると、その翌日、彼《か》の女《じょ》は李の芝居を見物に来て、楽屋へ何かの贈り物をした。それが縁《えん》になつて、どういふ風に話が付いたのか、李は彼《か》の女《おんな》に誘ひ出されて、二度までも西湖のほとりへ行つたらしい。三度目に行つたときに、恐《おそら》く何かの眠り薬でも与へられたのだらう、蘇小小の墓の前に眠つたまゝで再び醒《さ》めないことになつてしまつたのだ。さういふわけだから、崔はその下手人《げしゅにん》を大抵《たいてい》察してゐるもの、、役人たちの調べに対して、何《な》んにも知らない顔をしてゐると、その日のゆふ方、誰が贈つたとも知れない一通の手紙が崔のところへ届いて、蘇小小の墓の前へ今夜そつと来てくれとあるので、崔はその人を察して出てゆくと、果して彼《か》の女《おんな》が待つてゐた。』

『その女は何者だね。』

『それはわからない。女は崔にむかつて、わたしも蔭ながら成行《なりゆき》を窺《うかが》つてゐたが、崔の一件もこれで一段落で、もう此上《このうえ》の詮議はあるまい。座頭《ざがしら》の李が死んだ以上、おまへの一座も解散のほかはあるまいから、これを機会に周にも俳優をやめさせて、二人が夫婦になつて何か新しい職業を求める方がよからう。わたしもこゝを立去る積りだから、もうお前にも逢へまいと云つた。崔は名残《なご》り惜しく思つたが、今更《いまさら》ひき留めるわけにも行《ゆ》かない。せめてあなたの名を覚えて置きたいと云つたが、女は教へなかつた。わたしは世間で云ひふらす通り、蘇小小の霊だと思つてゐてくれゝば好《い》いと、女は笑つて別れようとする途端に、彼《か》の捕吏があらはれて来た——。これで一切の事情は明白になつたのだが、崔が果して李香殺しに何の関係もないのか、あるひは彼《か》の女《おんな》と共謀であるのか、本人の片口《かたくち》だけではまだ疑ふべき余地があるので、崔はすぐに釈放されなかつた。すると、ある朝のことだ。係りの役人が眼をさますと、その枕もとに短い剣《けん》と一通の手紙が置いてあつて、崔の無罪は明白で、その申立てに一点の詐《いつわ》りもないのであるから、すぐに釈放してくれと認《したた》めてあつた。何者がいつ忍び込んだのか勿論わからないが、その剣をみて、役人はぞつとした。ぐづ〳〵してゐれば、おまへの寝首を掻《か》くぞといふ一種の威嚇《いかく》に相違ない。こゝまで話せば、その後《あと》のことは君にも大抵の想像は付くだらう。李の一座はこゝで解散した。崔と周とは手を把《と》つてどこへか立去つた。』

『その結末は大抵想像されるが、その女は何者だか判らないぢやないか。』

『それは女俠《じよきよう》といふもので、つまり女の俠客《きようかく》だ。』と、K君は最後に説明した。『日本で俠客といへばすぐに幡随長兵衛《ばんずいちようべえ》のたぐひを聯想《れんそう》するが、支那でいふ俠客はすこし意味が違ふ。勿論、弱きを助けて強きを挫《くじ》くといふ俠気も含まれてゐるには相違ないが、その以外に刺客《せきかく》とか、忍びの者とか、剣客とか云ふやうな意味が多量に含まれてゐる。それだけに、相手に取つては幡随長兵衛などよりも危険性が多いわけだ。俠客が世に畏《おそ》れられるのはそこにある。崔を救つた女も一種の女俠であることは、美人の纖手《せんしゆ》で捕吏ふたりを投げ倒したのや、役人の枕もとへ忍び込んで短剣と手紙を置いて来たのや、それらの活動をみても容易に想像されるではないか。支那の俠客のことは色々の書物に出てゐる。知らないのは君ぐらゐのものだ。併しその俠客即《すなわ》ち剣俠、僧俠、女俠のたぐひが、今もあるか何《ど》うかは僕も知らない。いやあまり長話をしてゐては、この家《いえ》も迷惑だらう。そろ〳〵出かけようか。』

　わたし達は再び画舫の客となつて、雨のなかを帰つた。

蜘蛛《くも》の夢

一

S《エス》未亡人は語る。

わたくしは当年七十八歳で、嘉永《かえい》三年戌年《いぬどし》の生れでございますから、これからお話をする文久《ぶんきゅう》三年はわたくしが十四の年でございます。むかしの人間はませてゐたなどと皆さんはよく仰《おっ》しやいますが、それでも十四ではまだ小娘《こむすめ》でございますから、何も彼《か》も判《わか》つてゐると云《い》ふわけにはまゐりません。このお話も後《のち》に母などから聞かされたことを取りまぜて申上げるのですから、その積《つも》りでお聴きください。

年寄のお話は兎《と》かくに前置きが長いので、お若い方々は焦《じれ》つたく思召《おぼしめ》すかも知れませんが、先《ま》づお話の順序として、わたくしの一家《いっか》と親類のことを少しばかり申上げて置かなければなりません。わたくしはその頃、四谷の石切横町《いしきりよこちょう》に住んでゐました。天王様《てんのうさま》の傍《そば》でございます。父は五年以前に歿《ぼっ》しまして、母とわたくしは横町にしもた家《や》暮《ぐら》しを致《いた》してゐました。別に財産といふほどの物もないのでございますが、髪結床《かみゆいどこ》の株を持つてゐまして、それから毎月三分《さんぶ》ほど揚《あ》がるとかいふことで、そのほかに叔父《おじ》の方《ほう》から母への小遣ひとして一分づつ仕送つてくれますので、併《あわ》せて毎月小一両《こいちりょう》、それだけあれば其時代には女ふたりの暮しに困るやうなことは無かつたのでございます。兄は十九で京橋の布袋屋《ほていや》といふ大きい呉服屋さんへ奉公に出てゐまして、その年季のあけるのを母は楽《たの》しみにしてゐたのでございます。

　叔父は父の弟で、わたくしの母よりも五つの年上で、その頃四十一の前厄《まえやく》だと聞いてゐました。名は源造《げんぞう》と云ひまして、やはり四谷通りの伝馬町《てんまちょう》に会津屋《あいづや》といふ刀屋《かたなや》の店を出してゐましたので、わたくしの家《いえ》とは近所でもあり、かた〴〵してわたくしの家の後見《こうけん》と云ふやうなことになつてゐました。叔父の女房、即《すなわ》ちわたくしの叔母にあたります人は、おまんといひまして、その夫婦の間《あいだ》にお定《さだ》、お由《よし》といふ娘がありまして、姉は十八、妹は十六でございました。

　これで先づ両方の戸籍しらべも相済《あいす》みまして、扨《さて》これからが本文《ほんもん》でございます。前にも申上げました通り、文久三年、この年の二月十三日には十四代将軍が御上洛《ごじょうらく》になりまして、六月の十六日に御帰城になりました。そのお留守中と申すので、どこのお祭もみな質素に済ませることになりまして、六月のお祭月《まつりづき》にも麴町《こうじまち》の山王様《さんのうさま》は延期、赤坂の氷川様《ひかわさま》も御神輿《おみこし》が渡つただけで、山車《だし》も踊屋台《おどりやたい》も見あはせ、わたくしの近所の天王様は二十日《はつか》過ぎになつてお祭をいたしましたが、さう云ふわけですから氏子《うじこ》の町内も軒提灯《のきぢょうちん》ぐらゐのことで、別になんの催《もよお》しもございませんでした。年の行《ゆ》かない私《わたくし》どもには、それが大変さびしいやうに思はれましたが、これも御時節《ごじせつ》で仕方もございません。

その六月の二十六日とおぼえてゐます。その頃わたくしは近所の裁縫《さいほう》のお師匠《ししょう》さんへ通《かよ》つてゐましたので、お午頃《ひるごろ》に帰つて来まして、丁度自分の内《うち》の横町へ這入《はい》りかゝりますと、家から二三間《にさんげん》手前のところに男と女が立つてゐまして、男はわたくしの家《うち》を指さして、女に何か小声で話してゐるらしいのでございます。何だか可怪《おか》しいと思つてよく視《み》ると、その男は会津屋の叔父で、女は廿二三ぐらゐの粋《いき》な風俗《ふうぞく》、どうも堅気《かたぎ》の人とは見えないのでした。叔父さんがあんな女を連れて来て、わたしの家《うち》を指さして何の話をしてゐるのかと、いよ〳〵不思議に思ひながら、だん〳〵に近寄つて行《ゆ》きますと、叔父はわたくしの足音に気がついて、こつちを急にふり向きましたが、そのまゝ黙つて女と一緒に、向ふの方へ行つてしまひました。

『今、叔父さんが家《うち》の前に立つてゐましたよ。』

わたくしは家《うち》へ帰つて其話をすると、母も妙な顔をしてゐました。

『さうかえ。叔父さんがそんな女と一緒に……。家《うち》へは寄つて行かなかつたよ。』

『ぢやあ、阿母《おつか》さんは知らないの。』

『ちつとも知らなかつたよ。』

話はそれぎりでしたが、その時に母は妙な顔をしたばかりでなく、だん〳〵に陰《くも》つたやうな忌《いや》な顔に変つてゆくのがわたくしの眼に附きました。併《しか》し母はなんとも云はず、わたくしも其上《そのうえ》の詮議もしませんでした。旧暦の六月末はもう土用《どよう》の中《うち》ですから、どこのお稽《けい》古《こ》もお午《ひる》ぎりで、わたくしもお隣の家《うち》から借りて来た草双紙《くさぞうし》なぞを読んで半日を暮してしまひました。夕方になつて表《おもて》へ水を撒《ま》いたりして、それから近所の銭湯《せんとう》へ行つて帰つて来ると、表はもう薄暗くなつて、男の子供達が泥だらけの草鞋《わらじ》を投りながら横町で蝙蝠《こうもり》を追ひまはしてゐました。粗相《そそう》か悪戯《いたずら》か時々にその草鞋がわたくし共《ども》の顔へも飛んで来ますので、わたくしは成《な》るべく往来の端《はし》の方《ほう》を通つて、露地の口から裏口へまはりますと、表でさへも暗いのに、家《うち》のなかにはまだ燈火《あかり》も点《つ》けてゐないらしく、そこらには藪蚊《やぶか》の唸《うな》る声が頻《しき》りにきこえます。

『おや、阿母さんはゐないのかしら。』

さう思ひながら台所から昇りかゝると、狭い庭に向つた横六畳《じよう》の座敷に女の話し声がきこえます。それは確《たしか》に会津屋の叔母《おば》の声で、なんだか泣いてゐるらしいので、わたくしは思はず立ちどまりました。叔母が話してゐるやうでは、母も家《うち》にゐるに相違ありません。二人はなにかの話に気を取られて、行燈《あんどう》を点《つ》けるのを忘れて、暗いなかで小声で話してゐるのをみると、これは何《ど》うも唯事《ただごと》ではあるまいと、年の行《ゆ》かないわたくしも迂濶《うかつ》に這入るのを遠慮しました。さうして、お竈《へつつい》のそばに小さくなつて奥の様子を窺《うかが》つてゐますと、もと〳〵狭い家《うち》ですから奥と云つても鼻の先で、ふたりの話し声はよく聞き取れます。叔母は小声で何か云ひながら啜《すす》り泣きをしてゐるやうです。母も溜息をついてゐるやうです。どう考へても唯事ではないと思ふと、わたくしも何だか悲しくなりました。そのうちに、話も大抵《たいてい》済んだとみえて、叔母は思ひ出したやうに云ひました。

『まあちやんはまだ帰らないのかしら。』

まあちやんと云ふのはわたくしの名で、お政《まさ》といふのでございます。それを切つかけに、顔を出さうか出すまいかと考へてゐますと、叔母はすぐに帰りかゝりました。

『おや、いつの間《ま》にかすつかり夜になつてしまつて……。どうもお邪魔をしました。』

『ほんたうに燈火《あかり》も点《つ》けないで……。』と、母も入口へ送つて出るやうです。

その間《ま》にわたくしは茶の間へ這入つて行燈《あんどう》をつけました。叔母は格子《こうし》をあけて出てゆく。母は引返《ひつかえ》して来て、わたくしがいつの間にか帰つて来てゐるのに少し驚いてゐるやうでした。

『お前、叔母さんの話を聴いてゐたのかえ。』

『声はきこえても、何を話してゐるのか判りませんでした。』

わたくしは正直に答へたのですが、母はまだ疑《うたが》つてゐるやうでした。さうして、たとひ少しでも立聴《たちぎ》きをされたものを、なまじひに隠し立てをするのは却《かへ》つて好《よ》くないと思つたらしく、小声でこんなことを云ひ出しました。

『おまへも薄々《うすうす》聞いたらしいけれど、叔母さんの家《うち》にも困ることがあるんだよ。』

それは叔母さんの泣き声で大抵は推量してゐましたが、その事件の内容は些《ちつ》とも知らないのでございます。わたくしは黙つて母の顔をながめてゐますと、母は小声で又話しつゞけました。

『わたしも其事《そのこと》は薄々聴《き》いてゐたけれど、叔父さんはこのごろ何か悪い道楽を始めたらしいんだよ。商売の方《ほう》はそつち退《の》けにして、夜も昼もどこへか出あるいてゐる。此節《このせつ》は世間《せけん》がさう〳〵しくなつて、刀屋の商売はどこの店も眼がまはるほど忙がしいと云ふ最中《さいちゅう》に、商売事は奉公人まかせで、主人は朝から晩まで遊び歩いてゐちやあ仕様がないぢやないか。遊び歩くといふ以上、どうで碌《ろく》なことはしないに決つてゐるが、叔父さんも随分お金を遣《つか》ふさうで、叔母さんは大変に心配してゐるんだよ。』

『どこへ遊びに行《ゆ》くんでせう。』と、わたくしは訊きました。

『どうも新宿の方へ行くらしいんだよ。』

母は思ひ出したやうに、昼間の女のことを詳しく訊きかへしました。その女は新宿の藝《げい》妓《しや》か何かで、叔父はそれに引つかゝつてゐるのだらうと、母は推量してゐるらしいのです。わたくしも大方《おおかた》そんなことだらうと思ひました。商売を打つちやつて置いて、毎日遊びあるいて、お金を遣《つか》つて、叔父さんの家《うち》はどうなるだらう。そんなことを考へると、わたくしはいよ〳〵心細いやうな、悲しいやうな心持になりました。

『ふうちやんもまだ若いからねえ。』と、母はひとり言《ごと》のやうに云つて、また溜息をつきました。

ふうちやんと云ふのはわたくしの兄の房太郎《ふさたろう》のことで、前にも申す通り、まだ十九で、その叔父さんの身の上でございます。何《なん》につけても頼りにするのは会津屋の叔父ひとり、その叔父がさういふ始末ではまつたく心細くなつてしまひます。母が溜息をつくのも無理はありません。わたくしも涙ぐまれて来ました。

『それにね。』と、母は又囁《ささや》きました。『叔父さんは此頃《このごろ》妙に気が暴《あら》くなつて、家中《うちじゆう》の者をむやみに叱《しか》り散《ち》らして……。叔母さんが何か云ふと、あたまから呶《ど》鳴《な》りつけて……。まるで気でも違つたやうな風《ふう》で……。あれが嵩《こう》じたら、仕舞《しまい》にはどうなるだらうと、叔母さんはそれも心配してゐるんだよ。』

『まあ。』と、云つたばかりで、わたくしはいよ〳〵情《なさけ》なくなりました。広い世間《せけん》から見ますれば、会津屋といふ刀屋一軒が倒れやうが起きやうが、又その亭主が死なうが生きやうが、勿論《もちろん》なんでも無いことでございませうが、今のわたくし共に取りましては実に一大事でございます。

『蚊が出たね。』

母は気がついたやうに云ひました。わたくしは先刻《さつき》から気が附かないでも無かつたのですが、話の方に屈托《くつたく》して、つい其儘《そのまま》になつてゐたのでございます。唯今《ただいま》と違つて、その頃の山の手は大変、日が暮れると沢山の蚊が群《むらが》つて来まして、鼻や口へもばら〳〵飛び込みます。母に催促されて、わたくしは慌てて縁側《えんがわ》へ土焼《つちやき》の豚を持ち出して、いつものやうに蚊いぶしに取りかゝりましたが、その烟《けむり》が今夜は取分けて眼にしみるやうに思はれました。

二

会津屋のむすめのお定《さだ》とお由《よし》はわたくしの稽古朋輩《けいこほうばい》で、おなじ裁縫《しごと》のお師匠さんへ通《かよ》つてゐるのでございます。従弟《いとこ》同士ではあり、稽古朋輩ですから、ふだんから仲《なか》の好《よ》いのは勿論で、叔父さんがそんな風ではわたし達ばかりでなく、さあちやんやおよつちやんも嘸《さ》ぞ困るだらうなどとも考へると、わたくしは本当に悲しくなりました。かういふ時の心持は悲しいとか情《なさけ》ないとか云ふより外《ほか》に申上げやうはございません。どうぞお察しを願ひます。

あくる日、お稽古にまゐりますと、お定とお由の姉妹《きようだい》はいつもの通りに来てゐました。気をつけて見ますと、わたくしの気のせゐか、姉妹ともになんだか暗いやうな、涙ぐんだやうな顔をしてゐます。ゆうべのことに就《つい》て、もつと詳しく訊いてみたいやうな気もしましたけれど、ほかにも稽古朋輩が五六人坐つてゐるのですから迂闊《うかつ》なことも云へません。お稽古が済んで、途中まで一緒に帰つて来ると、お定が歩きながらわたくしに訊きました。

『家《うち》の阿母《おつか》さんがゆうべお前さんとこへ行つたでせう。』

『えゝ、来てよ。』

『どんな話をして……。』

正直に云へばよかつたのでせうが、わたくしは何だか云ひそびれて、叔母さんはわたしがお湯へ行つてゐる留守に来たのだから、どんな話をしたのか好《よ》く知らないと好《い》い加減にごまかしてしまひました。お定はだまつて首肯《うなず》いてゐましたが、その苦労ありさうな顔はわたくしにも好《よ》く判りました。やがて横町の角《かど》へ来たので、そこで別れて二三間《げん》ほども歩き出しますと、お定は引返《ひつかえ》してわたくしのあとを追つて来ました。さうして、わたくしの耳の端《はた》へ口を寄せるやうにして、小声に少し力を籠《こ》めて云ひました。

『およつちやんと仲好くして頂戴《ちようだい》よ。』

さう云つたかと思ふと、足早《あしばや》に又引返して行つてしまひました。何の訳《わけ》だか判りません。けふに限つて、お定がなぜわざ〳〵そんなことを云つたのか、わたくしも少し可怪《おかし》く思ひました。およつちやんといふのは妹のお由のことで、わたくしの兄とは三つ違ひでございまして、従弟《いとこ》同士の重縁《じゆうえん》でゆく〳〵は兄と一緒にするといふ相談が、双方の親達のあひだに結ばれてゐることを、わたくしも薄々承知してゐましたから、わたくしに向つておよつゝちやんと仲好くしてくれと云ふのは判つてゐます。併《しか》し今更《いまさら》思ひ出したやうに往来のまん中で、だしぬけにそんなことを云つたのは何《ど》ういふ料簡《りようけん》か、年の行《ゆ》かないわたくしには呑《の》み込めませんでしたが、それでも深くも気に留めないでそのまゝ自分の家《うち》へ帰りました。勿論、母にもそんな話はしませんでした。

その日は随分《ずいぶん》暑かつたのを覚えてゐます。あんまり蒸すから今に夕立《ゆうだち》でも降るかも知れないと母が云つてゐますと、果《はた》して七つ半、唯今《ただいま》の午後五時でございます。その頃から空が陰《くも》つて来まして、西の方角で遠い雷《らい》の音《おと》がきこえました。わたくしも雷が嫌ひですが、母は猶更《なおさら》嫌ひで、かみなり様が鳴り出したが最後、顔の色をかへて半病人のやうになつてしまふのでございます。わたくしも予《かね》て心得てゐますから、蚊帳《かや》を吊《つ》る、お線香の仕度《したく》をする。それから裏のあき地へ出て干物《ほしもの》を片附ける。空は陰つて来る、雷は鳴つて来る、母の顔色はだん〳〵悪くなつて来る。そのうちに大粒《おおつぶ》の雨が降つて来る、いなびかりがする。あわてゝ雨戸《あまど》を繰《く》り出してゐる間《あいだ》に、母は蚊帳のなかへ逃げ込んでしまひました。いや、こんなことを詳しく申上げてゐては長くなります。兎《と》に角《かく》、それから半時《はんとき》あまりは雨と雷と稲《いな》びかりとが続いて、わたくしも仕舞《しま》ひには母の蚊帳のなかへ潜《もぐ》り込むやうな始末でございました。横町の中ほどにある大きい銀杏《いちよう》に雷が落ちたときには、わたくしも気が遠くなるくらゐに驚《おどろ》かされました。

その夕立もやう〳〵通り過ぎて、ゆふ日《ひ》のひかりが薄く洩《も》れて来たので、母もわたくしも生きかへつたやうに元気が出て、蚊帳をはづしたり、雨戸を明けたりしてゐると、どこの家《うち》でも同じことで、雨戸をあける音や、人の話し声や、往来をあるく足音や、それらが一緒になつて、世間は夜があけたやうに賑《にぎや》かになりました。

『さつきの雷《かみなり》さまは一つ、どこか近所へお下《さが》りなすつたに相違ないよ。』と、母は云ひました。

『さうでせうねえ。』

そんなことを話し合つてゐるうちに、表《おもて》はいよ〳〵騒がしくなつて、大勢《おおぜい》の人の駈《か》けてゆく足音がきこえます。さうして、女だとか若い女だとか云ふ声もきこえます。何事が起つたのかとわたくしも表へ出てみると、横町の中ほどにある銀杏のまはりに大勢の人があつまつてゐるので、雷《らい》はあすこへ落ちたのだらうと思ひましたが、若い女だといふのが判りません。もしや誰かゞ雷に撃たれたのかと、怖《こわ》い物見たさに駈けて行きますと、案の通り、そこには若い女が倒れてゐるのでございます。

女は雨やどりをする積りで銀杏の下へ駈け込んだのか、それとも丁度、銀杏の下を通りかゝつたのか、いづれにしてもその木に雷が落ちたために、女も撃たれて死んだらしいのです。雷に撃たれて死んだ人を生《うま》れてから初めて見て、わたくしは思はずぞつとしましたが、もう一つ驚かされたのは、倒れてゐる女の右の腕のあたりに可《か》なりに大きい一匹の青い蛇が長くなつて死んでゐることでした。そこらにゐる人達の話では、その蛇は銀杏の洞《うつろ》のなかに棲《す》んで居たものだらうと云ふことで、勿論その女に関係はないのでせうが、なにしろ若い女が髪をふり乱して倒れてゐる、その腕のあたりに長い蛇が死んでゐるといふのですから、わたくしは又ぞつとしました。

それだけで逃げて帰ればよろしいのですが、唯今《ただいま》も申す通りに怖いもの見たさで、わたくしは怖々《こわごわ》ながら窃《そつ》と覗《のぞ》いてみると、その女の顔には見おぼえがあります。年のころは二十二三の粋《いき》な女――きのふのお午頃《ひるごろ》、叔父と一緒にわたくしの家《うち》のまへに立つてゐた女――着物は変つてゐましたけれど、確《たしか》にそれに相違ないので、わたくしは俄《にわか》に身体中《からだじゆう》が冷たくなつて、手も足も竦《すく》んでしまふやうに思はれました。どこの何といふ人か知りませんけれど、兎《と》もかくも叔父と連れ立つて昨日こゝへ来た女が、けふも亦《また》こゝへ来て、しかも雷に撃たれて死んだといふことが、わたくしに取つては不思議なやうな、怖《おそ》ろしいやうな、何かの因縁《いんねん》があるやうな、一種の云ふに云はれない不気味《ぶきみ》さを感じたのでございます。かう申すと、みなさんは定めてお笑ひにあるかも知れませんが、わたくしは其時《そのとき》まつたく怖《こわ》かつたのでございます。

死骸のまはりには大勢の人があつまつてゐましたが、唯《ただ》がや〳〵と騒いでゐるばかりで、その女が何処《どこ》の誰だかを識《し》つてゐる者はないやうでございます。自身番《じしんばん》からも人が来て、御検視《ごけんし》を願ふのだとか云つてゐました。叔父のところへ知らせて遣《や》れば、恐《おそら》くその身もとは判るだらうと思ふのですけれど、うつかりしたことを云つて好《い》いか悪いか判りませんから、わたくしは急いで家《うち》へ帰つて来て、母にその話をしますと、母も顔をしかめて考へてゐましたが、そんなことに係《かか》り合《あ》ふと面倒《めんどう》だから、決して何にも云つてはならないと戒《いまし》めました。それでもなんだか気にかゝるとみえて、母は又かんがへながら起《た》ちあがりました。

『お前、見違ひぢやあるまいね。確《たしか》にきのふの女だらうね。』

『えゝ、たしかに昨日の人でした。』と、わたくしは受合《うけあ》ふやうに云ひました。

『それぢやあ会津屋へ行《ゆ》つて、叔父さんに窃《そつ》と耳打ちをして来ようかねえ。』

母は思ひ切つて出て行きました。そのうちに日も暮れてしまつて、例の蚊いぶしの時刻になりましたが、わたくしは今夜もぼんやりして、唯《ただ》坐つたまゝでその女のことばかりを考へてゐました。雷に撃たれて死んだのですから、別に叔父の迷惑になるやうなこともあるまいとは思ふのですが、兎もかくも叔父の識《し》つてゐる人が変死を遂《と》げたといふことだけでも、決して好《い》い心持は致しません。その女は夕立の最中《さいちゆう》に何でこの横町へ来たのだらう。若《も》しやわたしの家《うち》へたづねて来る途中ではなかつたか。さうすると、わたしの家の者も自身番へよび出されて、何かのお調べを受けはしまいかなどと、それからそれへと色々のことを考へて、いよ〳〵忌《いや》な心持になつてゐるところへ、母があわたゞしく帰つて来ました。

『まあちやん。』

わたくしを呼ぶ声が不断と変つてゐるので、なんだか愕然《ぎよつ》として振返ると、母は息をはずませながら小声で云ひ聞かせました。

『会津屋のさあちやんが何処《どこ》へか行つてしまつたとさ。』
『あら、さあちやんが……。どうして……。』
わたくしもびつくりしました。

三

母の話はかういふのでございます。
会津屋の姉むすめのお定《さだ》は、けふのお午頃に妹と一緒にお稽古から帰つて、おひるの御飯をたべてしまつて、それから近所の糸屋へ糸を買ひにゆくと云つて出たまゝで帰つて来ない。家《うち》でも不審に思つて、糸屋へ聞きあはせに遣《や》ると、お定は今朝から一度も買物に来ないといふ。いよ〳〵不思議に思つて、妹のお由《よし》がお友達のところを二三軒たづねて歩いたのですが、お定は矢《や》はりどこへも姿をみせないと云ふのです。叔父は例の通りで、朝から家を出たぎりですから、叔母ひとりが頻《しき》りに心配してゐるうちに、夕立が降つてくる、雷《らい》が鳴るといふわけで、母も妹も不安がます〳〵大きくなるばかり、そのうちに夕立も止んだので、夕《ゆう》の御飯を食べてから、叔母はその相談ながらわたくしの家へ来る積りであつたさうでございます。そこへこちらから尋《たず》ねて行つたので、まあ丁度好《い》いところへと云つたやうなわけで、叔母は母に向つて早速にその話を始めたのです。こちらから話さうと思つて出かけた処《ところ》を、あべこべに向ふから話しかけられて、母も少し面喰《めんくら》つたさうでございます。

お定の家出にも驚かされましたが、こちらも話すだけのことは話さなければなりませんので、母も彼《か》の女《おんな》のことを話し出しますと、叔母は不思議さうな顔をして聴いてゐまして、そんな女については一向に心あたりがないと云つたさうで……。なにしろ此頃の叔父のことですから、何処《どこ》にどういふ知人《しりびと》が出来てゐるのか、叔母にも見当が付かないらしいのでございます。一方には会津屋のむすめが家出をする、一方には叔父にかゝり合《あい》のあるらしい女が雷に撃たれてゐる。この二つの事件がまるで別々であるのか、それともその間《あいだ》に何かの縁《えん》をひいてゐるのか、それも一切わからないので、叔母も母もなんだか夢のやうな心持で、唯《ただ》ため息をついてゐるばかりでしたが、一方の女のことは兎も角も、娘の家出——多分さうだらうと思はれるのですが——この方はそのまゝにして置くことは出来ませんから、店の者にも云ひつけて、それ〴〵に手分けをして心あたりを探させることにしたと云ふのでございます。

半日ぐらゐ帰らないからと云つて、こんなに騒ぐのも可笑《おかし》いと思召《おぼしめ》すかも知れませんが、その頃の堅気《かたぎ》の家《うち》のむすめは誰にも断りなしに遠いところへ行《ゆ》くことはありません。たとい近所へゆくにしても必ず断つて出る筈ですから、小半日《こはんにち》もその行《ゆ》くへが知れないとなれば一《ひ》と騒ぎでございます。まして今年十八といふ年頃の娘ですから猶《なお》さらのことで、誰かと駈落《かけおち》でもしたか、誰かに拐引《かどわか》されたか、なにしろ唯事《ただごと》ではあるまいと思ふのが普通の人情でございます。叔母が心配するのも無理はありません。

いつまで叔母と向ひ合つて、ため息をついてゐても果てしがないので、母は又来るからと云つて一旦《いったん》帰つて来たのでございます。その話をしてしまつて、母はわたくしに訊きました。

『さあちやんは何処《どこ》かの若い人と仲好《なかよ》くしてゐたかしら。お前知らないかえ。』

『そんなことは……。あたし知りませんわ。』

『ほんたうに知らないかえ。』

幾《いく》たび念を押されても、わたくしは全《まった》く知らないのでございます。お定がよその若い男と心安くしてゐるなどと云ふのは、今まで一度も見たことも無し、そんな噂を聞いたこともありません。さつきの夕立の最中に、お定は何処にどうしてゐたでせう。それを思ふと、わたくしは又むやみに悲しくなりました。

母は又こんなことを囁《ささや》きました。

『今、帰る途中で聞いたらば、さつきの女の死骸は自身番へ運んで行つたが、まだ御検視《ごけんし》が済まないさうだよ。』

『どこの人でせうねえ。』

『それは判らないけれども……。お前、決してうつかりした事を云つちやあいけないよ。

誰に訊かれても黙つてゐるんだよ。叔父さんと一緒にあるいてゐたなんぞと云つちやあいけないよ。』と、母は繰返して口留めをしました。

うつかりしたことを云つて、それが飛《と》んでもない係《かか》り合《あい》になつて、町奉行所《まちぶぎようしよ》の白洲《しらす》へたび〳〵呼び出されるやうなことがあつては大変ですから、母は堅く口留めをするのでございます。幾度もおなじことを申すやうですが、まつたく其時のわたくしは怖いやうな、悲しいやうな、なんとも云へない心持でございました。

五つ（午後八時）過ぎになつて、母は再び会津屋へ出て行きましたが、お定のゆくへは矢はり知れません。叔父も帰つて来ないのでございます。と云つて、わたくし共がどうすることも出来ないのですから、母もわたくしも心配しながら其晩は遅く寝床《ねどこ》に這入《はい》りました。ゆふ立《だち》のあとは余《よ》ほど涼しくなつたのでございますが、二人ながらおち〳〵眠られませんでした。

寝苦しい一夜を明かすと、あしたは晴れてゐて朝から暑くなりました。雷に撃たれた銀杏《いちよう》の木は、大きい枝を半分折られたのですが、その幹《みき》には蟬《せみ》が飛んで来て、ゆうべの事なんぞは何にも知らないやうに朝からさう〳〵しく鳴いてゐました。裏の井戸へ水を汲《く》みに出ると、近所の娘やおかみさんが二三人あつまつて、ゆうべの女の噂で賑《にぎ》はつてゐました。そのなかで仕事師のおかみさんが、其後《そのご》の成行《なりゆき》を一番よく知つてゐて、みんなに話して聞かせました。

『あの女はよい辰《たつ》といふ遊び人の娘で、去年まで新宿の藝妓《げいしや》をしてゐたんですとさ。それが近江屋《おうみや》といふ質屋の旦那《だんな》の世話になつて、今では商売をやめて自分の内《うち》にぶら〳〵してゐたんださうです。お父《とつ》さんは遊び人で、土地でも相当に顔が売れてゐた男なんですが、五六年前からよい〳〵になつてしまつて、此頃では草履《ぞうり》をはいて、杖をついて、やう〳〵近所をあるく位《くらい》のことしか出来なくなつたので、世間ではよい辰と云つてゐるんです。それでも娘が好《い》い旦那をつかまへてゐるので、まあ楽隠居のやうな訳《わけ》だつたのですが、その金箱《かねばこ》が不意にこんなことになつてしまつては、お父さんも嘸《さ》ぞ力を落してゐるでせうよ。若いときから随分《ずいぶん》人を泣かせてゐるから、年を取つて斯《こ》うなるのは当《あた》りまへだなんぞと云ふ人もありますけれど、なにしろ自分はよい〳〵になつて、稼《かせ》ぎ人《にん》のむすめに死なれたのですから、まつたく気の毒ですよ。むすめの名ですか。娘はお春と云つて、藝妓に出てゐるときは小春《こはる》と云つてゐたさうです。小春が治兵衛《じへえ》と心中《しんじゆう》しないで、青大将《あおだいしよう》を冥途《めいど》の道連れぢやあ、あんまり可哀《かあい》さうぢやありませんか。』

おかみさんは人事《ひとごと》だと思つて、笑ひながら話してゐましたが、わたくしはその一言一句《いちごんいつく》を聞きはづすまいと、一生懸命に耳を引つたてゝゐました。

『人の噂ですから、たしかな事はわかりませんがね。』と、おかみさんは又云ひました。『なんでもそのお春といふ女には内所《ないしよ》の色男《いろおとこ》があつて、きのふもそこへ逢ひに行く途中で、あんなことになつたらしいと云ふんですよ。』

『それぢやあ其の男といふのが此辺《このへん》にゐるんでせうか。』と、隣の左官屋《さかんや》のむすめが訊きました。

『大方《おおかた》さうでせうよ。うつかり出て来ると面倒だと思つて、知らん顔をして引込《ひっこ》んでゐるんでせうが、そんな不人情なことをすると、女の恨《うら》みがおそろしいぢやありませんか。女の思ひが蛇と一緒になつて執《と》り着かれた日にやあ、大抵《たいてい》の男も参つてしまひまさあね。』と、おかみさんは又笑ひました。

家《うち》へ這入つて、わたくしは母にそつと話しますと、母は考へてゐました。

『それにしても、まさかに叔父さんがその相手ぢやあるまい。』

『さうでせうねえ。』

『そりや男のことだから何とも云へないけれど、叔父さんは四十一で親子ほども年が違ふんだからねえ。』と、母は飽《あく》までもそれを信じないやうな口ぶりでした。

叔父がその女の相手であるか無いかは別として、兎《と》もかくも叔父がその女を識《し》つてゐるのは事実ですから、叔父が帰つて来れば恐らく詳しいことも判るだらうと思はれました。母は今朝も会津屋へ出かけて行きましたが、叔父もお定もやはり音沙汰《おとさた》無しだといふのでございます。母と入れかはつて、わたくしも見舞ひながら、会津屋へ行きますと、叔母は色々の苦労でゆうべはまんじりともしなかつたと云ふことで、気ぬけがしたやうに唯《ただ》ぼんやりしてゐました。気の毒とも何とも云ひやうがありません。妹のお由はお稽古を休んで、けふは家にゐました。どなたも大抵お気付きになつてゐること、存じますが、きのふお定がわたくしと別れるときに、およつちやんと仲好くしてくれと云ひました。それから家《うち》へ帰つて、間《ま》もなくどこへか行つてしまつたのですから、覚悟の上の家出ではないかと思はれます。わたくしがなぜそれを母に洩らさないかと云ひますと、お定が家出をしたあとで迂闊《うかつ》にそんなことを云ひ出すと、そんなことがあつたらば、なぜ早くわたしに云はないのかと母に叱られるのが怖ろしいので、ゆうべは勿論、今朝になつても黙つてゐたのでございますが、かうして会津屋の店へ来て、叔母や店の人たちの苦労ありさうな顔をみてゐますと、わたくしももう黙つてはゐられないやうな気になりました。

それでも、叔母にむかつては云ひ出しにくいので、帰るときにお由を表《おもて》へよび出して、小声でそのことを話しますと、お由は案外平気な顔をしてゐました。

『あたし知つてゐるわ。姉さんはふうちやんと一緒に、どこかに隠れてゐるのよ。』

わたくしは又びつくりしました。兄の房太郎《ふさたろう》は奉公中《ほうこうちゅう》の身の上でございます。それが叔父のむすめを誘ひ出して何処にか隠れてゐる。そんなことのあらう筈がありません。お由がなぜそんなことを云ふのかと、わたくしは呆《あき》れてその顔をながめてゐますと、お由の眼はいつか湿《うる》んで来ました。

『ねえさん、あんまりだわ。』

前にも申す通り、お定は総領《そうりょう》ですから婿《むこ》を取らなければなりません。そこで、妹娘のお由を兄の房太郎に妻《めあ》はせるといふ内約束《ないやくそく》になつてゐることは、わたくしも薄々知つてゐます。その妹の男を姉が横取りして、一緒にどこへか姿をかくしたとすれば、妹のお由が恨むのも無理はありません。併《しか》しお定はそんな人間でせうか、兄はそんな人間でせうか。わたくしにはどうしても本当の事とは思はれませんので、色々にその仔細《しさい》を詮議してみましたが、お由も確《たしか》な証拠を握つてゐるのでは無いらしいのです。それでも屹《きつ》とそれに相違ないと、涙をこぼして口惜《くや》しがつてゐるのです。

嘘か、ほんたうか、なにしろ斯《こ》うなつてはうか〳〵してゐられないので、わたくしは急いで家《うち》へ帰つて、母にそれを訴へますと、母も顔の色を変へました。万一それが本当ならばお定ばかりのことではなく、兄もお店《みせ》をしくじるのは知れてゐますから、母はすぐに支《し》度《たく》をして、京橋の店へその実否《じつぷ》を糺《ただ》しに行くことになりまして、慌てゝ着物を着かへてゐるうちに、俄《にわか》に持病が起りました。母の持病は癪《しやく》でございます。この頃《ごろ》の暑さで幾らか弱つてゐたところへ、昨日から色々の心配がつゞきまして、ゆうべも碌々《ろくろく》眠らない上に、今は又、飛んでもないことを聞かされたので、持病の癪が急に取りつめて来たのでございます。持病ですから、わたくしも馴れてはゐますが、それでも打つちやつては置かれませんので、近所の鍼医《はりい》さんを呼んで来て、いつものやうに針を打つて貰ひますと、先《ま》づ好《い》い塩《あん》梅《ばい》におちつきましたが、母の癖で、癪を起しますと小半日《こはんにち》は起きられないのでございます。

『あひにくだねえ。』

母は焦《じ》れて無理にも起きようとしますが、日盛《ひざか》りに出て行つて、また途中で打《ぶ》つ倒《たお》れでもしては大変ですから、色々になだめて片陰《かたかげ》の出来る頃まで寝かして置きまして、やがて七つ半を過ぎた頃から出して遣りました。まだ不安心ですから、駕籠《かご》を頼まうかと云ひましたが、母はもう大丈夫だと歩いて出て行きました。

わたくしが独りで留守番をするのは、今に始まつた事ではありませんが、今日はなんだか心さびしくてなりませんでした。日が暮れ切つてから会津屋の叔母が蒼《あお》い顔をして尋ねて来まして、叔父もお定もまだ行くへが知れない。お岩稲荷《いわいなり》のお神籤《みくじ》を取つてみたらば、凶と出たといふことでした。

『阿母《おつか》さんは何処へ……。』

その返事にはわたくしも少し困りました。兄のことで京橋へ出て行つたと正直に話すわけにも行かないので、芝の方に好い占《うらな》ひ者《しや》があるので、そこへ見て貰ひに行つたと、好《い》い加減の嘘をついて置きました。それもわたくしの智慧《ちえ》ではございません。もし会津屋から誰かゞ来たらば先づさう云つて置けと母から教へられてゐたのでございます。それでも知らぬが仏《ほとけ》といふのでございませう。

『みんなに心配をかけて済まないねえ。』叔母は気の毒さうに溜息をついてゐました。

叔母もこれから市ケ谷の方の占ひ者のところへ行くと云つて帰りました。今夜も暑い晩で、近所の家《うち》では表《おもて》へ縁台を出して涼んでゐるらしく、方々で賑やかな笑ひ声もきこえますが、わたくしは泣き出したいくらゐに気が沈んで、門《かど》ばたへ出ようともしませんでした。女の足で京橋まで行つたのですから、暇取《ひまど》れるのは判つてゐますが、母の帰つて来るのが無暗《むやみ》に待たれます。そこへ会津屋の利吉《りきち》といふ小僧がたづねて来ました。

『おかみさんはこちらへ来てゐませんか。』

『さつき見えたんですけれど、これから市ケ谷のうらなひ者のところへ行くと云つて帰りましたよ。』と、わたくしは正直に答へました。『さうして、おかみさんに何か用があるの。』

『えゝ。』と、利吉が少しかんがへながら云ひました。

『実はおよつちやんが……。』

『およつちやんがどうして……。』と、わたくしはどきりとしました。

『おかみさんが出ると、すぐ後《あと》から出て行つて、いまだに帰つて来ないんです。』

お由も家出をしたのでせうか。わたくしは驚くのを通り越して、呆《あき》れてしまひました。

四

この場合ですから、会津屋でもむやみに騒ぐのでせうが、お由はまだほんたうに家出したか何《ど》うだか判つたものではないと、利吉の帰つたあとでわたくしは考へ直しました。さう思つても何だか不安心で、母の帰るのをいよ〳〵待つてゐますと、五つ（午後八時）をよほど過ぎた頃に、母は汗をふきながら帰つて来ました。それでもほツとしたやうな顔をして笑ひながら話しました。

『およツちやんは人騒がせに何を云つたんだらう。ふうちやんは京橋のお店にちやんと勤めてゐるんだよ。』

わたくしも先《ま》づほツとしました。

『それから色々訊いてみたけれど、あの子はまつたく何にも知らないんだよ。およツちやんも既《も》う十六だから、何かやきもちを焼いて、そんな詰《つま》らないことを云つたんだらうが……。』と、母は嘲《あざ》けるやうに又笑ひました。『人騒がせでも何でも構《かま》はない、それが嘘でまあ〳〵好かつたよ。もし本当だつた日には、それこそ実に大変だからねえ。』

母は安心したとみえて、暑いのも疲れたのも忘れたやうに、馬鹿に機嫌《きげん》が好《い》いのでございます。それを又おどろかすのも気の毒でしたけれども、所詮《しよせん》黙つてはゐられないことですから、叔母がたづねて来たことや、お由が家出をしたらしいことや、逐一《ちくいち》に話して聞かせますと、母は『まあ。』と云つたばかりで、折角《せつかく》の笑ひ顔が又俄《にわか》に陰《くも》つてしまひました。

『困つたねえ。まあ、なにしろ行つてみよう。』

くたびれ足をひき摺《ず》つて、母はすぐに会津屋へかけて行きました。きのふから今日にかけて、新宿の女が雷《らい》に撃たれる。会津屋では姉妹《きようだい》のむすめが家出をする。叔父はどうしてゐるのか判らない。よくも色々のことがそれからそれへと続くものだと思ふと、もしや夢でも見てゐるのではないか、夢ならば早く醒《さ》めてくれゝば好《い》いと祈《いの》つてゐました。暫《しばら》くして母が帰つて来まして、お由はまだ帰つて来ない、どうも家出をしたらしいと云ふのでございます。

『叔母さんはどうして……。』

『叔母さんは市ケ谷から帰つて来たけれど……。いよ〳〵ぼんやりしてしまつて、本当に気の毒でならない。今度は叔母さんが気でも違《ちが》やあしないかと思ふと、心配だよ。』

この上に叔母が気ちがひにでもなつたらば、会津屋は闇《やみ》です。母も幾らか捨鉢《すてばち》になつたとみえて、溜息をつきながらこんな事を云ひ出しました。

『あゝ、いくら気を揉《も》んだつて仕方がない。こんなことになるのも何かの因縁《いんねん》だらうよ。』

まつたく何かの因縁とでも諦《あきら》めるのほかはありません。併《しか》しさう諦めなければならないと云ふのが、いかにも悲しいことでございます。お由が帰ればすぐに知らせて来る筈《はず》になつてゐるので、表を通る足音も若《も》しやそれかと待ち暮してゐましたが、会津屋から何の知らせもありませんでした。母もわたくしも心配しながら寝床《ねどこ》に這入りましたが、ゆうべもよく眠れませんでしたので、年の行《ゆ》かないわたくしは枕に就《つ》くと正体もなしに寝入つてしまひました。明《あく》る朝になつて聞きますと、母はゆうべも好く寝付かれなかつたさうでございます。

あさの御飯をたべてしまふと、わたくしは会津屋へ行きました。けふも朝から煎《い》り付くやうな暑さで、わたくしは日傘《ひがさ》を持つて出ました。伝馬町の大通りへ出て、ふと見ますと、会津屋の前には大勢の人立《ひとだ》ちがしてゐるので、なにとは無しにはつとして、急いで店さきへ駈けてゆきますと、そこには一梃《いっちょう》の駕籠がおろしてありまして、一人の男が杖《つえ》を傍《そば》に置いて店さきに腰をかけてゐます。その人相や、その様子が、きのふ聞いた新宿のよい辰ではないかと思ひながら、人ごみの間《あいだ》から窃《そっ》と覗いてゐますと、その男はもう五十以上でございませう、なんだか舌のまはらないやうな口調《くちょう》で呶鳴《どな》つてゐるのでございます。

『さあ、おれをどうしてくれるのだ。この年になつて、こんな身体《からだ》になつて、大事のかせぎ人を殺されてしまつて、あしたから生きて行くことが出来ねえ。』

まつたくよい〳〵に相違ありません。呂律《ろれつ》のまはらない口でこんなことを頻《しき》りに繰り返して呶鳴つてゐるので、店の者もみんな困つてゐるやうでした。そのうちに誰かゞ呼んで来たのでせう、町内《ちょうない》の頭《かしら》が来まして、なにか色々になだめて、駕籠屋にも幾らかの祝儀を遣《や》つて、管《くだ》をまいてゐる其の男を、無理に押し込むやうに駕籠にのせて、やう〳〵のことで追ひ返してしまひました。頭はまだそこに腰をかけて、店の者と何か話してゐるやうでしたが、わたくしは奥へ通つて叔母に逢ひますと、叔母の顔は昨日に比べると、又俄《にわか》に窶《やつ》れたやうにみえました。

『まあちやん、お前さんにまで心配をかけて済みませんね。叔父さんは帰つて来ないし、さあちやんもよつちやんも行《ゆ》き方《がた》が知れないし、おまけにあんな奴が呶鳴り込んで来るし、わたしも既《も》うどうしてゐゝか判らないんだよ。』

『あの人はどこの人です。』

『あれは新宿のよい辰といふんだとさ。よいくの云ふ事だから好く判らないけれど内《うち》の叔父さんがその娘のお春といふのを引つ張り出して、それがためにお春が石切横町《いしきりよこちよう》で雷《らい》に撃たれて死んだとかいふので、こゝの家《うち》へ文句を云ひに来たんだが、わたしは何にも知らない事だし、相手がかみなり様ぢやあ何《ど》うにもならないぢやないか。』

『さうですねえ。』

『たとひ叔父さんが引つ張り出したにしても、雷に撃たれたのは災難ぢやあないか。自分達の身状《みじよう》が悪いから、罰《ばち》が中《あた》つたのさ。』と、叔母は罵《ののし》るやうに云ひました。『叔父さんが娘を引つ張り出したのか、あいつ等《ら》が叔父さんを引つ張り出したのか、判るものかね。』

その権幕《けんまく》があまり激しいので、わたくしは怖《こわ》くなりました。なるほど母のいふ通り、叔母は気違ひにでもなるのではないかと思ふと、なんだか気味が悪くなつて、逃げるやうに、早々《そうそう》帰つて来ました。

それから三日ばかり過ぎました。そのあひだに母は毎日二三度づつ会津屋をたづねてゐましたが、叔父もお定姉妹《さだきようだい》もやはり姿をみせないのでございます。今日《こんにち》で申せばヒステリーとでも云ふのでせう。叔母は半気違ひのやうになつて家中《うちじゆう》の者に当り散らしてゐました。

『あゝしてゐたら会津屋は潰《つぶ》れる。』と、母も涙をこぼしてゐました。

七月三日の午過ぎになつて、叔父のすがたが見出《みいだ》されました。叔父は千駄《せんだ》ケ谷《や》につゞいてゐる草原《くさはら》のなかに倒れて死んでゐたのでございます。大きい切石《きりいし》で脳天《のうてん》をぶち割《わ》られて……。それを考へると、今でもぞつとします。その知らせが来たので、会津屋の店の者や、出入りの仕事師や、町内の月番《つきばん》の者や、十人ほどが連れ立つて、叔父の死骸をひき取りに行きました。それを聞いたときには、母は声を立てゝ泣き出しました。わたくしも泣きました。

五

いえ、どうもお話が長くなりまして、定《さだ》めて御退屈《ごたいくつ》でございませう。これから先のことは、自分が実地を見たわけではなく、あとで聞かされたのでございますから、なるべく掻《かい》摘《つま》んで申上げることに致します。

叔父の頭を石でぶち割つたといふのは、その疵口《きずぐち》ばかりでなく、血に染《そ》みた大きい切石がその近所に捨てゝあつたのを見て、すぐにそれと覚《さと》られたのださうでございます。叔父が何でそんなところにうろ付いてゐたのか、又どうして殺されたのか、誰にも見当が付かなかつたのでございますが、やはり其時代でも探偵は相当にゆき届いてゐたものと見えまして、検視に来た役人達はそこらの草の中に小さい蠟燭《ろうそく》の燃えさしと、ほかに印籠《いんろう》のやうなものが落ちてゐるのを見つけ出しました。それが手がかりになつて四五日の後《のち》に、叔父を殺した罪人は召捕《めしと》られました。

わたくしはその品《しな》を見ませんので、くはしいことは申上げられませんが、その印籠のやうなものといふのは本当の印籠よりも少し細い形で、どちらかと云へば筒《つつ》のやうな物であつたさうです。蒔絵《まきえ》などがしてあつて、なか〳〵贅沢《ぜいたく》な拵《こしら》へであつたと申します。素人《しろうと》にはそれが何であるか鳥渡《ちよつと》わかり兼ねるのでございますが、役人たちは流石《さすが》に職掌柄《しよくしようがら》で、それは蜘蛛《くも》を入れるものであると云ふことを知つてゐました。皆さんの中《うち》には御存じの方もございませうが、江戸の文化文政《ぶんかぶんせい》頃には蜘蛛を咬《か》み合《あ》はせることが流行《はや》つたさうでございます。支那でも或地方《あるちほう》ではきり〴〵すを咬みあはせることが大層流行ると云ひますが、日本の蜘蛛も大方そんなことから来たのでせう。誰がはじめたのか知りませんが、一時は大分《だいぶ》流行りました。それが天保度《てんぽうど》の改革以来すつかり止《や》んでしまひまして、幕末《ばくまつ》になつて又ぼつ〳〵と流行《はや》り出しました。つまりは軍鶏《しやも》の蹴合《けあ》ひなどと同じことで、一種の賭博《とばく》に相違ありませんが、軍鶏は主に下等《かとう》の人間の行《おこな》ふことで、蜘蛛は先づ上品《じようひん》の方になつてゐたのださうでございます。したがつて、その蜘蛛を入れる筒には贅沢な品もあつたと云ふわけです。会津屋の叔父もいつの間にか此《こ》の道楽をはじめてゐたのだと云ふことが、死んだあとになつて判りました。

叔父は一体《いったい》が凝《こ》り性《しょう》である上に、根《ね》が勝負事でありますから、だん〳〵に深入りをして、殆《ほと》んど夢中になつてしまつたのでございます。四谷辺《へん》では新宿の貸座敷の近所にある引手《ひきて》茶屋《ぢやや》や料理茶屋の奥二階を会場にきめて、毎日のやうに勝負を争つてゐましたが、さう云ふところでは人の目について悪いといふので、彼《か》のよい辰の離れ座敷を借りることになりました。前にも申した通り、よい辰のむすめのお春は近江屋《おうみや》といふ質屋の亭主の世話になつてゐまして、その近江屋もやはり此の勝負の仲間である関係から、よい辰の座敷を借りることにしたのださうでございます。お春といふのも藝妓《げいしゃ》あがりの莫連者《ばくれんもの》ですから、自分もやはり勝負をしてゐたさうです。親父のよい辰も半身不随のくせに、自分も男の仲間に這入つて一緒に勝負をしてゐたのでございます。いつの世もおなじことで、こんなことに耽《ふけ》つてゐれば結局碌《ろく》なことにはなりません。

わたくしにはよく判りませんが、蜘蛛といふものは非常に残忍な動物で、同類相嚙《あいか》むと申します。その性質を利用して勝負を争ふのですから、碁《ご》や将棋《しょうぎ》や花合《はなあわ》せとは違ひまして、自分の上手下手《じょうずへた》といふよりも、虫の強い弱いといふことが大切でございます。それですから、嚙み合ひに用ゐる蜘蛛はなか〳〵その値《あたい》が高かつたと申します。そのなかでも袋《ふくろ》蜘蛛《ぐも》がよいと云ふことになつてゐたさうでございます。御承知の通り、袋蜘蛛は地《じ》のなかに棲《す》んでゐまして、袋のなかに沢山《たくさん》の子を入れてゐるのでございます。

勝負事ですから、勝つたり負けたりするのでございませうが、叔父は近ごろ運が悪くて、しきりに負けが続きました。負ければ負けるほど熱くなるのが勝負事の慣《ならい》で、叔父はいよ〳〵夢中になつて家《うち》の金《かね》をつかみ出してゐるうちに、手元がだん〳〵に苦しくなつて来ました。叔母には内所《ないしよ》で諸方《しよほう》に借金が出来ました。まだその上に、お春親子にも三四十両の借金が出来ました。お春の借《かり》は勝負の上の借ですから、表立つて何《ど》うかうと云ふわけには行かない性質《せいしつ》のものですが、その型《かた》を附《つ》けて置かないとお春の家《うち》へ出這入《ではい》りが仕《し》にくいことになります。殊《こと》に七月の盆前にさしかゝつてゐるので、お春の方でも催促します。そこで、叔父は一時逃《いつときのが》れの気やすめに、自分は石切横町に一軒の家作《かさく》を持つてゐるから、若《も》し盆前までに返金が出来なかつたらば、それをおまへの方へ引渡すと云つて、念のためにお春を連れ出したのでございます。苦しまぎれとは云ひながら、叔父も随分ひどい人で、お春をわたくしの家《うち》の前へ連れて来て、これがおれの家作だと教へたのださうです。

お春はそれで一旦得心《とくしん》したのですが、家《うち》へ帰つて親父《おやじ》に話すと、親父はよい辰ですから昔からよくある手だから油断は出来ない。念のためにもう一度その家へたづねて行つて、たしかに会津屋の家作であるか無いかを確《たしか》めて来いと云ひましたので、お春も成程《なるほど》と思つて、あくる日の午《ひる》すぎに又出直して来ると、あひにくに彼《あ》の夕立で……。その後《ご》のことは死人に口なしでよく判りませんが、わたくしの横町へ這入つて、大きい銀杏の下に雨やどりをしてゐるうちに、運わるく雷《らい》が落ちて来たらしいのです。前後の事情をかんがへると、どうしても斯《こ》う判断するより外はありません。よい辰が利《き》かない身体を駕籠にのせて、会津屋へ呶鳴り込んで来たのも、それが為です。

　お春のことは先《ま》づそれとしまして、これからは叔父と娘ふたりの身の上でございますが、まつたく勝負事に逆上《のぼ》せるといふのは怖ろしいもので、叔父はもう夢中になつてしまつて、親子の情愛も忘れたらしいのでございます。勿論、盆前にさしかゝつて諸方《しよほう》の借金に責められるといふ苦しい事情もあつたのでせうが、叔父はこゝでどうしても勝ちたい、勝たなければならないと思つたらしいのです。それには前にも申す通り、どうしても強い虫を手に入れなければなりません。よい辰のところへ勝負に来る仲間はなんでも十人ほどありまして、その中で大木戸《おおきど》に住んでゐる相模屋《さがみや》といふ煙草屋《たばこや》の亭主の持つてゐる虫は大層強いので、叔父はしきりにそれを羨《うらや》ましがつて、どうか一匹譲《ゆず》つてくれないかと頼みますと、相模屋の亭主――名は善兵衛《ぜんべえ》といふのでございます。――はなか〳〵承知しませんで、これはみんな大事の虫だから滅多《めった》に譲ることは出来ないと断りました。叔父はもう逆上《のぼ》せてゐますから、譲つてくれゝばどんな礼でもするといふ。それでも善兵衛は容易に承知しないで、さん〴〵焦《じ》らした挙句《あげく》に、おまへの娘をくれるならば譲つてやると云ひ出したのでございます。随分乱暴な話ですけれども、半気ちがひの叔父はむゝ宜《よろ》しいと承知してしまひました。

併《しか》しほかの事と違ひますから、叔母に打ちあけるわけには参りません。云へば、不承知《ふしょう》は判り切つてゐます。不承知どころか、どんな騒ぎになるか判りません。そこで、叔父は窃《そつ》と自分の家《うち》の近所へ忍んで来て、姉娘が外へ出るのを待つてゐますと、お定が糸をかひに出て来ましたので、ちよいと其処《そこ》まで一緒に来てくれと云つて連れて行きました。お定も自分の親のいふことですから、何の気もつかずに一緒に附いてゆくと、叔父はむすめを大木戸《おおきど》の相模屋へ連れ込んで、好い加減にだまして二階へ押上げてしまひました。かうなると、お定ももう十七八ですから、なんだか可怪《おかし》く思つて、早く家《うち》へ帰りたいと云ひ出しますと、叔父はこゝで一切《いっさい》の事情を打ちあけて、おれが勝負に勝ちさへすれば屹《きっ》とおまへを連れ戻しに来るから、しばらくこゝに辛抱《しんぼう》しろと云ひ聞かせましたが、お定は泣いて承知しません。承知しないのが当りまへでございます。叔父は大層怒りまして、親のためには身を売る者さへある。これほど頼んでも肯《き》かないならば唯《ただ》は置かないと云つて、勿論おどし半分ではありませうが、懐中《ふところ》から小刀《こがたな》のやうなものを出して娘の眼のまへに突きつけたので、お定も顫《ふる》へ上りました。そこへ善兵衛が上つて来まして、泣き声が近所へきこえては悪いといふので、お定に猿轡《さるぐつわ》をはませて、押入れのなかへ監禁してしまつたのでございます。この善兵衛といふのは叔父と同じ年頃で、表向きは堅気の商人《しょうにん》のやうに見せかけながら、半分はごろつきのやうな男であつたさうですから、女を拐引《かどわか》したりすることには馴れてゐたのかも知れません。

それで先づ一匹の大きな蜘蛛を譲つて貰ひまして、叔父はその晩すぐに勝負に出かけますと、一度は勝ちましたが二度目に負けました。それはお春が雷に撃たれた晩で、よい辰の家《うち》では娘の帰りが遅いので心配をはじめました。旦那の近江屋も案じてゐました。そんなわけで勝負はいつもより早く終つたのですが、叔父はやはり家へは帰りませんで、どこかの貸座敷へ行つて酔《え》い倒れてしまつたのでございます。人間もかうなつては仕様がありません。譲つて貰つた蜘蛛が思ひのほかに強くないので、叔父は失望して相模屋へかけ合ひに行きますと、善兵衛は相手になりません。もと〳〵生物《いきもの》の勝負であるから、向ふがこつちよりも強い虫を持つて来ればかなはない、わたしの持つてゐる虫だとて屹《きつ》と勝つとは限らないといふ返事でございます。それでも叔父がぐづ〳〵云ふので、それではわたしの虫を捕つてくる場所を教へてやるから、おまへが行つて勝手に捕るがいゝ。併しその場所は秘密であるから滅多に教へられないと、善兵衛が又焦《じ》らしました。

こゝらでもう大抵は眼が醒めさうなものですが、飽くまでも逆上《のぼ》せ切つてゐる叔父は、又うか〳〵とそれに乗せられて……。もうお話をするのも忌《いや》になります。叔父は自分のむすめを品物かなんぞのやうに心得て、その秘密の場所を教へてくれるならば、妹娘をわたすと約束してしまつたのでございます。さうして、姉を連れ出したと同じやうな手段で、妹のお由を誘ひ出しました。併《しか》し今度はお由が近所の湯屋《ゆや》へゆく途中に待つてゐて、姉さんは布袋屋《ほていや》に奉公してゐるふうちやん――わたくしの兄でございます。――と一緒に、大木戸の相模屋にかくれてゐるから、わたしはこれから捉《つか》まへにゆく。それでも相手は二人だから逃《にが》すと困る。わたしがふうちやんを押《おさ》へるからおまへは姉さんをつかまへて呉《く》れと云つて、うまくお由を連れ出したのださうでございます。これは年のわかいお由の嫉妬心に煽《あお》つて、易々《やすやす》と連れてゆく手段であつたものと想像されます。お由が善兵衛の家へ連れ込まれたときには、お定はもうそこの二階にはゐなかつたのでございます。

かうして、ふたりの娘を自分の方へ取上げてしまつた善兵衛は、叔父を案内して家《うち》を出ました。善兵衛はあしたにしろと云つたのですが、叔父がどうしても承知しない。暗い時ではいけないから昼間にしろと云つても、叔父は肯《き》かない。そこで、蠟燭の用意して一緒にゆくことになつた――と、善兵衛自身はかういふのですが、嘘か本当かわかりません。兎もかくも暗い夜道を千駄ケ谷の方角へたどつて行きまして、広い草原のなかを探しあるいて、こゝらの土のなかには強い袋蜘蛛が沢山に棲んでゐると教へたので、叔父は小さい蠟燭のひかりを頼りに、そこらを照らして見てゐると、善兵衛は足もとに転がつてゐた大きい切石を拾つて……。後《のち》に善兵衛の申立てによると、初めから叔父を殺さうとして連れ出したのではなく、不図《ふと》足もとに大きい石のあるのを見て、俄《にわか》にそんな料簡《りようけん》を起したのだと云ふことでしたが、実際はどうでございませうか。いづれにしても、こゝの蜘蛛を捕つて行つたところで、屹《きつ》と勝つか何《ど》うだか判らない。それを又彼《か》れ是《こ》れとうるさく云つて来て、娘をかへせの何《なん》のと騒ぎ立てられてはいよ〳〵面倒《めんどう》であるから、いつそ人知れずに殺してしまへと云ふ気になつたに相違ありません。そのときに蠟燭は落ちて消えてしまつたので、叔父の印籠の落ちたことを善兵衛は知らなかつたのでございます。この印籠がなかつたならば、役人たちも蜘蛛のことには気が付かず、詮議もすこしく暇取《ひまど》れたこと、察しられますが、蜘蛛にかゝり合ひがあると眼をつけて、四谷新宿辺でその勝負をするものを探り出したので、案外に早く埒《らち》が明いたわけでございます。

それにしても、どうして善兵衛の仕業《しわざ》といふことが判つたかと云ひますと、彼《か》のよい辰が会津屋へ押掛けて行つたことが岡《おか》つ引《ぴき》の耳に這入りまして、よい辰を詮議の結果、叔父が善兵衛の蜘蛛を譲つて貰つたといふことが判りまして、それから善兵衛をよび出して調べると、最初はシラを切つてゐましたが、家探《やさが》しをすると二階の押入れにはお由が監禁されてゐる。それやこれやで流石《さすが》で包《つつ》み負《おう》せず、たうとう白状に及んだと云ふことでございます。姉のお定は三五郎《さんごろう》といふ山女衒《やまぜげん》——やはり判人《はんにん》で、主に地方の貸座敷へ娼妓《しょうぎ》を売込む周旋《しゅうせん》をするのだとか申します。——の手へわたして、近いうちに八王子《はちおうじ》の方へ遣《や》る積りであつたさうで、もう少しのところで危いことでございました。

これで、このお話も先づお仕舞でございます。——まだ判らないことがあると仰しやるのでございますか。はあ、成程《なるほど》。お稽古の帰り道で、お定がわたくしに『およつちやんと仲よくして頂戴《ちょうだい》。』と云つたこと。——これは後《のち》にお定に聴きますと、別になんでもないことでした。その日、裁縫《しごと》のお師匠さんのところで、わたくしが間違つてお由の鋏《はさみ》を使つたといふので、一言二言《ひとことふたこと》云ひ合ひました。もとより根も葉もないことで、そのまゝに済んでしまつたのですが、お定は年上でもあり、ふだんからおとなしい質《たち》の娘ですから、自分の妹とわたくしとが少しばかり角目立《かどめだ》つたのを気にかけて、帰るときに態々《わざわざ》そんなことを云つたのださうです。わたくしは年が行かず、この通りのぼんやり物《もの》ですから、鋏の一件なんぞは疾《と》うに忘れてしまつて、お定がなぜそんなことを云つたのかと、たゞ不思議に思つてゐたのでございます。物《もの》の間違ひはこんな詰《つま》らないことから起るのでございませう。お由がわたくしの兄のことに就《つい》て、自分の姉を疑《うたぐ》つてゐたのは何《ど》ういふわけか好《よ》く判りませんが、それはお由の生れつきで、嫉妬ぶかい質《たち》の女であつたらしいのです。その証拠には、後《のち》に兄と結婚しましてからも、兎かくに嫉妬深いので、兄も随分持余《もてあま》してゐたやうでございました。

お定は婿《むこ》を貰ひましたが、産後の肥立《ひだち》が悪くて早死《はやじに》を致しました。兄の夫婦ももう此世《このよ》には居りません。生き残つてゐるものはわたくしだけでございますが、その当時の悲しい怖ろしい思ひ出が今も頭にあり〳〵と刻《きざ》まれてゐますので、倅《せがれ》や孫達にもやかましく申聞かせまして、ほかの道楽は兎もあれ、勝負事だけは決してさせない事にいたして居ります。

余談でございますが、この蜘蛛に就《つい》てはまだお話があります。彼《か》のお春の旦那で、近江屋といふ質屋の亭主もやはり気違ひのやうになりました。それは或日のこと、蜘蛛を入れて置く印籠筒の蓋《ふた》が弛《ゆる》んでゐたのでせう、蜘蛛が畳の上へ這ひ出してゐたのを、女中の一人がうつかり踏みつけて殺してしまつたのでございます。さあ、大変。亭主は烈火《れつか》のやうに怒りまして、その女中をきびしく叱つた上に打《ぶ》つたり蹴《け》たりしたとか云ふので、女中は口惜《くやし》いと思つたのか、申訳がないと思つたのか、裏の井戸へ身をなげて死にました。さうなると、亭主も流石《さすが》に後悔したのでせう、その後《ご》はなんだか気が変になりまして、夜も昼もその女中の姿が自分の眼の前にあらはれるとか云つて狂ひ出して、仕舞には自分もおなじ井戸へ身を投げたといふ話を聞きました。会津屋といひ善兵衛といひ、お春といひ、近江屋といひ、皆それぐ〵の変死を遂《と》げたのは、屹《きつ》と蜘蛛の祟《たた》りに相違ないと、世間ではその頃専《もつぱ》ら云ひ触らしたさうでございます。蜘蛛の祟りは何《ど》うだか判りませんが、兎も角もみんなが蜘蛛の夢を見てゐたのは事実でございませう。まつたく怖ろしい夢でございました。

慈悲心鳥《じひしんちょう》

一

人々の話が交《かわ》る〴〵にこ、まで進んで来た時に、玄関の書生《しよせい》が『速達でございます。』と云《い》つて、嵩高《かさだか》の郵便を青蛙堂主人《せいあどうしゆじん》のところへ持つて来た。主人はすぐに開封すると、それは罫紙《けいし》に細かく書いた原稿様《よう》のものに、短い手紙が添へてあるらしかつた。主人は先《ま》づその手紙だけを読んでしまつて、一座の我々の方へ再び向き直つた。

『ちよつと皆さんに申上げたいことがございます。わたくしの友人のT《テー》といふ男——みなさんも御承知でございませう、先度《せんど》の怪談会のときに『木曾《きそ》の旅人《たびびと》』の話をお聴きに入れた男です。——あの男が二三日前に参りましたから、実は今夜の「探偵趣味の会」のことを洩《も》らしますと、それは面白い、自分も是非出席すると云つて帰りました。それが今夜は退《のつ》まだ見えないので、どうしたのかと思つてゐますと、唯今《ただいま》この速達便をよこしまして、引《ぴき》ならない用向きが起つて、今夜は残念ながら出席することが出来ない。就《つい》ては、自分が今夜お話をしようと思つてゐる事を原稿にかいて送るから、皆さんの前で読み上げてくれと云ふのでございます。一体どんなことが書いてあるのか判りませんが、折角《せつかく》かうして送つて来たのですから、その熱心に免じて、わたくしがこれから読み上げることに致します。御迷惑でも暫《しばら》くお聴きください。』

一座のうちに拍手する者もあつた。

『では、読みます。』と、云ひながら主人はその原稿の一二三行に眼を通した。『はゝあ、自《じ》敍体《じよたい》に書いてある。このうちの私《わたし》といふのはT自身のことで、その友人の森君といふ人との交渉を書いたものらしく思はれます。まあ、読んで行つたら判りませう。』

主人は原稿をひろげて読みはじめた。

『この降《ふ》りに、出かけるのかい。』

わたしは庭の八《や》つ手《で》の大きい葉を青黒く染めてゐる六月の雨の色をながめながら、森君の方を見かへつた。森君の机のそばには小さい旅行革鞄《かばん》が置かれてあつた。

『なに、些《ちつ》とぐらゐ降つても構はない。思ひ立つたら、何時《いつ》でも出かけるよ。』と、森君は巻莨《まきたばこ》をくゆらしながら笑つてゐた。

森君の旅行好きは私たちの友達仲間でも有名であつた。暇さへあれば二日《ふつか》でも三日《みつか》でも、時によれば二月《ふたつき》でも三月《みつき》でも、それからそれへと飛んであるく。随《したが》つて些《ちつ》とぐらゐの雨や風を念頭に置いてゐないのも当然であつた。

『これからすぐに出掛けるのか。さうして今度はどつちの方角だ。』と、わたしも笑ひながら訊いた。

『久しぶりで猪苗代《いなわしろ》から会津《あいづ》の方へ行つてみようと思つてゐる。途中で宇都宮《うつのみや》の友達をたづねて、それから……。』

『日光《にっこう》へでも廻るか。』

『日光……。』と、森君は急に顔を陰《くも》らせた。『いや、日光はもう十年以上も行つたことがない。あるひは一生行かないかも知れない。』

『ひどく見限つたね。日光はそれほど悪いところぢやあるまいと思ふが……。』

『無論、日光の土地が悪いと云ふわけぢや決して無い。僕も紅葉《こうよう》の時節になると、又行つてみたいやうな気になることもあるが、矢張《やっぱ》りどうも足が向かない。なんだか暗いやうな気分に誘ひ出されてね。』

『なぜだ。日光で何か忌《いや》なことでもあつたのか。』と、わたしは一種の好奇心にそゝのかされて訊いた。

『むゝ。』と、森君は今点《つ》いたばかりの電燈の弱い光を仰《あお》ぎながら低い嘆息《ためいき》をついてゐた。

『日光で一体どうしたんだ。』

『実はね。』と、云ひかけて、森君は急に気がついたやうに懐中時計《かいちゆうどけい》を出して見た。『や、こりやいけない。もう三十分しかない。上野まで大急ぎだ。』

『好《い》いぢやないか、一汽車《ひとぎしや》ぐらゐ後《おく》れたつて……。別に急ぎの旅でもあるまい。』

森君は焦《じれ》つたさうに衝《つ》と起《た》ちあがつて、本箱のなかを引掻《ひつか》きまはしてゐたが、やがて一冊の古い日記を持出して来て、投げ出すやうに私のまへに置いた。

『この日記の八月のところを見てくれ給《たま》へ。さうすれば大抵《たいてい》判るよ。僕は急ぐから失敬する。』

客のわたしを置去りにして、気の短い森君は革鞄《かばん》を引提《ひつさ》げてすた〳〵と玄関の方へ出て行つてしまつた。森君は三十幾《いく》つ歳の今年まで独身で、老婢《ばあや》ひとりと書生一人《ひとり》の気楽な生活である。雑誌などへ時々寄稿するぐらゐで、別に定《き》まつた職業はない。多年懇意《こんい》にしてゐる私は、今夜もたゞ簡単に会釈《えしやく》しただけで彼を見送らうともしなかつた。老婢や書生が玄関でなにか云つてゐるのをよそに聞きながら、わたしはその日記帳を手に取つて、八月のところを探してみようとしたが、電燈の光線の工合《ぐあい》が悪いので、わたしは初めて起《た》ちあがつて森君の机の前に坐り直した。恰《あたか》もその時に、縁側から内《うち》をのぞいてゐる書生の顔が障子《しようじ》の硝子《がらす》越《ご》しに黒く見えたので、わたしは笑ひながら声をかけた。

『先生はもう行きましたか。』

『はあ。』

『僕はもう少しお邪魔をしてゐますよ。』

『どうぞ御《ご》ゆつくり。』と、書生の顔はすぐに消えてしまつた。

わたしは書生のいふ通り、ゆつくりと其処《そこ》に坐り込んで森君の古い日記帳と向ひ合つた。日記の表紙には今から十二三年前の明治×××年と記《しる》されてあつた。わたしは急いでその八月のページを繰《く》つてみた。月はじめの三日ばかりの間には別に変つた記事を見つけ出されなかつたが、兎《と》にかく森君は七月の末から日光の町に滞在して、ある小さい宿屋の裏二階の四畳半《よじようはん》に泊つてゐたと云ふことだけは判《わか》つた。その当時の森君は某《ある》私立大学の文科の学生であつたことをわたしは知つてゐた。わたしは日光の古い町にさまよつてゐた若い学生のおもかげを頭脳《あたま》に描きながら、その日記をだん〱読みつゞけてゆくと、八月四日の条《じよう》にかういふ記事を発見した。

四日、晴。午前七時起床。散歩。例に依《よ》りて挽地物屋《ひきじものや》の六兵衛《ろくべえ》老人の店さきに立つ。早起《はやおき》の老人はいつもながら仕事に忙しさう也《なり》。お冬《ふゆ》さんは店の前を掃《は》いてゐる、籠の小鳥が騒々しいほど囀《さえず》る。お冬さんの顔の色ひどく悪《わる》し、なんだか可哀《かわい》さう也《なり》――。

六兵衛老人のことも、お冬といふ女のことも、前には些《ちつ》とも書いてないので、わたしも一時《いちじ》は判断に苦しんだが、その後の記事を読んでゆく中《うち》に、お冬さんといふのは老人のひとり娘で、一寸目《ちよつと》をひく若い女であることが想像された。森君は毎日この店へ遊びに行つて、親子と懇意になつてゐたらしい。

五日、晴。涼し。――お冬さんは別に身体《からだ》が悪いのでもないやう也。ほかに何か苦労があるらしく思はる。予《よ》の隣の大きい旅館に滞在せる二十六七の青年紳士も、朝夕にたび〳〵こゝの店に立寄つて、お冬さんに親《したし》く冗談などいふ。お冬さんの顔色の悪きは、或《あるい》は彼《かれ》になにかの関係があるのではないかとも疑《うたが》はる。――午後六時頃再び散歩。六兵衛老人の店先に腰をかけてゐると、彼《か》の青年紳士は小《こ》せんといふ町の藝妓《げいしや》を連れて威張《いば》つて通る。お冬さんの眼の色いよ〳〵嶮《けわ》しくなる。これにて一切《いつさい》の秘密判明。紳士は磯貝満彦《いそがいみつひこ》と云《い》ひて、東京の某《ぼう》実業家の息子なる由《よし》。――

森君がかうしてお冬といふ娘のことを気にかけてゐるのを見ると、その日記に所謂《いわゆる》『なんだか可哀《かあい》さう』といふ程度を通り越してゐるらしい。森君もおそらく眼を嶮しくして、彼女と青年紳士との行動に注意してゐたのであらう。併《しか》し六日と七日の日記の上にはお冬さんに関する記事はなんにも見えない。尤《もつと》もこの二日間は毎日おそろしい雷雨《らいう》がつゞいたので、森君も流石《さすが》に外出しなかつたのであつた。

八日、晴。驟雨《しゆうう》。午前七時起床。今朝《けさ》は拭《ぬぐ》ふがごとき快晴なり。食後散歩。挽地物屋《ひきじものや》の店にお冬さんの姿みえず、老人もめづらしく仕事を休みて店先にぼんやり坐つてゐる。例のごとく挨拶したれど、老人なんの返事もせず。——午飯《ひるめし》の時《とき》に宿《やど》の女中の話によれば、お冬さんは昨日の夕方に雷雨を冒《おか》して出《い》でたるまゝ帰らずとのこと也《なり》。情夫《おとこ》でもあるのかと訊けば、お冬さんは町でも評判のおとなしい娘《むすめ》にて、浮《う》いた噂など曾《かつ》て聞いたこともないといふ。彼女が無断にて家出の仔細《しさい》は誰にもわからず。なんだか夢のやうなり。——夕より俄《にわか》に陰《くも》りて、驟雨、雷鳴。お冬さんは今頃どうしてゐるにや。夜《よ》に入つて雨やみたれば、八時頃散歩。挽地物屋の店には矢《や》はりお冬さん見えず。老人が団扇遣《うちわづか》ひの唯《ただ》さびしげなり。

九日、晴。蟲《むし》が知らしたるか、今朝《けさ》は早く醒めると、雨戸《あまど》をあけに来た女中から思ひもつかない話を聴く。お冬さんは昨夜《ゆうべ》の十一時過ぎに、ちらし髪《がみ》の跣足《はだし》で何処《どこ》からか帰つて来たる由《よし》にて、お山《やま》の天狗《てんぐ》に攫《さら》はれたるならんとの噂なりとぞ。奇妙なこともあるものなり。食後すぐに行つてみると、お冬さんは真蒼《まつさお》な顔をして店に坐りゐたり。声をかけても返事もせず、六兵衛老人の姿もみえず。更《さら》に見まはせば、老人の道楽にて沢山《たくさん》に飼ひたる色々の小鳥の籠《かご》は一つも見えず。お父さんはどうしたと重《かさ》ねて問へば、お冬さんは微《かすか》な声で、奥に寝てゐますと云ふ。鳥籠はどうしたと訊けば、鳥はみんな放《はな》して遣《や》りましたといふ。なにか仔細《しさい》がありさうなれど、この上の詮議もならねばそのまゝにして別れる。晴れて今日は俄《にわか》に暑くなる。——午後再び散歩。大谷川《だいやがわ》のほとりまで行つて引返《ひっかえ》して来ると、お冬さんの店には彼の磯貝《か》といふ紳士が腰をかけて、何か笑ひながら話してゐる。お冬さんの顔は鬼女《きじょ》のごとく、幽霊のごとく、譬《たと》へん方《かた》もなく凄愴《ものすご》し。宿に帰れば宇都宮の田島さんより郵便来り、今夜から明日《あした》にかけて泊りがけで遊びに来いといふ。すぐに仕度《したく》してゆく。

田島さんといふのは森君の兄《あに》さんの友人で、宇都宮で新聞記者をしてゐる人であつた。森君も九日の午後の汽車で宇都宮に着いて、公園に近い田島さんの家《うち》に一泊したことは日記に詳《くわ》しく書いてあるが、この物語には不必要であるからこゝに紹介しない。兎《と》にかくに森君は翌十日《よくとおか》も田島さんの家《うち》で暮した。その晩帰る積《つも》りであつたところを、無理にひきとめられて既《も》う一晩泊まつた。森君が田島さん夫婦に歓待されたことは日記を見てもよく判る。かうして彼は八月十一日を宇都宮で迎へた。かれの日記のおそろしい記事はこの日から始まるのである。

二

十一日、陰《くもり》。ゆうべは蚊帳《かや》のなかで碁《ご》を囲んで夜深《よふか》しをした為に、田島の奥さんに起されたのは午前十時、田島さんは予《よ》の寝てゐるうちに出社したりといふ。極《きま》りが悪いので早々《そうそう》に飛び起きて顔を洗ひ、あさ飯《めし》の御馳走になつてゐるところへ、田島さんはあわたゞしく帰り来り、これから日光へ出張《しゅっちょう》しなければならない、丁度好《い》いから一緒に行《ゆ》かうといふ。田島さんに急《せ》き立てられて、奥さんに挨拶もそこ〳〵にして出る。停車場《ていしゃじょう》に駈けつけると、汽車は今出るところなり。二人は転げるやうにして漸《よう》く乗り込むと、夏の鳥打帽をかぶりたる三十前後の小作《こづく》りの男が我々よりも先に乗つてゐて、田島さんを見て双方《そうほう》無言で挨拶する。やがて彼は田島さんにむかひて『あなたも御出張ですか。』といへば、田島さんは首肯《うなず》いて『御同様に忙しいことが出来ました。』といふ。それを口切りに二人のあひだには色々の会話が交換されたり。だん〳〵聞けば、予の留守の間《ま》に日光の町に悼《いた》ましき事件が突発《とっぱつ》して、彼《か》の磯貝満彦といふ青年紳士が何者かに惨殺《ざんさつ》されたるなり。

兇行《きょうこう》は昨夜八時頃より今暁《こんぎょう》四時頃までのあひだに仕遂《しと》げられたらしく、磯貝は銘仙《めいせん》の単衣《ひとえもの》の上に絽《ろ》の羽織《はおり》をかさねて含満《がんまん》ケ淵《ふち》のほとりに倒れてゐたり。両手にて咽喉《のど》を強く絞《し》められたらしく、ほかには何の負傷の痕《あと》も無し。また別に抵抗を試みたる形跡もなきは、その薄羽織《うすばおり》の少しも破れざるを見ても察《さつ》せらる。かれは片手にステツキを持つて居たれど、それすらも振廻す暇《いとま》がなかつたらしいと云ふ。それは新聞社に達したる通信にて、田島さんの話なり。又、鳥打帽の男の話によれば、磯貝の紙入れは懐《ふところ》から掴《つか》み出して、引き裂《さ》いて大地へ投げ捨て丶ありしが、在中《ざいちゆう》の百円余《よ》はそのま丶なり。金時計は石に叩《たた》きつけて打毀《うちこわ》してあり。それ等《ら》の事実からかんがへると、どうしても普通の物取《ものど》りではなく、なにかの意趣《いしゆ》らしいといふ。この鳥打帽の男は宇都宮の折井《おりい》といふ刑事巡査であることを後《あと》にて知りたり。

午後に日光に着けば、判検事《はんけんじ》の臨検《りんけん》はもう済みて、磯貝の死体はその旅館に運ばれてゐたり。田島さんと折井君に別れて、予《よ》は自分の宿《やど》にかへる。宿でもこの噂で大騒ぎなり。こんな騒ぎのあるせいか、今日も亦《また》だん〳〵に暑くなる。午後二時ごろに田島さんが来て、これから折井君と一緒に現場《げんじよう》を検分にゆくが、君も行つて見ないかといふ。一種の好奇心にそ丶られて、すぐに表《おもて》へ出ると、折井君は先に立つてゆく。田島さんと予はあとに附いてゆく。やがて下河原《しもがわら》の橋を渡つて含満ケ淵に着く。たび〳〵散歩に来たところなれど、こ丶で昨夜《ゆうべ》おそろしい殺人の犯罪が行はれたかと思ふと、ふだんでも凄《すさま》じい水の音が今日はいよ〳〵凄じく、踏《ふ》んでゐる土は震《ふる》ふやうに思はる。こ丶の名物の化地蔵《ばけじぞう》が口を利《き》いてくれたら、ゆうべの秘密もすぐに判らうものを、石の地蔵尊は冷く黙つておはします。予は暗い心持ちになつて、おなじく黙つて突《つ》つ立つてゐると、折井君は鷹のやうな眼をして頻《しき》りにそこらを眺めまはしてゐる。田島さんもそれと競争するやうに、眼をはだけてきよろ〳〵してゐる。

やがて田島さんはバットの空箱《あきばこ》を拾ふと、折井君は受取つて仔細《しさい》らしく嗅《か》いでみる。箱をあけて振つてみる。それから又三十分ばかりも其処《そこ》らをうろ〳〵してゐる中《うち》に、折井君は草のあひだから薄黒い小鳥の死骸を探し出したり。やうやうに巣立ちをしたばかりの雛《ひな》にて、なんといふ鳥か判らず。田島さんは時鳥《ほととぎす》だらうといふ。折井君は黙つて首をかたげてゐる。兎《と》も角《かく》もその雛鳥の死骸とバットの箱とを袂《たもと》に入れて折井君はもう帰らうと云ひ出したれば、二人も一緒に引返《ひつかえ》す。その途中、折井君は予にむかひて『あなたは先月からこゝに御逗留《ごとうりゅう》ださうですが、こゝらの挽地物屋で小鳥を沢山に飼つてゐる家《うち》はありませんか。』と聞く。それはお冬さんの家なり。予は正直に答へると、折井君は又思案して『そのお冬といふのは何《ど》んな女です。』と重ねて訊く。予は知つてゐるだけのことを答へたり。

予はこゝで白状す。お冬さんがこの事件に関係があらうとは思はれず。たとひ関係があるとしても、おとなしいお冬さんが大《だい》の男を絞殺《しめころ》さう筈《はず》は無し、どの道《みち》直接には何の関係もないらしく思はれながら、予は妙に気怯《きおく》れがして、お冬さんが家出のことをこの探偵の前に晒《さら》け出すのを躊躇《ちゆうちよ》したり。別に仔細は無し、若いお冬さんの秘密を他に洩《もら》すのがなんだか痛々しいやうな気がしたる為なり。ほかのことは皆《み》な正直に云ひたれど、この事だけは暫《しばら》く秘密を守れり。

折井君には途中で別れ、田島さんは予の宿《やど》に来《きた》りて新聞の原稿を書く。けふは坐つてゐても汗が出る。陰《くも》りて蒸暑《むしあつ》く、当夏《とうなつ》に入《い》りて第一の暑気かも知れず。田島さんは忙がしさうに原稿をかき終りて、夕方の汽車で宇都宮へ帰る。予は停車場まで送つてゆく。帰り際《ぎわ》に田島さんは予に囁《ささや》きて『折井君はお冬といふ娘に眼をつけてゐるらしい。君も注意して、なにか聞き出したことがあつたら直《すぐ》に知らしてくれ給《たま》へ。』といふ。なんだか忌《いや》な心持にもなつたれど、兎もかくも承知して別れる。宿へ帰る途中で再び折井君に逢ふ。折井君は汗を拭きながら大活動の様子なり。而《しか》もその活動を妨《さまた》げるやうに、日が暮れると例の雷雨。

十二日、晴。神経が少し亢奮《こうふん》してゐるせゐか、今朝は四時頃から眼が醒める。あさ飯《めし》の膳の出るのを待兼ねて、早々に食つてしまつて散歩に出る。六兵衛老人の姿は今朝《けさ》も店先にあらはれず。お冬さんに訊けば、気分が悪いので奥に寝てゐるといふ。お冬さんの顔色もひどく悪し。予は思ひ切つて、『警察の人が何か調べに来ましたか。』と訊けば、誰も来ないといふ。少し安心して宿《やど》に帰れば、彼《か》の小せんといふ藝妓《げいしや》が店口に腰をかけて帳場にゐる女房と何か話してゐる。まんざら識《し》らない顔でもなければ、予も挨拶しながら並んで腰をおろすと、小せんはゆうべ色々の取調べを受けた話をして、被害者の磯貝は財産家の息子で非常の放蕩者《ほうとうもの》なり、自分は彼《かれ》の贔屓《ひいき》になつてゐたけれど、兇行の当夜はほかの座敷に出てゐて何事も知らざりしといふ。予はそれとなく探索《さぐり》を入れて、磯貝はお冬さんと何か情交《わけ》でもあつたのかと訊けば、小せんは断じてそんなことはあるまいと云ふ。予はいよ〳〵安心して自分の座敷に戻る。

午後一時頃に田島さん再び来る。被害者が資産家の息子だけに、この事件は東京の新聞にも詳しく掲載されてあるとの話なり。現に東京の新聞記者五六名も田島さんとおなじ汽車にて当地に入込《いりこ》みたる由《よし》なれば、田島さんも競争して大いに活動する積《つも》りらしく見ゆ。田島さんは宿で午飯《ひるめし》を食ひてすぐに出てゆく。晴れたれども涼しい風がそよ〳〵吹く。

――夕方に田島さん帰り来《きた》りて、警察側の意見を予に話して聞かせる。兇行の嫌疑者《けんぎしや》に三種あり。第一は東京より磯貝のあとを追ひ来《きた》りしものにて、彼《か》の父は実業家とはいへ、金貸《かねかし》を本業として巨万の富を作りたる人物なれば、なにかの遺恨《いこん》にて復讐《ふくしゆう》の手を其子《そのこ》の上に加へしならんといふ説。第二は小せんの情夫《じようふ》にて、かれは鹿沼町《かぬままち》の某《ぼう》会社の職工《しよくこう》なりと云へば、一種の嫉妬か、あるひは小せんと共謀して慾得《よくとく》のために磯貝を害《がい》せしやも知れずといふ説。第三は彼《か》のお冬の父の六兵衛ならんといふ説。折井君は頻《しき》りに第三の説を主張してゐれど、これは根拠《こんきよ》が最も薄弱なりと田島さんは云ふ。予も同感なり。

第二の説も如何《いかが》にや。慾心のために磯貝を害せしならば、紙入れや金時計をも奪《うば》ひ去るべき筈《はず》なるに、紙入れは引裂《ひきさ》きたれど中味は無事なりしといふ。金時計も打毀《うちこわ》して捨て丶あり。これらから考へると、これも根拠が薄いやうなり。但《ただ》し小せんは何にも知らぬことにて、単に情夫の嫉妬と認むればこの説も相当に有力なるべし。かう煎《せん》じつめると、第一の説が最《もつと》も確実らしければど、磯貝親子の人物について何にも知らざれば、予にはその当否の判断が付かず。殊《こと》に昨今は避暑客の出盛《でさか》りにて東京よりこの町に入込《いりこ》みゐる者おびたゞしければ、一々取調べるもなか〳〵困難なるべしと察せらる。

夕飯を食つてしまふと、田島さんは又出《で》てゆく。二階の窓から瞰《み》あげると、大きい山の影は黒く聳《そび》えて、空にはもう秋らしい銀河《あまのがわ》が夢のやうに薄白く流れてゐる。やがて田島さんが忙がはしく帰つて来て、折井君はたうとう六兵衛老人を拘引《こういん》したといふ。予はなんだか腹立《はらだ》たしく感じられて、なにを証拠に拘引したかと鋭《するど》く訊けば、田島さんも詳しいことは知らず。しかし現場《げんじよう》にて昨日拾ひたる巻莨《まきたばこ》の空箱《あきばこ》に木屑《きくず》の匂ひが残つてゐたのと、それを振つたときに細《こま》かい木屑が少しばかり翻《こぼ》れ出したとの、この二つにて兇行者が挽地物《ひきじもの》細工《ざいく》に関係あるものと鑑定したらしいとのこと也《なり》。しかし挽地物屋はほかにも沢山あり。もう一つの証拠は彼《か》の薄黒い雛鳥の死骸なりと云へど、これは折井君も秘して云はざる由《よし》。

それを聞かされて、予はなんとなく落付《おちつ》いてゐられず。田島さんが原稿を書いてゐる間《ひま》に、宿をぬけ出してお冬さんの家《うち》を覗《のぞ》きにゆく。夜はもう八時過ぎなり。店先から窃《そつ》とうかゞへばお冬さんの姿はみえず、声をかけても奥に返事は無し。すこしく不安になりて、隣の人に訊けば、お冬さんは唯《た》つた今どこへか出て行つたといふ。不安はいよ〳〵募《つの》りてしばらく考へてゐる中《うち》に、ふと胸に浮《うか》びしことあり。もしやと思ひて、すぐに含満ケ淵の方へ追つてゆく。――

三

森君の日記にはこれから先のことを非常に詳《くわ》しく書いてあるが、わたしはその通りをこゝに紹介するに堪《た》へないから、その眼目《がんもく》だけを掻摘《かいつま》んで書くことにする。森君はお冬を追つてゆくと、果《はた》して含満ケ淵で彼女のすがたを見つけた。彼女はこゝから身でも投げるらしく見えたので、森君はあわてゝ抱き止めた。お冬は泣いてゐて何《なん》にも云はないのを、無理になだめ賺《すか》して訊《き》いてみると、彼女の死なうとする仔細《しさい》は斯《こ》うであつた。

前にもいふ通り、六兵衛といふ老人は小鳥を飼ふことが大好きで、商売の傍《かたわ》らに種々《しゅじゅ》の小鳥を飼ふのを楽《たのし》みにしてゐた。磯貝は去年もこの町へ避暑《ひしょ》に来て、六兵衛の店へもたび〳〵遊びに来るうちに、ある日小鳥の飼方《かいかた》の話が出ると、六兵衛は大自慢《おおじまん》で、自分が手掛《てが》ければどんな鳥でも育たないことはないと云つた。その高慢《こうまん》が少し面憎《つらにく》く思はれたのか、それとも別の思惑があつたのか、磯貝は屹《きっ》と相違ないかと念を押すと、六兵衛は屹《きっ》と受合《うけあ》ふと強情《ごうじょう》に答へた。それから五六日経《た》つと磯貝は一個の薄黒い卵を持つて来て、これを孵《かえ》してくれと云つた。見馴《みな》れない卵であるから其親鳥《そのおやどり》を訊くと、それは慈悲心鳥《じひしんちょう》であることが判つた。

日光山《につこうざん》の慈悲心鳥——それを今更《いまさら》詳しく説明する必要もあるまい。磯貝は途方もない物好きと、富豪の強い贅沢心《ぜいたくしん》とからで、その慈悲心鳥を一度飼つてみたいと思ひ立つて、中禅寺《ちゆうぜんじ》にゐる者に頼んで色々に猟《あさ》らせたが、霊鳥と云はれてゐる此鳥《このとり》は声を聞かせるばかりで形を見せたことはないので、彼は金にあかして其巣《そのす》を探させた。さうして、結局それは時鳥《ほととぎす》とおなじやうに、鶯《うぐいす》の巣で育つといふことを確めて、高い値《ね》を払つてその卵を手に入れたが、それをどうして育て、好《い》いか見当がつかないので、彼《かれ》は六兵衛のところへ持つて来て頼んだのであつた。頼まれて六兵衛も流石《さすが》におどろいた。ほかの鳥ならば何でも引受けるが、慈悲心鳥の飼ひ方ばかりは彼にも判らなかつた。しかも生れつきの強情《ごうじよう》と、強い自信力《じしんりよく》とが一つになつて、彼はたうとうそれを受合つた。育つたらば東京へ報《しら》してくれ、受取の使《つかい》をよこすからと約束して、磯貝は二百円の飼育料を六兵衛にあづけて帰つた。

名山《めいざん》の霊鳥を捕るといふのが怖《おそ》ろしい、更《さら》にそれを人間の手に飼ふといふのは勿体《もつたい》ないと、妻のお鉄《てつ》と娘のお冬とが切《しき》りに意見したが、六兵衛はどうしても肯《き》かなかつた。かれは深い興味を以《もつ》て其《その》飼方を色々に工夫《くふう》した。さうして、どうやら斯《こ》うやら無事に卵を孵《かえ》したが、雛は十日ばかりで斃《たお》れてしまつたので、かれの失望よりも妻の恐怖の方が大きかつた。お鉄はその後一種の気病《きやみ》のやうに床《とこ》に就《つ》いて、今年《ことし》の三月にたうとう死んだ。磯貝から受取つた二百円の金は、妻の長煩《ながわずら》ひにみな遣《つか》つてしまつて、六兵衛の身には殆《ほとん》ど一文《いちもん》も付かなかつた。しかし慈悲心鳥の斃《たお》れたことを彼は東京へ報《しら》せて遣《や》らなかつた。磯貝の方からも催促はなかつた。

その中《うち》に今年の夏がめぐつて来て、磯貝は再びこの町に来た。かれは六兵衛の不成功を責めた。あはせて今日《こんにち》までなんの通知もしなかつた彼の横着《おうちやく》を詰《なじ》つて、去年あづけて行つた二百円の金をかへせと迫つた。その申訳に困つて、六兵衛は更《さら》に新しい卵を見つけて来ると約束した。かれは三日ほど仕事を休んで、山の奥をそれからそれへと探してあるいたが、霊鳥の巣は見付からなかつた。よんどころ無しに彼は鶯の巣から時鳥の卵を捕つて来て、磯貝の手前を一時《いちじ》繕《つくろ》つて置いたが、その秘密を知つてゐる娘はひどく心配した。さりとて二百円の金を返す目的《めあて》はとても無いので、どうなることかと案じてゐるうちに、卵は孵《かえ》つた。六兵衛はその時鳥の雛を磯貝の旅館へ持つて行つてみせると、なんにも知らない彼は非常に喜んだ。六兵衛が帰つたあとで、磯貝はこれを宿《やど》の者に自慢らしく見せると、おなじ鶯の巣に育ちながらもそれは慈悲心鳥でないことが直《すぐ》に証明されたので、彼はまた怒つた。八月七日の午後に、磯貝は彼の雛鳥の籠《かご》をさげて六兵衛の店へ押掛《おしか》けて行つて、再びその横着を責めた。かれは詐欺取財《さぎしゆざい》として六兵衛を告訴すると敦圉《いきま》いて帰つた。

お冬はもう堪《たま》らなくなつた。このまゝにして置けば父が罪人にならなければならないので、彼女はすぐに磯貝のあとを追つて行つて、泣いて父の罪を詫《わ》びると、磯貝は少し相談があるから一緒に来いと云つて、無理に彼女を中禅寺《ちゆうぜんじ》の宿屋へ連れて行つた。さうして父の罪を救ふのも救はないのもお前の料簡次第《りようけんしだい》であると迫《せま》られた。その晩は山も崩《くず》れさうな大雷雨《だいらいう》であつた。お冬はその明《あく》る日も帰ることを許されなかつた。夜になつて磯貝が酔倒《えいたお》れた隙《すき》をみて、彼女は跣足《はだし》で宿屋をぬけ出して、暗い山路《やまじ》を半分夢中で駈降りて帰つた。可愛い娘がこれほどに凌辱《りようじよく》されたことを知つて、六兵衛は燃えるやうな息をついで磯貝を呪《のろ》つた。かれは仕事を投げ出してしまつて、傷ついた野獣のやうに奥の一間《ひとま》に唸《うな》りながら横になつてゐた。たましひも肉も無残《むざん》に虐《しいた》げられたお冬は、幽霊のやうになつて空《むな》しく生きてゐた。

抑《おさ》へられない憤怒《ふんぬ》と悔恨《かいこん》とに身を藻掻《もが》いて、六兵衛は自分の店に飼つてある小鳥をみな放してしまつた。併《しか》しこの事件の種《たね》である時鳥《ほととぎす》の雛だけは、どういふ料簡《りようけん》かそのまゝに捨てゝ置いた。九日の午後に磯貝が中禅寺から帰つて来て、もう斯《こ》うなつた以上はいつそ自分の妾《めかけ》になれとお冬に再び迫つたが、彼女はどうしても承知しなかつた。それを聞いて六兵衛の肺腸《はらわた》はいよ〳〵憤怒《ふんぬ》に焼《や》け爛《ただ》れた。その翌晩《よくばん》の八時ごろに、磯貝が散歩に出て挽地物屋の前を通ると、六兵衛は籠のなかから時鳥の雛をつかみ出して、すぐに彼のあとを追つて行つた。さうして二時間ほどの後《のち》に帰つて来た。磯貝が冷《つめた》い死骸となつて含満ケ淵のほとりに発見されたのは、その明《あく》る朝《あさ》であつた。

『八日の晩にわたくしが寧《いつ》そ中禅寺の湖水に飛び込んでしまへばよかつたんです。なんだか無暗《むやみ》に家が恋しくなつて、町まで帰つて来たのが悪かつたんです。』

お冬は泣いて悔《くや》んだ。彼女は自分の父が殺人の大きい罪を犯《おか》したのを悲しむと同時に、磯貝に虐《しいた》げられた自分の拭《ぬぐ》ふべからざる汚辱《おじよく》を狭い町中《まちじゆう》に晒《さら》すのを恐れた。彼女は父が今夜はいよ〳〵拘引されたのをみて、自分も決心した。磯貝の死場所であつた怖ろしい含満ケ淵を、彼女も自分の死場所と決めたのであつた。

森君は無論《むろん》お冬に同情した。身悶《みもだ》えして泣き狂つてゐる彼女を慰《なぐさ》めて勦《いたわ》つて、再び挽地物屋の店へ連《つ》れて帰つた。しかしお冬の家《うち》は親ひとり子一人で、その親は拘引されてゐる。その明巣《あきす》に娘一人を残して置いては、何時《なんどき》また何事《なにごと》を仕出《しで》かすかも知れないといふ不安があるので、森君はお冬を自分の宿屋へ連れて帰つて、主人にもあらましの訳を話して、当分は彼女をこゝに置いて貰《もら》ふことにした。

八月十二日の日記はこれで終つてゐる。田島はその翌朝《よくあさ》帰つた。それから十九日まで一週間の日記は甚《はなは》だ簡単で、加之《しか》もところ〴〵抹殺してあるので殆《ほとん》ど要領《ようりよう》を得ない。しかしお冬が其日まで森君の宿屋に一緒に泊《とま》つてゐたことは事実である。森君はあまり綿密《めんみつ》に日記を附けてゐる暇《ひま》がなかつたらしい。八月二十日以後の日記にはかういふ記事が見えた。

二十日、晴。今朝《けさ》は俄《にわか》に秋風立つ。午後一時頃に六兵衛老人は宇都宮から突然に帰つて来る。おどろいて訊けば、殺人の嫌疑《けんぎ》は晴れたる由《よし》。老人はその以外には口をつぐんで何《なん》にも云はず。お冬さんは嬉《うれ》し涙をこぼして自分の家《うち》へ帰る。予《よ》も一緒にゆく。近所の人たちも見舞に来る。めでたきこと限り無し。——夜《よる》七時頃にお冬さんがたづねて来て、二時間ほど語りて帰る。夜はもう薄ら寒きほどなり。当分当地に滞在する由《よし》をした〻めて、東京の兄や友人等に郵書《ゆうしよ》を送る。兄からは叱言《こごと》が来るかも知れねど是非《ぜひ》なし。

二十一、二十二の二日間《ふつかかん》の日記には別に目立つた記事もない。たゞ森君がお冬さんと親《したし》く往来してゐた事実を伝へてゐるのみである。二十三日には折井探偵が再びこの町に姿をあらはしたと書いてある。藝妓《げいしや》の小せんは再び拘引された。それは磯貝から預かつてゐた金をそのま〻着服したことが露顕《ろけん》した為《ため》である。二十四日は無事。

二十五日、陰《くもり》。微雨《びう》。——宇都宮から田島さん来《きた》る。磯貝殺しの犯人は鹿沼町の某《ある》会社の職工《しよつこう》にて、昨夜再び日光《につこう》の町へ入込《いりこ》みしところを折井刑事に捕縛《ほばく》されたりと云ふ。その職工は小せんの情夫《じようふ》にはあらず、情夫の朋輩にて小牧《こまき》なにがしといふ者なり。田島さんの報告によれば、小牧は東京にて相当の生活を営みゐたりしが、磯貝の父のために財産を差押《さしおさ》へられ、妻子にわかれて流転《るてん》の末《すえ》に、鹿沼の町にて職工となりゐたる也《なり》。兇行の当夜は小せんの情夫と共に日光に来《きた》り、ある料理店にて小せんと三人で遊んでゐるうちに、小せんは二階から往来をみおろして、あれは東京の磯貝といふ客だと教へしより、泥酔《でいすい》してゐたる小牧は、むかしの恨《うらみ》を思ひ出してむら〳〵と殺意を生じ、納涼《すずみ》にゆく振《ふり》をして表へ飛び出し、彼《かれ》のあとを尾《つ》けて含満ケ淵までゆくと、磯貝は誰やらと頻《しき》りに云ひ争つてゐる様子なり。それはいよ〳〵彼の反感を挑撥《ちようはつ》して、突然に飛びかゝつて磯貝の咽喉《のど》を絞め付《つ》け、そこへ突き倒して逃げ帰りしなりといふ。

磯貝の云ひ争つてゐた男は即《すなわ》ち六兵衛老人なり。老人も磯貝のあとを追掛《おいか》けて、無理無体に彼《かれ》を含満ケ淵の寂しいところまで連れてゆき、娘を凌辱したる罪を激しく責め、その償《つぐな》ひに貴様《きさま》の命《いのち》をわたすか、但《ただ》しはこの時鳥《ほととぎす》を慈悲心鳥として更《さら》に三千円の飼養料《しようりよう》を払ふかと、腕まくりの凄《すさ》まじい権幕《けんまく》にて談判し、磯貝がこれだけで勘弁してくれと百円ほど入れたる紙入れを突《つ》き出したるに、かれは怒《いか》つてずた〳〵に引裂《ひきさ》いて捨て、磯貝が更《さら》に金時計を差出したるに、これも石に叩きつけて打毀《うちこわ》し、どうでも三千円を渡せと罵《ののし》るところへ、彼《か》の小牧が突然に飛び込みて一言《いちごん》の問答《もんどう》にも及ばず、すぐに磯貝を絞め殺してしまひたり。これには六兵衛も呆気《あつけ》にとられて少しぼんやりと突つ立つてゐたるが、自分の眼のまへに倒れてゐる磯貝の死骸をみると、彼は俄《にわか》に云ひ知れぬ恐怖に襲はれ、摑《つか》んでゐたる雛鳥《ひなどり》を投げ捨てゝ、これも早々《そうそう》に逃げて帰りしなり。これらの事情判明して六兵衛は釈《ゆる》され、小牧は捕《とら》はる。まことに不思議の出来事だと田島さんは云ふ。

真の犯人が逮捕されるまでは、この事件に関する新聞の記事を差止《さしと》められてゐたが、明日《あした》からは差止解除となつて何《なん》でも自由にかけると田島さん大得意《おおとくい》なり。記事差止が解除となれば、あしたからは各新聞紙上にこの事件の真相が詳しく発表せらるゝならん。犯人の小牧は勿論、被害者の磯貝のことも、嫌疑者の六兵衛老人のことも……お冬さんのことも……。田島さんは今夜一泊。

二十六日、雨。今朝の新聞を待ち兼ねて手に取れば、宇都宮の新聞は一斉に筆をそろへて今度の事件を詳細に報道したり。八時頃お冬さんをたづねると、まだ何《なん》にも知らない様子なり。云つて聞かせるのも余りに痛々《いたいた》しければ黙つてゐる。田島さんは色々の材料をあつめて午頃《ひるごろ》に引揚《ひきあ》げてゆく。雨はびしよ〳〵と降りしきりて昼でも薄ら寒い日なり。月末《げつまつ》に近《ちかづ》きて各旅館の滞在客もおひ〳〵に減つてゆく。いつもながら避暑地の初秋は侘《わび》しきもの也《なり》。午後四時ごろに再びお冬さんをたづねんとて、二階の階子《はしご》を降《お》りてゆくと、唯《た》つた今お冬さんが此《この》手紙を投《ほう》り込んで行つたとて、女中が半紙《はんし》を細《ほそ》く畳《たた》んだのを渡してくれる。急いで明けてみると、――もうあなたにはお目にかゝりません――。

森君の日記には、その後お冬さんに就《つ》いては何にも書いてゐない。いや、なにか書いたらしいが、みな抹殺してあるので些《ちつ》とも解《わか》らない。しかしお冬さんも六兵衛老人も決して無事でなかつたことは、九月二日の記事を見ても知られた。

九月二日。けふは二百十日の由《よし》にて朝より暴模様《あれもよう》なり。もう思ひ切つて宿《やど》を発《た》つことにする。発《た》つ前に〇〇寺《じ》に参詣《さんけい》して、親子の新しい墓を拝《おが》む。とき〲に大粒《おおつぶ》の雨がふり出して、強い風は卒塔婆《そとば》を吹き飛ばしさうに揺《ゆす》る。その風の絶間《たえま》に蟀《こおろぎ》の声きれぎれに聞《きこ》ゆ。
――午前十時何分《なんぷん》の上《のぼ》り汽車《きしや》に乗る。――

森君が今日《こんにち》まで独身である理由《りゆう》もこれで大抵想像された。森君を乗せた汽車は今ごろ宇都宮に着いたかも知れない。森君の胸には旧《ふる》い疵《きず》が痛み出したかも知れない。わたしは日記の上から陰《くも》つた眼《め》をそむけた。

今夜の雨はまだ歇《や》まない。

馬妖記《ばようき》

一

M《エム》君は語る。

僕の友人の神原《かんばら》君は作州《さくしゅう》津山《つやま》の人である。その祖先は小早川隆景《こはやかわたかかげ》の家来《けらい》で、主人と共に朝鮮にも出征《しゅっせい》して、彼《か》の碧蹄館《へきていかん》の戦ひに明《みん》の李如松《りじょしょう》の大軍《たいぐん》を撃ち破つた武功の家柄であると伝へられてゐる。隆景は筑前《ちくぜん》の名島《なじま》に住んでゐて、世に名島殿と呼ばれて、尊敬されてゐたが、彼《かれ》は慶長《けいちょう》二年に世を去つて、養子の金吾中納言秀秋《きんごちゅうなごんひであき》の代《よ》になると、間もなく慶長五年の関《せき》が原《はら》の戦《たたかい》が始まつて、秀秋は裏切り者として名高くなつたが、その功によつて徳川家からは疎略にあつかはれず、筑前から更《さら》に中国に移封《いほう》して、備前美作《びぜんみまさか》五十万石《ごく》の太守《たいしゅ》となつた。神原君の祖先茂左衛門基治《もざえもんもとはる》も主人秀秋にしたがつて中国に移つたが、やがてその主人は乱心《らんしん》して早死《はやじに》をする、家は潰《つぶ》されるといふ始末に、茂左衛門は二度の主《しゆ》取《ど》りを嫌《きら》つて津山の在《ざい》に引込《ひつこ》んでしまひ、その後《ご》は代々農業をつゞけて今日《こんにち》に至つたのださうである。

神原君の家は、代々の当主を茂左衛門と称してゐるが、彼《か》の茂左衛門基治以来、一種の家宝《かほう》として大切に伝へられてゐる物がある。それは長さ一尺《いつしやく》に近い獣《けもの》の毛《け》で、大体《だいたい》は蒼《あお》黒《ぐろ》いやうな色であるが、ところ〴〵に灰色の斑《ぶち》があるやうにも見える。毛は可《か》なりに太いもので、それは人間の手で丁度《ちようど》ひと摑《つか》みになるくらゐの束《たば》をなしてゐる。油紙《あぶらがみ》につゝんで革文庫《かわぶんこ》に蔵《おさ》められて、文庫の上書《うわが》きには『妖馬《ようば》の毛《け》』と記《しる》されてある。それに附帯《ふたい》する伝説として、神原家に凶事《きようじ》か吉事《きつじ》のある場合には何処《どこ》かで馬の嘶《いなな》く声が三度きこえると云ふのであるが、当代の神原君が結婚したときにも、神原君のお父さんが死んだ時にも、馬はおろか、犬の吠《ほ》える声さへも聞えなかつたと云ふから、この伝説は単に一種の伝説として受取つて置く方《ほう》が無事らしいやうである。

併《しか》しその「妖馬の毛」なるものは、明《あきら》かにその形《かたち》をとゞめてゐて、今でも家宝として秘蔵されてゐる。その由来に就《つい》ては、茂左衛門基治の自筆と称せられる「馬妖記《ばようき》」といふ記録が残つてゐるので、江戸時代は勿論、明治以後になつても遠方《えんぽう》からわざ〳〵尋《たず》ねて来て、その宝物《ほうもつ》と記録とを見せて貰《もら》つてゆく人もあつたと云ふことである。わたしも先年《せんねん》、出雲《いずも》大社《たいしや》に参拝《さんぱい》の帰路《きろ》、津山の在《ざい》に神原君の家を訪《と》うて、その品々《しなじな》を見せて貰ふことが出来た。

その記録にはかういふ事実が伝へられてゐる。

文禄《ぶんろく》二年三月、その当時、小早川隆景は朝鮮に出征してゐて、名島の城には留守《るす》をあづかる侍《さむらい》達《たち》が残つてゐた。九州一円《いちえん》は太閤秀吉《たいこうひでよし》に征伏《せいふく》されてから日が浅いので、何時《なんどき》どこから一揆《いっき》の騒動なども起《おこ》らないとも限らない。また朝鮮の戦地には明《みん》の大軍が応援に来たといふのであるから、その軍の模様《もよう》によつては更《さら》に加勢の人数《にんずう》を繰出《くりだ》さなければならない。それや是《こ》れやで留守あづかりの人々も油断がならず、いづれも緊張した心持でその日を送つてゐたが、そのなかでも若い侍達は張切つた馬のやうに自分のからだを持扱《もちあつか》つてゐた。

『なぜ留守番の腰ぬけ役などに廻《まわ》されたかな、せめて蟲押《むしおさ》へに一揆《いっき》でも起《おこ》つて呉《く》れゝばよいが……。』

戦地から出陣の命令が来るか、それとも近所に一揆でも起つてくれるかと、そんなことばかりを待ち暮してゐる若侍たちの耳に、かういふ噂が伝へられた。

『多々良川《たたらがわ》に海馬《かいば》が出るさうだ。』

名島の城は多々良村に築かれてゐて、その城下《じょうか》に近いところを流れて海に入るのが多々良川である。この正月の春もまだ寒い夜に、村のある者がこの川端《かわばた》を通ると、どこからとも無しに異様な馬の嘶《いなな》く声がきこえた。暗いのでよく其《そ》の見当《けんとう》は付かなかつたが、その声は水のなかから響いて来るらしく思はれた。さうして、それが水を出て、だん〳〵に里《さと》の方《ほう》へ近《ちかづ》いて来ると、家々《いえいえ》に飼つてある馬が恰《あたか》もそれに応《こた》へるやうに、一度に狂ひ立つて嘶きはじめた。

家々の馬が狂つて嘶いたことは、どこの家でもみな知つてゐた。どうして総《すべ》ての馬が一度に嘶いたのかと不思議に思つてゐると、あくる日になつて彼《か》の者《もの》の口から異様な馬の噂を聞かされて、いづれもいよ〳〵不思議に感じた。そこらの畑道《はたけみち》には大きい四足《よつあし》の跡《あと》が残つてゐた。それから注意して窺《うかが》つてゐると、毎晩ではないが、三日に一度か五日に一度ぐらゐづつは、家々の飼馬《かいうま》が一度に狂ひ立つて嘶くのである。水から出て来るらしい馬の声は普通の馬よりも鈍《にぶ》く大きい。恰《あたか》も牛と馬との啼声《なきごえ》を一つにしたやうに響き渡つて、それが二三度も高く嘶くと、家々に繋《つな》がれてゐる沢山の馬はそれに応《こた》へるのか、或《あるい》はそれを恐れるのか、一度に嘶いて狂ひ騒ぐのである。だん〳〵調べてみると、飼馬は彼《か》の怪《あや》しい馬の声を恐れるらしい。その証拠には彼《か》の馬の声の聞えた翌日は、どこの馬もみな癇高《かんだか》になつて物におどろき易《やす》くなる。かういふわけで、彼《か》の馬は直接になんの害をなすと云ふではないが、家々の飼馬をおどろかすだけでも宜《よろ》しくない。もう一つには一種の好奇心もまじつて、村では屈竟《くつきよう》の若者どもが申合はせて彼《か》の怪しい馬の正体《しようたい》を見とゞけようと企《くわだ》てた。

勿論《もちろん》それが本当の馬であるか何《ど》うかは判らないのであるが、仮にそれを馬と決めて置いて、彼等《かれら》はそれを馬狩《うまがり》と唱《とな》へた。馬狩の群《むれ》は二三人づつ幾組《いくくみ》にも分れて、川筋《かわすじ》から里《さと》につゞく要所要所に待伏せをしたが、月の明るい夜には彼《か》の嘶きが決して聞《きこ》えないで、いつも暗い夜《よ》に限られてゐるために、その正体を見とゞけるのが頗《すこぶ》る困難であつた。殊《こと》にそれが水から出て来るのか山の方《ほう》から出て来るのか、その足跡《あしあと》が色々にみだれてゐるので、確かなことは判らなかつた。併《しか》し其声《そのこえ》は川の方から聞え始めるやうな場合が多いので、それは海から川づたひに上《あが》つて来るのであらうと云ふことになつたが、彼の馬は決して続けて嘶《な》かない。続けて嘶けば、その声をしるべに尋《たず》ね寄ることも出来るのであるが、その嘶くやうな吠えるやうな声は最初から終りまで僅《わず》かに三声《みこえ》か四声である。したがつて、声のする方角《ほうがく》へ駈け付けても、そこには既《も》うそれらしい物の気勢《けはい》もしないのである。

何分《なにぶん》にも暗くては何《ど》うにもならないので、彼等は松明《たいまつ》を持つて出る事にすると、その夜には一度も嘶きの声がきこえなかつた。怪しい馬は火のひかりを恐れて姿を現《あらわ》さないらしいのである。火が無くては、暗くて判らない。火があつては相手が出て来ない。まことに始末《しまつ》が悪いので、彼等は相談して一種の陥《おと》し穽《あな》を作ることにした。その通路であるらしい所に、二ケ所ばかりの深い穴を掘り下げて、枯柴《かれしば》や藁《わら》などで其上《そのうえ》を掩《おお》つて置いたが、それも矢《や》はり成功しなかつた。

『海から来るならば格別《かくべつ》、もし山から来るならば足跡のつゞいてゐない筈《はず》はない。根好《こんよ》くそれを穿索《せんさく》してみろ。』

老人たちに注意されて、成程《なるほど》と気の付いた若者どもは、更《さら》に足跡の詮議《せんぎ》をはじめると、山の方角には何《ど》うもそれらしい跡を発見し得《え》なかつたので、怪しい馬は矢《や》はり海から上《あが》つて来ることに決められてしまつた。

『海馬《かいば》か、トヾだ。』

海獣《かいじゆう》が四本《よんほん》の足を持つてゐるか何《ど》うかと云ふことをその時代の人たちは考へなかつたらしく、それを一種の海獣と鑑定したのである。そのうちに、こゝに一つの事件が起《おこ》つた。

それは二月なかばの陰《くも》つた夜である。本来ならば月の明るい頃であるが、今夜《こんや》は雨催《あめもよ》ひの暗い空に弱い星のひかりが二つ三つ閃《ひらめ》いてゐるばかりであつた。こんな晩《ばん》には出て来るかも知れないと、馬狩の群は手配《てくば》りして待ちかまへてゐると、やがて彼の嘶《いなな》きの声がきこえた。つゞいて一ケ所の陥《おと》し穽《あな》で鳴子《なるこ》の音がきこえた、素破《すわ》こそと彼等は一度にそこへ駈けあつまつて、用意の松明に火を点《とも》して窺《うかが》ふと、穴の底に落ちてゐるのは人であつた。

二

人は隣村《となりむら》の鉄作《てつさく》といふ若者である。かれが今頃どうしてこゝへ来て、この陥《おと》し穽《あな》に落ちたのかと、不思議ながらに引揚《ひきあ》げると、鉄作は殆《ほとん》ど半死半生《はんしはんしよう》の体《てい》で、しばらくは碌々《ろくろく》に口も利《き》けないのを、介抱してだん〳〵詮議《せんぎ》すると、彼《かれ》は今夜《こんやか》彼の怪《あや》しい馬に出逢《であ》つたといふのであつた。

この村の次郎兵衛《じろべえ》といふ百姓《ひやくしよう》の後家《ごけ》にお福《ふく》といふ女がある。お福は今年三十七八で、わが子のやうな鉄作と予《かね》て関係を結《むす》んでゐたが、自分の家《うち》へ引き入れては母の手前《てまえ》や近所の手前があるので、自分の家から少しく距《はな》れた小さい森のなかを逢曳《あいび》きの場所と定《さだ》めてゐた。ところが、此頃は彼《か》の海馬の騒ぎで、鉄作は些《ちつ》とも寄附《よりつ》かない。それを待侘《まちわび》しく思つて、お福はけふの昼のうちに隣村へ窃《そつ》とたづねて行つて、今夜《こんや》は是非《ぜひ》逢ひに来てくれと堅く約束して帰つた。年上の女にうるさく催促されて、鉄作は今夜よんどころなく忍《しの》んで来ると、さつきから自分の家《うち》の門《もん》に立つて待暮《まちくら》してゐたお福は、すぐに男の手を把《と》つて、いつもの森をさして暗い夜道を辿《たど》つてゆくと、狭い道のまん中で突然に何物《なにもの》にか突き当つた。

こつちは勿論おどろいたが、相手も驚いたらしい。大きい鼻息をしたかと思ふと、たちまちに一と声高く嘶《いなな》いた。それが彼《か》の怪《あや》しい馬であると知つたときに、鉄作は気が遠くなるほどに驚いた。驚いたと云ふよりも、怖《おそ》ろしさが又一倍《またいちばい》で、彼はもう前後の考へもなく、捉《と》られてゐる女の手をふり払つて、一目散《いちもくさん》に元来た道へ逃げ出したが、暗いのと慌てたのとで方角をあやまつて、彼《か》の陥《おと》し穽《あな》に転げ込んだのである。

さう判《わか》つてみると、騒ぎはいよ〳〵大きくなつて、大勢《おおぜい》は松明《たいまつ》をふり照《てら》してそこらを穿《せん》索《さく》すると、果《はた》して道のまん中に次郎兵衛後家《ごけ》のお福が正体もなく倒れてゐた。お福は介抱しても既《も》う生きなかつた。横《よこ》さまに倒れたところを、彼《か》の馬の足で脇腹を強く踏《ふ》まれたらしい、肋《あばら》の骨《ほね》が皆踏《ふ》み砕《くだ》かれてゐるのを見ても、彼《か》の馬がよほど巨大な動物であることが想像されて、人々は顔をみあはせた。

『次郎兵衛後家が海馬《かいば》にふみ殺された。』

その噂が又ひろまつて、人々の好奇心は次第に恐怖心に変つて来た。海馬だか何だか知らないが、そんな巨大な怪物に出逢つては敵《かな》はないといふ恐怖心に囚《とら》はれて、その以来は彼《か》の馬狩に加はる者がだん〳〵に減つて来るやうになつた。暗い夜にはどこの家《いえ》でも早く戸を閉ぢてしまつた。怪しい馬は相変らず三日目か五日目には異様な嘶きを聞かせて、家々の飼馬を脅《おびや》かしてゐた。

『どうも不思議なことだな。併《しか》し面白い。』と、その噂を聴いた城中《じようちゆう》の若侍《わかざむらい》等《たち》は云つた。前に云つたやうな事情で、彼等《かれら》は何か事あれかしと待ちかまへてゐた所《ところ》である。その矢先《さき》へこんな風説《ふうせつ》が耳に這入つては猶予《ゆうよ》はならない。糟屋甚七《かすやじんしち》、古河市五郎《ふるかわいちごろう》の二人は、すぐに多々良村《たたらむら》へ出向いてその実否《じつぷ》を詮議すると、その風説に間違ひはないと判《わか》つた。

『もう三月ではないか。正月以来そんな不思議があつたら、なぜ早く俺達に訴へないのだ。』

二人は更《さら》に隣村へ行つて、彼《か》の鉄作を詮議すると、彼はその後半月《ごはんつき》あまりも病人になつてゐたが、此頃《しか》はやう〳〵元《もと》のからだに戻つたとのことで、甚七等《ら》の問《とい》に対して何事も正直に答へた。併《しか》し自分の出逢つた怪物がどんな物であつたかを説明することは出来なかつた。何分《なにぶん》にも暗い夜といひ、且《かつ》は不意の出来事であるので、半分は夢中で何の記憶もないのであるが、それは普通の牛や馬よりも余《よ》ほど大きな物で、突当《つきあた》つた一刹那《いつせつな》に感じたところでは、熊のやうな長い毛が一面に生《は》えてゐるらしかつたと云ふのである。

それ以上のことは判らなかつたが、兎《と》もかくも一種の怪獣があらはれて、家々の飼馬を恐れさせ、更《さら》に次郎兵衛後家を踏み殺したといふのは事実であることが確かめられたので、甚七と市五郎とは満足して引揚《ひきあ》げた。城へ帰る途中で、甚七は云ひ出した。

『併《しか》し貴公《きこう》、この事をすぐに皆《みん》なに吹聴《ふいちよう》するか。』

『それを俺も考へてゐるのだが、無闇《むやみ》に吹聴して大勢《おおぜい》がわや〳〵附いて来られては困る。いつそ貴公とおれと二人で窃《そつ》と行くことにしようではないか。』

いかなる場合にも人間には功名心《こうみようしん》がある。甚七と市五郎も海馬探険の功妙《こうみよう》手柄《てがら》を独《ひと》り占《じ》めにしようと云ふ下心《したごころ》があるので、結局他《た》の者《おの》どもを出しぬいて、二人が今夜ひそかに出て来ることに相談を決めた。

三月もなかばを過ぎて、こゝらの春は暖《あたた》かであつた。恰《あたか》もけふは午後から薄陰《うすぐも》りして、遅い桜が風のない夕《ゆうべ》にほろ〳〵と散つてゐた。

『今夜は屹《きつ》と出るぜ』

二人は夜が来るのを待ちかねて、誘《さそ》ひあはせて城をぬけ出した。市五郎は鉄砲《てつぽう》を用意して行かうかと云つたが、飛び道具をたづさへてゐると門検《もんあらた》めが面倒《めんどう》であるといふので、甚七は反対した。二人はたゞ身軽に扮装《いでた》つだけのことにして、戌《いぬ》の刻《こく》を過ぎる頃から城下の村へ忍んでゆくと、お誂《あつら》へ向きの暗い夜で、今にも雨を運んで来さうな生温《なまぬる》い南風《みなみかぜ》が彼等《かれら》の頰《ほお》を撫《な》でて通つた。城下であるから附近の地理はふだんから好《よ》く知つてゐる。殊《こと》に昼のうちにも大抵《たいてい》の見当《けんとう》は付けて置いたので、二人は眼先《めさき》もみえない夜道にも迷ふことなしに、目的の場所へゆき着いた。

どこと云ふ確かな的《あて》もないが、怪しい馬は水から出て来るらしいと云ふのを頼りに、二人は多々良川に近いところに陣取《じんど》つて、一本の大きい櫨《はじ》の木を小楯《こだて》に忍んでゐると、やがて一時《いっとき》も過ぎたかと思はれる頃に、どこからか大きい足音がきこえた。

『来たらしいぞ。』

二人《ふたり》は息をころして窺《うかが》つてゐると、彼等の隠れ場所から十間余《じっけんあま》りも距《はな》れたところに、一つの大きい黒い影のあらはれたのが水明りでぼんやりと見えた。黒い影は鈍《にぶ》く揺《うご》いて水に這入《はい》つて行くらしかつた。つゞいて水を打つやうな音が幾《いく》たびか聞えたので、甚七は市五郎にさゝやいた。

『水から出て来るのではない。水に這入るのだ。』

『どうも魚を捕るらしいぞ。』

『馬が魚を食ふかな。』

『それが少しをかしい。』

猶《なお》も油断なく窺つてゐると、黒い影は水から出て来て、暗い空に向つて高く嘶《いなな》いた。それを合図のやうに二人はつか〳〵と進み寄つて、袖《そで》の下に隠してゐた火縄《ひなわ》を振り照らすと、その小さい火に対して相手は余りに大き過ぎるらしく、唯真黒《ただまつくろ》な物が眼のさきに突つ立つてゐるだけで、その正体はよく判らなかつた。それと同時に、その黒い影は蛍《ほたる》よりも淡い火のひかりを避けるやうに、体《たい》をひるがへして立去らうとするのを、二人はつゞいて追はうとすると、目先の方に気を取られて火縄をふる手が自然おろそかになつたらしい。恰《あたか》も強く吹いて来る川風のために二つの火縄は消されてしまつた。はつと思ふ間《ま》も無しに、市五郎は殴《はた》かれたか蹴《け》られたか声も立てずに其場に倒れた。

甚七はあわてゝ刀《かたな》をぬいて、相手を斬るともなく、自分を防ぐともなく、半分は夢中で振りまはすと黒い影は彼をそのまゝにして徐《しず》かに闇の奥に隠れて行つた。甚七はまだ追はうとすると、わが足は倒れてゐる市五郎につまづいて、これも暗いなかに倒れた。彼は起きかへりながら小声で呼んだ。

『市五郎、どうした。』

市五郎は答へないで、唯呻《ただうめ》くばかりである。暗いので好《よ》くは判らないが、彼《かれ》は怪物のために手ひどく打撃を受けたらしい。かうなると先《ま》づ彼を介抱《かいほう》しなければならないと思つたので、甚七は暗いなかを叫びながら里《さと》の方《ほう》へ走つた。

『おい、おい。誰かゐないか。』

馬狩の群はこのごろ著《いちじ》るしく減つたのであるが、それでも強情《ごうじょう》に出てゐる者も二組《ふたくみ》ほどあつた。その六七人が甚七の声におどろかされて駈け集まつて来た。相手が城内の侍《さむらい》とわかつて、彼等はいよ〳〵驚いた。用意の松明《たいまつ》に火をとぼして、市五郎の倒れてゐる場所へかけ付けると、彼は鼻や口からおびたゞしい血を流して、上下《うえした》の前歯が五本ほども折れてゐた。市五郎は怪物のために鼻や口を強く打たれたらしい。取りあへず其処《そこ》から近い農家へ運び込んで、水や薬の応急手当を加へると、市五郎はやう〳〵に正気づいたが、倒れる機《はずみ》に頭をも強く打つたらしく、容易《ようい》に起き上《あが》ることは出来なかつた。

　これには甚七もひどく困つた。城内へ帰つて正直にそれを報告する時は、いかにも自分たちの武勇が足らないやうに思はれるばかりか、無断で海馬探険などに出かけて来てこの失態《しったい》を演じたとあつては、組頭《くみがしら》からどんなに叱られるか判らない。さりとて今さら仕様もないので、彼は市五郎の看護を他《た》の人々にたのんで、自分だけは一先《ひとま》づ城内へ戻ることにした。戻ると、果《はた》して散々《さんざん》の始末であつた。

『お留守をうけたまはる身の上で、要《よう》でもない悪戯《いたずら》をして、朋輩《ほうばい》を怪我人《けがにん》にするとは何のことだ。侍ひとりでも大切といふ今の場合を知らないか。』と、彼は組頭から厳しく叱られた。

『一体《いったい》われ〳〵を出し抜いて、自分達ばかりで手柄をしようと巧《たく》らむから悪いのだ。』と、彼は他《た》の朋輩からも笑はれた。

　叱られたり笑はれたりして、覚悟《かくご》の上とは云ひながら甚七も少しく取逆上《とりのぼ》せたらしい。

かれは危《あや》うく切腹《せつぷく》しようとする所を、朋輩どもに支《ささ》へられた。それを聞いて組頭は又叱つた。『市五郎が怪我人となつたさへあるに、甚七までが切腹してどうするのだ。他の者共《たものども》を案内して行つて、早く市五郎を連れて帰れ。』

朋輩共も一旦《いつたん》は笑つたもの丶、たゞ笑つてゐて済むわけのものでは無《な》いので、組頭の指図《さしず》にしたがつて、十人はすぐに仕度《したく》をして城を出た。甚七は無論その案内に立たされた。神原家《かんばらけ》の先祖の茂左衛門基治《もざえもんもとはる》はその当時十九歳の若侍で、この一行《いつこう》に加はつてゐたのである。

その途中で年長《としかさ》の伊丹弥次兵衛《いたみやじべえ》はこんなことを云ひ出した。

『組頭はたゞ古河市五郎を連れ帰れといふだけの指図であつたが、海馬の噂は我々も聞いている。そのま丶に捨て丶置いては、お家《いえ》の威光《いこう》にもかゝはる事だ。殊《こと》に甚七と市五郎が斯様《かよう》な不覚をはたらいたのを、唯《ただ》そのま丶に致して置いては、他国ばかりでなく、御領内の民百姓《たみひやくしよう》までも嘲《あざけ》り笑《わら》はる丶道理ではないか。先《ま》づ市五郎の容態《ようだい》を見とゞけた上で、次第によつては我々もその馬狩を企《くわだ》て丶は何《ど》うだな。』

人々は皆尤《みなもつと》もと同意した。かれらが里に近《ちか》づいた頃に、家々の飼馬は一度に狂ひ嘶いて、彼《か》の怪物がまだそこらに徘徊《はいかい》してゐることを教へたので、人々の気分は更《さら》に緊張した。年《とし》のわかい茂左衛門の血は沸《わ》いた。

三

古河市五郎《ふるかわいちごろう》が運び込まれたのは、彼《か》の次郎兵衛後家《じろべえごけ》のお福《ふく》の家《いえ》であつた。お福の家は母のおもよと、貰《もら》ひ娘《むすめ》のおらちといふ今年十六の小娘《こむすめ》と、女ばかりの三人暮しであつたが、そのなかで働き盛りのお福は海馬《かいば》にふみ殺されて、老人と小娘ばかりが残つたのである。幸ひにおもよは六十を越してもまだ壮健《そうけん》であるので、やがてはおらちに相当の婿を迎へることにして、兎もかくも一家《いっか》を保《たも》つてゐるのであつた。さういふ訳であるので、おもよは我身の不幸に引きくらべて、傷いた若侍にも一層同情したらしく、村の人々の先に立つて親切に彼を介抱した。

そこへ城内の人々がたづねて来た。市五郎の容態《ようだい》は何分《なにぶん》軽くないのを見て、一行《いっこう》十一人のうちから四人は彼に附添つて帰城することになつた。その四人の中《うち》に甚七《じんしち》も加へられた。それは伊丹弥次兵衛《いたみやじべえ》の意見で、彼《かれ》は再び何かの失態《しったい》を演じた場合には、今度こそはほんたうに腹でも切らなければならない事になるのであるから、いつそ怪我人《けがにん》を守護して帰城した方が無事であらうと云ふのであつたが、本人の甚七はどうしても肯《き》かなかつた。武士の面目《めんぼく》、たとひ命を捨てゝもよいから是非とも後《あと》に残りたいと云ひ張るので、結局他の者を以《もっ》て彼に代へることになつた。

かうなると、甚七ばかりでなく、怪我人に附き添つて空《むな》しく帰城するよりも、あとに残つて海馬探険に加はりたいと云ふ志願者が多いので、弥次兵衛も少しくその処置に苦《くるし》んだが、どうにかその役割も決定して、怪我人を戸板にのせて村の者四人に舁《かつ》がせ、更《さら》に四人の若侍がその前後を囲《かこ》んで帰城することになつた。あとには弥次兵衛と甚七をあはせて、七人の者が残されたわけである。

『馬妖記』にはその七人の姓名が列挙してある。それは伊丹弥次兵衛正恒《まさつね》、穂積権九郎宗《ほづみごんくろうむね》重《しげ》、熊谷小五八照賢《くまがやこごはちてるかた》、鞍手助左衛門正親《くらてすけざえもんまさちか》、倉橋傳十郎直行《くらはしでんじゆうろうなおゆき》、粕屋甚七常定《かすやじんしちつねさだ》、神原茂左衛《かんばらもざえ》門基治《もんもとはる》で、年齢は一々記《しる》されてゐないが、十九歳の茂左衛門基治、即《すなわ》ちこの馬妖記の筆者《ひつしゃ》が一番の年少者であつたらしい。この七人が三組に分《わか》れた。第一組は弥次兵衛と助左衛門、第二の組は権九郎と小五八、第三の組は傳十郎と甚七で茂左衛門一人はこの次郎兵衛後家の家《いえ》に残つてゐることになつた。要するにこゝを本陣《ほんじん》として、誰か一人は留守居《るすい》をしてゐなければならないと云ふので、最年少者の茂左衛門がその留守番を申付けられたのである。組々の侍には村の若者が案内者として二人づつ附添ひ、都合《つごう》四人づつが一組となつてこゝを出発する頃には、夜《よ》もいよ〳〵更《ふ》けて来て、暗い大空《おおぞら》はこの村の上に重く掩《おお》ひかゝつてゐた。

留守番は勿論不平であつたが、茂左衛門は年の若いだけに我慢《がまん》しなければならなかつた。土間《どま》に転《ころ》がしてある切株《きりかぶ》に腰をかけて、彼《かれ》は黙つて表《おもて》の闇を睨《にら》んでゐると、おもよは湯を汲《く》んで来てくれた。

『御苦労様でございます。』

『大勢《おおぜい》が色々世話になるな。』と、茂左衛門はその湯をのみながら云つた。

それが口切りとなつて、おもよは海馬《かいば》の話をはじめた。茂左衛門も心得のために色々のことを訊いた。

『こゝの女房《にようぼう》は飛んだ災難に逢つて、気の毒であつたな。』

『まことに飛んだ目に逢ひましてございます。』と、おもよは眼を湿《うる》ませた。『併《しか》し立派なお侍様さへもあんな事になるのでございますから、わたくし共の娘などは致方《いたしかた》がございません。』

立派な侍さへもあんな事になる――それが一種の侮辱《ぶじよく》のやうにも聞かれて、年の若い茂左衛門は少しく不快を感じたが、偽《いつわ》り飾りのないらしい朴訥《ぼくとつ》の老婆に対して、彼は深くそれを咎《とが》める気にもなれなかつた。それに付けても市五郎等《ら》の失敗を彼は残念に思つた。

『こゝの女房は海馬に踏み殺されたのだな。』と、茂左衛門は又訊いた。

『左様《さよう》でございます。肋《あばら》の骨を幾枚も踏み折られてしまひました。』

『むごい事をしたな。』

『わたくしも実に驚きました。』と、おもよはいよ〳〵声を陰《くも》らせた。『それも淫奔《いたずら》の罰《ばち》かも知れません。』

『隣村の若い者が一緒に居たのださうだな。それは無事に逃げたのか。』

『それは隣村の鉄作と申す者で、やはり男でございますから、お福を置去りにして真先《まつさき》に逃げてしまつたと見えます。』と、おもよは少しく恨《うら》み顔に云つた。『お福はわたくしの生みの娘《むすめ》で、今年三十八になります。次郎兵衛といふものを婿《むこ》に貰ひましたが、夫婦の仲に子供がございませんので、おらちといふ貰ひ娘をいたしまして、それは今年十六になります。次郎兵衛は一昨年の夏になくなりまして、其後《そのご》は女三人で何《ど》うにか斯《こ》うにか暮して居りますと、お福はいつの間にか隣村の鉄作と……。鉄作は今年たしか二十歳《はたち》の筈《はず》で、おらちと従弟《いとこ》同士にあたりますので、不断から近しく出入りはいたして居りましたが、お福とは親子ほども年が違ふのでございますから、わたくしもよもやと思つて油断して居りますと、飛んでもない淫奔《いたずら》から飛んでもない災難に出逢ひまして……。腹が立つやら悲しいやら、なんともお話になりませんやうな訳で、世間に対しても外聞が悪うございます。』

『その鉄作はどうしてゐる。』

『この頃は身体もすつかり癒《なお》りまして、自分でもお福を見殺しにして逃げたのを、なんだか気が咎《とが》めるのでございませう。時々にたづねて来て色々の世話をして呉《く》れますが、あんな男に相変《あいかわ》らず出入りをされましては、なほ〳〵世間《せけん》に外聞が悪うございますから、なるべく顔を見せてくれるなと云つて断つて居ります。』

云ひかけて、おもよは気が注《つ》いたやうに暗い表《おもて》に眼を遣《や》つた。

『おや、雨が降つてまゐりました。』

茂左衛門も気がついて表を覗《のぞ》くと、闇のなかに雨の音が疎《まば》らにきこえた。

『たうとう降つて来たか。』

彼は起《た》つて軒下《のきした》へ出ると、おもよも続いて出て来た。

『皆さまも嘸《さぞ》お困りでございませう。どうも此頃は雨が多くて困ります。』

家の前にも横手にも空地《あきち》があつて、横手には小さい納屋《なや》がある。それに不図《ふと》眼をつけたらしいおもよは急に声をかけた。

『そこにゐるのはおらちでないか。さつきから姿が見えねえから、奥で寝てゐるのかと思つてゐたに……。この夜更《よふ》けにそんな所で何をしてゐるのだ。』

叱られて納屋の蔭からその小さい姿をあらはしたのは、おもよが改めて紹介するまでもなく、今年十六になるといふ孫娘のおらちであることを、茂左衛門はすぐに覚《さと》つた。おらちは物の怖《お》ぢるやうな落付かない態度で、二人の前に出て来た。

『お城のお侍さまに御挨拶《ごあいさつ》をしないか。』と、おもよは又云つた。

おらちは無言で茂左衛門に会釈《えしやく》して、あとを見かへりながら内《うち》に這入ると、おもよは独り言のやうに、あいつ何をしてゐたかと呟《つぶや》きながら、入れ代つて納屋の方へ覗きに行つたかと思ふ間もなく、老女は忽《たちま》ちに声を尖《とが》らせた。

『そこにゐるのは誰だよ。』

それに驚かされて、茂左衛門も覗いてみると、暗い納屋の蔭にまだ一つの黒い影が忍んでゐるらしかつた。おもよは咎めるやうに又呶鳴《どな》つた。

『誰だよ。鉄作でないか。今ごろ何しに来た。お福の幽霊に逢ひたいのか。』

相手はそれにも答へないで、暗い雨のなかを抜け出してゆく足音ばかりが聞えた。さうしてそれが家の前からまだ四五間《けん》も行き過ぎまいかと思はれる時に、きやつといふ悲鳴が又突然にきこえた。つゞいて嘶《いなな》くのか、吠えるのか、唸《うな》るのか、得体《えたい》のわからない一種の叫びが闇を揺《ゆす》るやうに高く響いた。

『あ、あれでございます。』と、おもよは俄《にわか》に怖《おび》えるやうに囁《ささや》いた。

もう問答の暇《いとま》もない。茂左衛門は跳《おど》るやうに表へ飛び出すと、雨はだん〳〵に強くなつてゐた。引返《ひつかえ》して火縄をつける間《ひま》も惜《おし》いので、彼はその叫びのきこえた方角へ直驀地《まつしぐら》に駈けてゆくと、草鞋《わらじ》は雨にすべつて路ばたの菜畑《なばたけ》に転げ込んだ。一旦は転んで又起きかへる時、彼は何者にか突き当つたのである。それが大きい獣《けもの》であるらしいことを覚《さと》つたが、あまりに距離が近過ぎるので、茂左衛門は刀をぬく術《すべ》がなかつた。彼は必死の覚悟でその怪物に組み付くと、相手は強い力で振り飛ばした。振り飛ばされて茂左衛門は又倒れたが、すぐに刎《は》ね起きて刀をぬいた。さうして、暗いなかを手あたり次第に斬り廻つたが、刃《やいば》に触れるものは菜の葉や菜の花ばかりで、一向にそれらしい手堪《てごた》へはなかつた。耳を澄ましてその足音を聞き定《さだ》めようとしたが、あひにくに降りしきる雨の音に妨げられて、それも判らなかつた。

『残念だな。』

がつかりして突つ立つてゐるところへ、三四人が駈けつけて来た。それは第三の組の倉橋傳十郎と粕屋甚七と、案内の者共《ものども》であつた。かれらは彼の怪《か》しい叫びを聞き付けて駈け集まつたのであるが、もう遅かつた。傳十郎も口惜《くやし》がつたが、取分けて甚七は残念がつた。彼は宵《よい》の恥辱を雪《すす》がうとして、火縄を無暗《むやみ》に振つて駈けまはつたが、結局くたびれ損に終つた。

第三の組ばかりでなく、第一第二の組もおひ〳〵に駈け付けた。さうして松明《たいまつ》を照らしてそこらを探し廻つたが、それも矢はり不成功に終つたので、よんどころなく本陣にしてゐる次郎兵衛後家の家《うち》へ一旦《いつたん》引揚げることになつた。こゝで初めて発見されたのは、茂左衛門の左の手に幾筋の長い毛を摑んでゐたことであつた。

何時《いつ》どうしてこんなものを摑んだのか、自分にも確かな記憶はない。だん〳〵考へてゐると、暗いなかを無暗に斬つて廻つてゐるあひだに、何物かを摑んだことがあるやうにも思はれる。あるひは其時、片手は獣の毛を摑んで、片手でそれを切つたのかも知れない。或《あるい》は確かにそれを切るといふ気でもなく、たゞ無暗に振りまはした切先《きつさき》が恰《あたか》もそれに触れたのかも知れない。茂左衛門自身も一切夢中であつたので、何がどうしたのか其《その》説明に苦《くるし》むのであるが、兎もかくも自分の手に怪しい獣の毛を摑んでゐるのは事実である。彼はその毛を夢中でしつかり握りしめて、片手なぐりに斬つて廻つてゐたものらしい。

『いや、なんにしてもお手柄だ。渡辺綱《わたなべのつな》が鬼の腕を斬つたやうなものだ。』

今夜の大将ともいふべき伊丹弥次兵衛は褒《ほ》めた。

四

もう一つ発見されたのは、半死半生《はんしはんしょう》で路《みち》ばたに倒れてゐる鉄作の姿であつた。これも同じ家へ舁《か》き込まれて人々の介抱をうけたが、その暁方《あけがた》にたうとう死んだ。

『わしが海馬に蹴殺《けころ》されるのはお福の恨《うら》みに相違《そうい》ない。』と鉄作は云つた。

かれは死際《しにぎわ》におもよに向つて、怖ろしい懺悔《ざんげ》をした。前にもいふ通り、お福は海馬に踏み殺されたのではなく、実は鉄作が殺したといふのである。鉄作とおらちとは従弟同士で、そのおらちがお福の家の娘に貰はれて行つた関係から、鉄作もしば〳〵そこへ出入りをして、次郎兵衛の死後にはいつか後家のお福と情《じょう》を通ずるやうになつたのである。勿論それは女の方から誘ひかけられた恋で、親子ほども年の違ふ二人のあひだの愛情が永く結び付けられる筈がなかつた。殊《こと》にお福の貰ひ娘になつてゐるおらちが軈《やが》て十六の春を迎へるやうになつて、鉄作のこゝろは次第にその方へ惹《ひ》かれて行つた。それがお福の眼にもついて、忽《たちま》ちに嫉妬の炎《ほむら》を燃やした。たとひ身腹《みはら》は分けずとも、仮にも親と名のつく者の男を寝取るとは何事であると、お福は明け暮れにおらちを責めた。まして鉄作にむかつては、殆ど夜叉《やしや》の形相《ぎやうさう》で激しく責め立てた。

　おらちは身におぼえのない濡衣《ぬれぎぬ》であることを説明しても、お福はなか〳〵承知しなかつた。母の手前、お福も表向きには何とも云ふことは出来なかつたが、蔭《かげ》へまはつては執念ぶかくおらちを窘《いじ》めて、時にはこんなことをも云つた。

『おまへのやうな奴はいつそ海馬にでも踏み殺されてしまへ。』

　堪《たま》らなくなつて、おらちはそれを鉄作に訴へると、彼は年上の女の激しい嫉妬に堪《た》へ難《がた》くなつてゐる折柄であるので、不図《ふと》おそろしい計画を思ひ付いた。お福のいはゆる『海馬にふみ殺されてしまへ。』を彼はそのまゝ実行しようと企《くわだ》てたのである。かれは暗夜《あんや》にお福を誘ひ出して、突然彼《か》の女《おんな》を路《みち》ばたに突き倒して、大きい石をその脇腹と思はれるところに投げ付けると、お福は二言《にごん》と云はずに息が絶えてしまつた。その肋《あばら》の骨の砕《くだ》けてゐたのはそれが為であつた。

　相手の死んだのを見すまして、鉄作はその石を少しく距《はな》れたところへ運んで行つた。証拠を隠してしまつて飽《あく》までも海馬の仕業《しわざ》と思はせる巧《たく》みである。さうして、自分はそのまゝ窃《そつ》と立去る積りであつたが、彼は恰《あたか》もその時にほんたうの海馬に出逢つた。これには胆《きも》を消《け》して、うろたへ廻つて逃げ出す途中、あやまつて彼《か》の陥《おと》し穴に転《ころ》げ落ちたのである。かうなつては既《も》う仕方がないので、彼は救ひに来てくれた人々に向つて、嘘と誠を取りまぜて話した。お福と一緒にこゝまで来た事と、海馬に出逢つた事とこの二つが本当であるので、正直な村の人々はお福が海馬に踏み殺されたことまでも容易に信じてしまつたのである。本当の海馬が恰もそこへ現れて来たのは、彼に取つては実に勿怪《もつけ》の幸《さいわ》ひとも云ふべきであつた。

かうして世間の眼を晦《くら》まして、彼は老いたる情婦《じようふ》を首尾よく闇から闇へ葬《ほうむ》つた後、更《さら》に若い情婦を手に入れようと試みた。おらちも従弟同士の若い男を憎いとは思はなかつたが、養《やしな》ひ親と彼《かれ》との関係を薄々《うすうす》覚《さと》つてゐたので、素直にそれに靡《なび》かうともしなかつた。その煮え切らない態度に鉄作は焦《じ》れ込んで、今夜もおらちを窃《そつ》と呼び出して、納屋のかげで手詰《てづ》めの談判《だんぱん》を開いてゐるところを、恰も祖母のおもよに発見されたのであつた。この場合、見付けられては勿論面倒であるので、彼はおもよの呼ぶ声をあとに聞き流して表へ逃げ出すと、四五間先《けんさき》で再び海馬に出逢つたのである。かれはお福の死について一場《いちじよう》の嘘を作つた。さうして、自分がその嘘の通りに死んだ。

茂左衛門もその懺悔を聴いた一人《いちにん》であつた。彼はその『馬妖記』の一挿話《そうわ》として、「本《ほん》文《もん》には要《よう》なきことながら」と註を入れながら、鉄作の一条を比較的に詳しく書き留めてあるのをみると、その当時の武士もこの事件について相当の興味を感じたものと察せられる。

その夜の探険は不成功に終つて、雨のまだ晴れやらない早朝に、七人の侍は空《むな》しく城に引揚げた。そのなかで兎もかくも怪しい獣の毛をつかんでゐる茂左衛門が第一の功名者《こうみようしや》であることは云ふまでもなかつた。古河市五郎は療治《りようじ》が届かないで、三月の末《すえ》に死んだ。四月になつても、多々良村では海馬の噂がまだ止《や》まない。かうなると、城内でも既《も》う捨置《すてお》かれなくなつて、彼《か》の弥次兵衛のいふ通り、他領への聞えもあれば、領内の住民等の思惑もある。かた〴〵彼《か》の怪しい馬を狩り取れといふことになつて、屈竟《くつきよう》の侍が八十人、鉄砲組の足軽五十人、それが五組に分れて、四月十二日の夜に大仕掛けの馬狩をはじめた。先夜の七人も皆それ〴〵の部署に附いた。

四月に入つてから雨催《あめもよ》ひの日が続いたのは、月夜を嫌ふ馬狩のためには仕合せであつた。併《しか》し第一夜は何物をも見出《みいだ》し得なかつた。第二夜もおなじく不成功のうちに明けた。第三夜の十四日の夜《よ》も亥《い》の刻《こく》(午後十時)を過ぎた頃に、第四の組が多々良川のほとりで初めて物の影を認めた。合図の呼子笛《よぶこ》の声、松明のひかり、それが一度にみだれ合つて、総ての組々も皆こゝに駈け集まつた。神原茂左衛門は第五の組であつたが、場所が近かつた為に早く駈け付けた。

怪しい影は水のなかを行く。それを取逃《とりにが》してはならないと云ふので、侍は岸を遠巻きにした。足軽組は五十梃《ちよう》の鉄砲をそろへて釣瓶撃《つるべうち》に撃ちかけた。それに驚《おどろ》かされた彼は、岸の方にはもう逃げ路がないと見て、水の深い方へます〳〵進んでゆく。それを追ひ撃《うち》にする鉄砲の音はつゞけて聞えた。又その鉄砲の音を聞きつけて、村の者も殆《ほとん》ど総出《そうで》で駈け集まつて来た。松明は次第に数を増して、岸はさながら昼のやうに明るくなつたが、怪しい影はだん〳〵に遠くなつた。さうして、深い水の上を泳いでゆくらしく見えたが、やがて海に近いところで沈んだやうに消えてしまつた。

船を出して追はせたが、そのゆくへは遂《つい》に判らなかつた。万一水底《みずそこ》をくゞつて引返《ひっかえ》して来る事もあるかと、岸では夜もすがら篝火《かがりび》を焚《た》いて警戒してゐたが、彼は再びその影を見せなかつた。逃《のが》れて海に去つたのか、溺《おぼ》れて海に沈んだのか。それも勿論判らなかつた。松明はあつても、その距離が相当に隔《へだ》たつてゐたので、誰も確かにその正体を見とどけた者はなかつた。したがつて、人々の説明は区々《まちまち》で、ある者は矢はり馬に相違ないと云つた。ある者はどうも熊のやうであると云つた。ある者は狒々《ひひ》ではないかと云つた。併《しか》し馬に似てゐるといふ説が多きを占めて、茂左衛門の眼にも馬であるらしく見えた。馬にしても、熊にしても、それが普通の物よりも遥かに大きく、さうして頗《すこぶ》る長い毛に掩《おお》はれてゐるらしいと云ふことは、どの人の見たところも皆一致《みないっち》してゐた。

この報告を聞いて、城中の医師北畠式部《きたばたけしきぶ》は云つた。

『それは海馬などと云ふべきものではあるまい。海馬は普通にあしかと唱《とな》へて、その四足《しそく》は水掻《みずか》きになつてゐるのであるから、無暗《むやみ》に陸上を徘徊《はいかい》する筈がない。恐《おそ》くそれは水から出て来たものではなく、山から下《くだ》つて来た熊か野馬《やば》のたぐひで、水を飲むか、魚を捕るかの為《ため》に、水辺《すいへん》又は水中をさまよつてゐたのであらう。』

それを確かめる唯一の証拠品は、茂左衛門の手に残つた一と摑みの毛であるが、それが果《はた》して何物であるかは北畠式部にも流石《さすが》に鑑定が出来なかつた。何分《なにぶん》にも馬であるといふ説が多いので、海馬か、野馬か、所詮は一種の妖馬《ようば》であると云ふの外《ほか》はなかつた。妖馬は溺《おぼ》れて死んだのか、或《あるい》は鉄砲に傷《きず》ついたのか、あるひは今夜の攻撃に怖れて遠く立去つたのか、いづれにしても其後《そのご》はこの村に怪しい叫びを聞かせなくなつた。名島《なじま》の城《じょう》下《か》の夜は元の静けさに復《かえ》つて家々《いえいえ》の飼馬はおだやかに眠つた。——神原茂左衛門基治の記録はこれで終つてゐる。

M君は最後に附け加へた。

僕は多々良といふ川も知らず、名島附近の地理にも詳しくないが、地図によると海に近いところである。現にその記録にも妖馬は海に近いところで沈んでしまつたと書いてあつて、その当時も多々良の川が海につゞいてゐたことは容易に想像される。して見れば北畠式部が説明するまでもなく、こゝらの住民は海馬がどんな物であるかを予《かね》て知つてゐさうな筈であるのに、それが陸にあがつて世間を騒がしたなどといふのは、少しく受取りにくいやうにも思はれるが、こゝでは先づその記録を信ずるの外《ほか》はない。彼《か》の妖馬の毛なるものは、近年二三の専門家の鑑定を求めたが、どうも確かなことが判らない。併《しか》しそれは陸上に棲息してゐたものらしく、或は今日已《こんにちすで》に絶滅してゐる一種の野獣が何処《どこ》かの山奥からでも現れて来たのではないかと云ふのである。それからずつと後《のち》の天明《てんめい》年間に書かれた橘南谿《たちばななんけい》の西遊記にも、九州の深山《しんざん》には山童《やまわろ》といふものものが棲んでゐるの、山女《やまおんな》といふものを射殺《いころ》したのといふ記事が見えるから、その昔《むかし》の文禄《ぶんろく》年代には、こゝらにどんな物が棲が棲《す》んでゐなかつたとも限らない。若《も》し山から出て来たものとすれば、果《は》てしもない大海《だいかい》へ追ひ込まれて、結局は千尋《ちひろ》の底に沈んだのであらう。さうして、それが我国に唯一匹《ただいっぴき》しか残つてゐなかつた其《そ》の野獣の最後であつたかも知れない。コナン・ドイルの小説にもそれによく似たやうな話があつて、ジヨン・ブリユー・ギヤツプと云ふところに古代《こだい》の大熊《おおぐま》が出たと書いてある。ドイルのは勿論作り話であらうが、これも兎もかくも実録といふことで、その証拠品まで残つてゐるのだから面白い。

山椒魚《さんしょううお》

K《ケー》君は語る。

早いもので、あの時からもう二十年になる。僕がまだ学生時代で、夏休みの時に木曾《きそ》の方へ旅行したことがある。八月の初めで、第一日は諏訪《すわ》に泊つて、あくる日は塩尻《しおじり》からあるき出した。中央線は無論に開通してゐない時分だから、つめ襟《えり》の夏服に脚絆《きやはん》、草鞋《わらじ》、鍔《つば》の広い麦藁帽《むぎわらぼう》をかぶつて、肩に雑嚢《ざつのう》をかけて、木の枝を折つたステツキを持つて、むかしの木曾街道をぶら〳〵と辿《たど》つてゆくと、暑さに中《あた》つたのか何《ど》うも気分がよくない。用意の宝丹《ほうたん》などを取出して啣《ふく》んでみたが、そのくらゐのことでは凌《しの》げさうもない。なんだか頭がふら〳〵して眩暈《めまい》がするやうに思はれるので、ひどく勇気が沮喪《そそう》してしまつて、まだ日が高いのに途中の小さい駅《しゆく》に泊ることにして、駅《しゆく》の入口の古い旅籠屋《はたごや》にころげ込んで、こゝで草鞋をぬいでしまつた。すると、こゝに妙な事件が出来《しゆつたい》したのさ。

汽車がまだ開通しない時代でも、往来の旅人はあまり多くないとみえて、こゝらの駅《しゆく》は随分さびれてゐた。殊《こと》に僕が草鞋をぬいだ此駅《このしゆく》といふのは、むかしからの間《あい》の駅で、一体が繁昌《はんじよう》しない土地でもあつたらしい。僕の泊つた旅籠屋は可《か》なりに大きい家造《やづく》りではあつたが、いかにも煤《すす》ぼけた薄暗い家《うち》で、木曾の気分を味《あじわ》ふには最も適当な宿《やど》だと思はれた。それが僕には却《かえ》つて嬉しかつたので、足を洗つて奥へ通ると、十五六の鄙《ひな》びた小女《こおんな》が二階の六畳の間《ま》へ案内してくれた。すぐに枕を借りて一時間ほど横になつてゐると、いゝ塩梅《あんばい》に気分はすつかり快《よ》くなつてしまつた。

懐中時計を出してみると、まだ午後四時にならない。この日の長いのに余り早く泊り過ぎたとも思つたが、今更《いまさら》草鞋をはき直して次の駅《しゆく》まで踏み出すほどの勇気もないので、どの道こゝで一夜《いちや》をあかすことに決めて、明るい中《うち》にそこらの様子を見てこようと思ひ立つて、宿《やど》の浴衣《ゆかた》を着たまゝで表《おもて》へふらりと出て行つた。別に見るところと云《い》ふのもないので、挽地物《ひきじもの》の店などを素見《ひやか》して、駅のまん中を一巡して帰らうとすると、女学生風の三人連れに出逢つた。どの人も十九か二十歳位《はたちぐらい》の若い女達で、修学旅行にでも来て、どこかの旅籠屋にとまつて、僕とおなじやうに見物ながら散歩に出て来たらしく見えた。

すれ違つたまゝで、僕は自分の宿《やど》に帰ると、入口に二人の学生風の若い男が立つてゐて、土地の商人《あきんど》を相手になにか買物でもしてゐるらしいので、僕は何心《なにごころ》なく覗いてみると、商人は短い筒袖《つつそで》に草鞋《わらじ》ばきといふ姿で、なにか盤台《はんだい》のやうなものを列《なら》べてゐた。魚屋かしらと思つてよく視《み》ると、その盤台の底には少しばかり水を入れて、うす黒いやうな不気味な動物が押合《おしあ》つて、うづくまつてゐた。それは山椒《さんしよ》の魚《うお》であつた。箱根ばかりでなく、こゝらでも山椒の魚を産することは僕も知つてゐたので、しばらく立停《たちどま》つて眺めてゐると、学生の一人はさん〳〵素見《ひやか》した末《すえ》に、たうとう其《その》一匹を買ふことになつたらしい。彼等《うち》は生きた山椒の魚を買つてどうするのかと思ひながら、僕はその落着《らくちやく》を見とゞけずに内へ這入つてしまつたが、学生達は大きい声でげら〳〵笑つてゐた。

『お風呂が沸《わ》きました。』

彼《か》の小女が知らせに来たので、僕は恰《あたか》もかき終つた日記の筆《ふで》を措《お》いた。手拭《てぬぐい》をぶらさげて下《した》の風呂場へ降りてゆくと、廊下で若い女に出逢つた。それは駅《しゆく》のまん中で先刻《せんこく》見かけた女学生の一人であるので、彼《か》の一組もやはり同じ宿《やど》に泊りあはせてゐるのだと云ふことを僕は初めて知つた。木曾の水は清《きよ》いところであるから、好《い》い心持で湯風呂《ゆぶろ》に浸《ひた》つて、一日の汗を洗ひながして上《あが》つて来ると、一間隔《ひとまへだ》てた次の座敷でなにかどつと笑ふ声がまたきこえた。よく聞き澄ますと、それは宿《やど》の入口で山椒の魚を買つてゐた彼《か》の学生達で、買つて来た其《その》動物をなにかの入物《いれもの》に飼はうとして立騒いでゐるらしかつた。僕は寝ころびながら、その笑声《わらいごえ》を聞いてゐた。

その中《うち》にゆふ飯《めし》の膳《ぜん》を運んで来たので、僕はうす暗いランプの下で箸《はし》を把《と》つた。飯を食つてしまつて縁側《えんがわ》へ出てみると、黒い山の影が額《ひたい》を圧《あっ》するやうに峭《そそ》り立つて、大きい星が空一《そらいっ》ぱいに光つてゐた。どこやらで水の音がひゞいて、その間《あいだ》に機織虫《はたおりむし》の声もきれ〴〵に聞えた。

『山国《さんごく》の秋だ。』

かう思ひながら僕は蚊帳《かや》に這入つた。昼の疲れでぐつすり寝入つたかと思ふと、騒がしい物音におどろかされて醒《さ》めた。

彼《か》の学生達は何のために山椒の魚を買つたのかといふことが今判《わか》つた。かれらは動物学研究のためでも何でもない。下座敷《したざしき》に泊つてゐる三人の女学生を嚇《おど》さうといふ目的で、かの奇怪な動物を買ひ込んだのであつた。若い女学生達は下座敷の一つ蚊帳のなかに寝床をならべてゐる。その枕もとへ山椒の魚をそつと這ひ込ませて、彼等《かれら》にきやつと云はさうと云ふ悪いたづらで、学生のひとりは夜の更《ふ》けるのを待つて、新聞紙につゝんだ山椒の魚を持つて下座敷へ忍んで行つて、それが首尾《しゅび》よく成功したらしく、彼《か》の女学生達は夜中にみんな飛び起きて悲鳴をあげるといふ大騒ぎを惹《ひ》き起《おこ》したのであつた。

どこの学生だか知らないが、帰省の途中か、避暑旅行か、いづれにしても若い女たちに対して飛んでもない悪いたづらをしたものだと、僕は苦々《にがにが》しく思ひながら再び枕につくと、更《さら》に第二の騒動が出来《しゅったい》した。山椒の魚におどろかされた女学生達は、その正体が判つてやう〳〵安心して、いづれも再び枕につくと、其中《そのうち》の二人が急に苦《くるし》み出した。宿でもおどろいて、すぐに近所の医師《いしゃ》を呼んで来ると、なにかの食物《くいもの》の中毒であらうといふ診断であつた。併《しか》しその一人は無事で、その云ふところによると、三人は昼間から買《かい》食《ぐい》などをした覚えもない。単に宿《やど》の食事を取つただけであるから、もし中毒したとすれば宿の食物《しょくもつ》のうちに何か悪いものが混つてゐたに相違ないとのことであつた。医師はとりあへず解毒剤《げどくざい》をあたへたが、二人はいよ〳〵苦むばかりで夜のあけないうちに枕をならべて死んでしまつた。かうなると、騒ぎはます〳〵大きくなつて、駐在所の巡査もその取調べに出張した。

女学生達のゆふ飯《めし》の膳《ぜん》に出たものは、山女《やまめ》の塩焼と豆腐のつゆと平《ひら》とで、平《ひら》の椀《わん》には湯《ゆ》葉《ば》と油揚《あぶらあげ》と木《き》の子《こ》とが盛つてあつた。木の子は土地の者も名を知らないが、近所の山に生《は》えるもので曾《かつ》て中毒したものはないと云ふのであつた。殊《こと》におなじ物を食つた三人のうちで一人は無事である。いたづら者の学生ふたりも僕も矢はりそれを食はされたのであるが、今までのところでは何《いず》れも別条がない。さうして見ると屹《きっ》と食物《くいもの》のせゐだとは云はれまいと、旅籠屋《はたごや》の方で主張するのも無理はなかつた。併《しか》しなんと云つても人間ふたりが一度に変死したのであるから容易ならぬ事件である。駐在所だけの手には負《お》へないで、近所の大きい町から警部や医師《いしや》も出張して、厳重にその取調べを開始することになつた。ゆうべ悪いたづらをした学生達もこの旅籠屋を立去ることを許されなかつた。

そのなかで僕だけは全然無関係であるから、自由に出発することが出来たのであるが、この事件の落着がなんとなく気にかゝるので、僕もう一日こゝに滞在することにして、一種の興味を以《もつ》て其成行《そのなりゆき》をうかゞつてゐると、午飯《ひるめし》を食つてしまつた頃に、近所の町から東京の某《ある》新聞社の通信員だといふ若い男が来た。商売柄だけに抜目なくそこらを駈け廻つて、なにかの材料を見つけ出さうとしてゐるらしく、僕の座敷へも馴々《なれなれ》しく這入つて来て、なにか注意すべき材料はないかと訊いた。訊かれても僕はなんにも知らない、却《かえ》つて先方からこんな事実を教へられた。

『あの女学生は東京の〇〇学校の寄宿舎にゐる人達で、なにか植物採集のために此地《このち》へ旅行して来たのださうです。死んだ二人は藤田みね子と亀井兼子《かねこ》、無事な一人は服部近子《はつとりちかこ》、三人ともに平常《へいぜい》から姉妹《きようだい》同様に仲よくしてゐたので、今度の夏休みにも一緒に出て来たところが、二人揃つてあんなことになつてしまつたものですから、生き残つた服部といふのは、まるで失神したやうに唯《ただ》ぼんやりしてゐるばかりで、なにを訊いても要領《ようりよう》を得ないには警察の方でも弱つてゐるやうです。』

『なにしろ気の毒なことでしたね。』と、僕は顔をしかめて云つた。実際、若い女学生が二人までも枕をならべて旅に死ぬといふのは、あまりに悲惨の出来事であると思つた。

『ところで、その前に山椒の魚の騒ぎがあつたさうですね。』と、通信員は囁《ささや》いた。『それとこれと何か関係があるのでせうか、それとも全然無関係なのでせうか。あなたの御鑑定《ごかんてい》はどうです。』

それも僕にはまるで見当が付かなかつた。彼《か》の悪いたづらと変死事件とのあひだに、何《なん》等《ら》かの脈絡があるか無いか、それは頗《すこぶ》る研究に値《あたい》する問題であるとは思ひながらも、その当時の僕には横からも縦からも、その端緒《いとぐち》を手繰《たぐ》り出しやうがなかつた。

『一体あの学生達はどこの人です。やはり東京から来たんですか。』

『さうです。』と、通信員は更《さら》に説明した。『勿論、こゝへは別々に来たのですが、一方《いっぽう》の女学生達とは東京にゐるときから識《し》つてゐて、偶然にこゝで落合つたらしいのです。』

『では、前から識つてゐるんですか。』と、僕も初めてうなづいた。いくら悪戯《いたずら》好《ず》きの学生達でも、さすがに見ず識《し》らずの女達に対してあんな悪いたづらをする筈がない。前からの知合ひと判つて、僕もはじめて成程《なるほど》と得心《とくしん》した。彼等のいたづらに対して、相手の方でも深く咎《とが》めなかつた理由もそれで覚《さと》られた。

『学生の一人は遠山《とおやま》、ひとりは水島《みずしま》と云ふのです。』と、通信員はまた教へてくれた。『どつちも同い年で、宿帳《やどちょう》には二十二歳と記《しる》してありました。二人とも徒歩で木曾街道を旅行して、それから名古屋へ出て、汽車で東京へ帰る予定だといふことです。唯《ただ》それだけのことで、別に怪《あやし》い点もないのですが、彼《か》の女学生達と前から知合ひであるといふので、警察の方でも取調上の参考として必要な人間でもあり、もう一つにはその晩に例の山椒の魚の一件があるので、かた〴〵抑留《ひきと》められてゐるのですが、私のかんがへでは、あの学生達は単に懇意《こんい》といふ以上に、女学生達と親密な関係があるのぢやないでせうか、あなたはそんな形跡を認めませんでしたか。』

『知りませんね。』

なにを訊かれても一向《いつこう》に要領を得ないので、通信員の方でも見切りをつけたらしく、好《いい》加減《かげん》に話を打切つて僕の座敷を出て行つてしまつた。しかし彼《か》の通信員からこれだけのヒントを与へられて、いかにぼんくらの僕でも少しは眼の先が明るくなつた。もし彼が想像する通りに、彼《か》の男女《なんによ》学生等のあひだに普通以上の交際があるとすれば、ふたりの女学生の変死も単に食物の中毒とばかりは認められないやうに思はれて来た。そんなら誰がどうして殺したのか、二人の学生が二人の女学生を毒殺したのか。なんの目的でそんな怖ろしいことを仕出《しいだ》したのか。単純な僕の頭脳《あたま》では、やはり其《その》疑問を解決することは出来さうもなかつた。

僕は兎《と》もかくも二階を降りて行つて、下の様子をそつと窺《うかが》ふと、ふたりの学生は女学生たちの死体を横《よこた》へてゐる八畳のうす暗い座敷に坐つて、ゆうべとはまるで打つて変つたやうな凋《しお》れ切つた態度で、白い切《きれ》をかけてある死体を守つてゐるらしかつた。その傍《そば》には眼を泣き腫《は》らした女学生の一人がしよんぼりと坐つてゐた。宿《やど》の者が供《そな》へたらしい線香の烟《けむり》が微《かすか》になびいて、そこには藪蚊《やぶか》のうなり声も聞《きこ》えないほどに森閑《しんかん》と静まり返つてゐた。宿の者の話によると、今朝早々に東京へ電報を打つたのであるから、今夜か或《あるい》は明日の早朝には死体を引取りに来るのであらうとのことであつた。

日が暮れて風呂にゆくと、彼《か》の通信員もあとから這入つて来た。かれは今夜もこの旅籠屋に泊り込みで、事件の真相を探り出すのだと云つてゐた。

『女学生はたしかに毒殺ですよ。』と、彼《かれ》は風呂のなかで囁《ささや》いた。『わたしは偶然それを発見したので、警察の人にも窃《そつ》と注意して置きました。』

『毒殺ですか。』と、僕は眼をみはつた。

『その証拠はね。』と、かれは得意らしく又囁いた。『わたしが午後に郵便局へ行つて、その帰りに荒物屋《あらものや》へ寄つて煙草《たばこ》を買つてゐると、そこの前に遊んでゐる子供達から斯《こ》ういふことを聞き出したのですよ。きのふの午頃《ひるごろ》に三人の女学生が近所の山から降りて来た。どの人も手には色々の草花を持つてゐたが、そのなかに何処《どこ》で採つたのか沢桔梗《さわぎきよう》を持つてゐる者があるのを、通りかゝつた子供が見付けて、姐《ねえ》さんそれは毒だよと注意したさうです。沢桔梗の茎《くき》からは乳《ちち》のやうな白い汁が出て、それは劇《はげ》しい毒を有《も》つてゐるので、こゝらでは孫左衛門殺《まござえもんごろ》しと云つて、子供でも決して手を触《ふ》れないことにしてゐるのです。女学生たちも毒草と聞いて吃驚《びつくり》したらしく、みんな慌《あわ》てゝそれを捨てゝしまつたさうです。さあ、そこですよ。已《すで》に毒草と知つた以上は、あやまつて口へ入れる筈はありません。ねえ、さうでせう。おそらく三人のうちの誰かゞそれを窃《そつ》と持つて帰つて食はせたと……。まあ、判断するのが正当《せいとう》ぢやありますまいか。勿論《もちろん》それは沢桔梗の中毒と決つた上のことですが、どうも前後の事情から考へると、女学生と毒草とその間《あいだ》に何かの関係があるやうに認められるぢやありませんか。』

『さうなると、生残つた女学生が第一の嫌疑者ですね。』

『さうです。服部近子といふ女、彼《か》の女《じよ》が第一の嫌疑者です。それから遠山といふ学生は死んだ女学生の亀井兼子と可怪《おかし》いのですよ。なんでも往来中《おうらいなか》でゆき違つたときに、両方で花を投げ合つて巫山戯《ふざけ》てゐたと云ひますからね。』

『もう一人の学生はどうです。』

『さあ、水島の方はどうだか判りません。それが藤田みね子と関係があれば、うまく二組揃ふのですがね。』と、彼は微笑《びしよう》を洩《もら》してゐた。

二階へ帰つてから僕はまた考へた。だん〳〵に端緒《いとぐち》は開《ひら》けて来ながら、僕には矢《や》はりそれ以上の想像を逞《たくま》しうすることが出来なかつた。僕は自分の頭脳《あたま》の悪いのにつく〴〵愛想《あいそ》を尽《つか》した。通信員の密告が動機になつたのか何《ど》うか知らないが、生残つた服部近子は駐在所へ呼び出されて、なにか厳重の取調べを受けてゐるらしく、夜《よ》のふけるまで帰つて来なかつた。八月の初めといふのに、その晩は急に冷えて来て、僕は夜なかに幾たびか眼をさました。

あくる日の午前中に東京から三人の男が来た。ひとりは学校の職員で他《た》の二人は死者の父と叔父とであるといふことを、僕は宿の女中から聞かされた。三人は蒼《あお》ざめた、おちつかない顔をして、旅籠屋と駐在所とのあひだを忙しさうに往復してゐたが、その日もやがて暮れ切つた頃にふたりの若い女の死体は白木《しらき》の棺《かん》に収められて、旅籠屋の門口《かどぐち》を出た。連れの女学生ひとりと東京から引取りに来た男三人と宿の者も二人附き添つて、町はづれの方へ無言でたどつて行つた。学生二人も少しおくれて、矢はり其一行のあとにつゞいて行つた。

僕も宿の者と一緒に門口まで出て見送ると、葬列に附き添つてゆく宿の者の提灯《ちようちん》二つが、さながら二人の女の人魂《ひとだま》のやうに小さくぼんやりと迷つて行つた。僕もなんだか薄寂しい心持になつて、その灯《ひ》の影をいつまでも見つめてゐると、うしろから不意に肩をたゝく人があつた。

『先《ま》づこれで此《この》事件も解決しましたね。』

それは彼《か》の通信員であつた。

『どう云ふことに解決したんです。』

『あなたの御座敷《おざしき》へ行つてゆつくり話しませう。』

彼は先に立つて内《うち》へ這入つた。僕もつゞいて二階にあがると、かれは懐中《かいちゆう》から一冊のノート・ブックを取り出して自分の膝の前に置いて、それから徐《おもむろ》に話し出した。

『わたしの鑑定は半分中《あた》つて半分外《はず》れましたよ。二人の女学生の死んだ原因はやはり沢桔梗でした。亀井兼子が遠山と関係があつたのも事実でした。それだけは皆《みん》な中《あた》つたのですが、肝腎《かんじん》の犯人は生残つた服部近子でなく、兼子と一緒に死んだ藤田みね子であつたのです。それが実に意外でした。彼《か》の女《じよ》がなぜ自分の親友を毒殺したかと云ふと、やはり彼《か》の遠山といふ学生の為だと云ふことが判つたのです。』

『では、みね子も遠山に関係があつたんですか。』

『なにぶんにも死人に口無しで、二人の関係がどの程度まで進んでゐたかと云ふことは、つきり判りませんが、兎にかくみね子が遠山に恋してゐたのは事実です。ところが、一方の兼子も遠山に恋してゐて、両者の関係がだん〳〵濃厚になつて来るので、表面は姉妹同様に睦《むつま》じくしてゐても、みね子は窃《ひそか》に兼子を呪《のろ》つてゐたらしい。それでも真逆《まさか》に彼《か》の女《じよ》を殺さうとも思つてゐなかつたのでせうが、生憎《あいにく》にこの旅行先で遠山に偶然出逢つたのが間違ひの基《もと》で、兼子はなんにも知らないから、遠山にこゝで出逢つたのを喜んで、みね子の見てゐる前でも随分遠慮なしに巫山戯《ふざけ》たりしたらしい。そこでみね子は嚇《かつ》となつて急におそろしい料簡《りようけん》――それも恐《おそら》く沢桔梗を毒草と知つた一刹那《いつせつな》――むら〳〵とそんな料簡が起つたのでせう。ゆふ飯《めし》の食物《くいもの》のなかに其《その》毒草の汁を搾《しぼ》り込んで、兼子を殺さうと企《くわだ》てたのです。』

『さうして、自分も一緒に死ぬ積《つも》りだつたんですかしら。』と、僕はすこし首をかしげた。

『そこが問題です。警察の方でも色々取調べた結果、これだけの事情は判明したのです。その晩、宿の女中が三人の膳を運んでくると、みね子はわざ〳〵座敷の入口まで起《た》つて来て、女中の手からその膳をうけ取つて、めい〳〵の前へ順々に列《なら》べたさうです。その間《あいだ》になにか手妻《てづま》をつかつて、彼《か》の女《じよ》は毒をそゝぎ入れたものと想像されるのです。給仕《きゆうじ》に出た女中の話によると、三人が膳の前に坐つていざ食《く》ひはじめるといふ時に、みね子はついと起《た》つて便所《べんじよ》へ行つたさうです。それから帰つて来て、再び自分の膳の前に坐つた時に、恰《あたか》もその隣にゐた近子が平《ひら》の椀《わん》に箸《はし》を着けようとすると、みね子はその椀のなかを覗いて見て、あなたのお椀の中にはなんだか虫のやうなものがゐるから、わたしのと取換へてあげませうと云つて、その椀と自分の椀とを膳の上に置き換へてしまつたといふ。それらの事情から考へると、恋仇《こいがたき》の兼子ひとりを殺しては人の疑ひをひく虞《おそれ》があるので、罪もない近子までも一緒にほろぼして、なにかの中毒と思はせる計画であつたらしい。女はおそろしいものですよ。』

『さうですね。』

僕は思はず戦慄《せんりつ》した。

『それでも良心の呵責《かしやく》があるので、彼《か》の女《じよ》は膳に向《むか》ふと又起《た》つた。そこに二様《によう》の判断がつくのです。』とかれは更《さら》に説明した。『彼の女が座敷へ戻るまでの間に、果してどう考へたかゞ問題です。急におそろしくなつて止《や》めようとしたか、それとも飽《あく》までも決行しようと考へてゐたか、そこはよく判らない。一旦《いつたん》は中止しようと思つたが、兼子がもう其《その》椀に箸を着けてしまつたのを見て、今さら仕様がないと決心して自分も一緒に死ぬ覚悟で近子の椀を取つたのか。あるひは兼子を殺すのは最初からの目的であるが、罪もない近子がなんにも知らずに其毒を食はうとするのを見て、急に堪らなくなつて其椀を自分のと取換へたのか、いづれにしても、毒と知りつゝ其椀に箸をつけた以上、彼の女も生きる気はなかつたに相違ない。みね子が椀を取換へたのは、給仕の女中ばかりでなく近子自身も認めてゐる。そこへ恰《あたか》も山椒の魚の問題が起つたので、事件はひどく紛糾《こんがらか》つたのですが、それは一種の余興に過ぎないことで、毒草事件とは全く無関係であるといふことが、後《あと》でやう〳〵判明したのです。近子は遠山と二人の友達との関係をよく承知してゐたらしいのですから、初めに早くそれを云つてくれると、もう少し早く解決が着いたのですが、飽《あく》までも秘してゐたものですから、その取調べが面倒になつてしまつたのです。遠山もさうです。初めに早く白状すれば可《い》いのですが、これもなるべく隠さうとしてゐたものですから、警察にも余計な手数《てすう》をかけたわけです。それでも遠山は兼子との関係をたうとう白状しましたが、みね子との関係は絶対に否認してゐました。どつちが本当だか判りませんよ。』

『併《しか》しそれだけ判れば、あなたの御通信には差支《さしつか》へないでせう。』

『ところがいけない。実に馬鹿を見ましたよ。』と、かれは不平らしく云つた。『学校の方では勿論、死んだ二人の遺族の者も、この秘密をどうぞ発表してくれるなと警察の方へ泣き付いたものですから、表面は単になにかの中毒といふことになつてしまふらしいのです。それぢやあ面白い通信も書けませんよ。わたしも頼まれたから仕方がない。名の知れない木《き》の子《こ》の中毒ぐらゐのことにして、短く書いて送る積りです。』

通信員はあくる朝早々に出て行つた。僕もおなじ町の方へ向つてゆくので、一緒に連《つ》れ立《だ》つて出発した。その途中で彼は指《ゆび》さして僕に教へた。

『御覧なさい。あすこでも山椒の魚を売つてゐますよ。』

僕はその醜怪《しゆうかい》な魚《うお》の形を想像するに堪《た》へなかつた。それが怖ろしい女の姿のやうに見えて――。

麻畑《あさばたけ》の一夜《いちや》

一

A《エー》君は語る。

友人の高谷《たかや》君は南洋視察から新しく帰つて来た。日本でこの頃《ごろ》流行する麻繋《あさつな》ぎの内職に用ゐる麻は内地産《ないちさん》でない、九分通《くぶどお》りはマニラ麻《あさ》である。フヰリツピン群島に産する麻のたぐひはすべてマニラ麻の名を以《もつ》て世界に輸出されてゐる。高谷君が南洋へ渡航したのも、この製麻《せいま》事業に関係した用向きで、専《もつぱ》らこの方面の視察に二月《ふたつき》あまりを費《ついや》して来たのであつた。

フヰリツピン群島には沢山《たくさん》の小さい島があるので、高谷君も一々にその名を記憶してゐないが、なんでもソルゴといふ島に近い土地であると云つた。高谷君が元船《もとふね》からボートをおろして、その島の口へ漕《こ》ぎ付けたのはもう九月の末《すえ》の午後であつたが、秋をしらない南洋の白昼《まひる》の日は、眼が眩《くら》むやうに暑かつた。藍《あい》のやうな海の水も島へ近づくにしたがつて、まるでコーヒーのやうな色に濁つてゐるのは、島のなかに大きな河があつて、その下流が海にむかつて赤黒い泥水を絶間《たえま》なしに噴き出してゐるからであつた。高谷君はひとりで大胆にその河口《かわぐち》へ乗込んで、青い草の繁つた堤《どて》から上陸しようとしたが、河の勢ひがなか〳〵烈《はげ》しいので、やゝもすれば海の方へ押戻されて、彼もほと〳〵困つてゐると、堤《どて》のうへに一人の男があらはれた。男は白いシヤツを着て、茸《きのこ》のやうな形をした大きい麦藁帽子をかぶつてゐた。

『さあ、投げますよ。』と、男は明快な日本語で叫んだ。さうして、こつちの舟を目がけて長い麻縄を投げてくれた。無論、一度では巧《うま》く達《とど》かなかつたが、二度も三度も根よく投げるうちに、縄の端《はし》は首尾よく船のなかへ落ちた。高谷君はさらにそれを船端《ふなばた》へくゝり付けて、一種の曳舟《ひきふね》のやうにして堤《どて》の際《きわ》まで曳《ひ》きよせて貰つた。

『気をつけてください。流されますから。』と、男はまた注意した。高谷君はその縄の端を立木《たちき》の根へしつかりと縛《くく》りつけて、初めて堤の上に登つた。

『よくお出《い》でになりましたね。』と、男は笑ひながら挨拶した。かれは三十ぐらゐの、体格の逞《たくま》しい、元気のよささうな男であつた。

高谷君は自分の身分と目的とを説明すると、男は愉快らしく又笑つた。

『左様《さよう》ですか。まあ、こちらへ入らつしやい。この島にはさう沢山もありませんが、それでも相当に麻畑があります。わたしがすぐに御案内します。わたしは丸山俊吉《としきち》といふ者です。』

かれは日本の人で、三年ほど前からこつちへ来て、日本人と土人とをあはせて七十人ばかりの労働者の監督をしてゐると云つた。高谷君は彼のあとに附いて堤から十町《じつちよう》ほどもゆくと、広い麻畑が眼の前にひろがつて、芭蕉《ばしよう》に似た大きい葉が西南《にしみなみ》の風になびいてゐた。丸山はその一年の産額や品質などを一々詳しく説明してくれた。

『まあ、我々の小屋へ入らつしやい。お茶でも淹《い》れますから。』

それから又二町ほどもゆくと、そこに大きい家《いえ》があつた。屋根は鉄板《てついた》で葺《ふ》いて、三方は日本風の板羽目《いたばめ》になつてゐたが、そのひどく破損してゐるのが高谷君の眼についた。案内されて内《うち》へ這入ると、中は一面の土間《どま》になつてゐて、部屋の隅《すみ》には寝台《ねだい》と毛布がみえた。棚の上には酒の罎《びん》や鑵詰《かんづめ》のたぐひも乗せてあつた。ふたりはまん中に据《す》ゑてある丸いテーブルを囲んで、粗末な椅子に腰をおろした。

『おい、勇造、お客様だ。早く来い。』

丸山に呼ばれて、ひとりの青年が外から這入つて来た。年《とし》のころは十八九で、これもかういふ南洋生活をしてゐるに相応《ふさわし》い、見るから頑丈《がんじよう》らしい男であつた。かれは茶つぽい縮《ちぢみ》のシヤツを着て、麻のズボンをはいてゐた。天草《あまくさ》の生れで、弥坂勇造《やさかゆうぞう》といふ男であると、丸山はこれを高谷君に紹介した。勇造は丸山のボーイ代《がわ》りに働いてゐるらしく、かひ〴〵しく立廻つて、チヨコレートやビスケットなどを運んで来た。マニラ煙草《たばこ》も持つて来た。

『なにしろ、よくお出《い》で下すつた。』と、丸山はいかにも打解《うちと》けたやうに云つた。『内地の人も随分こつちへ来るやうですけれども、大抵《たいてい》は重《おも》な島々を一廻りするだけで、こんなところまでは滅多《めつた》に廻つて来る人はありません。毎日おなじ人の顔ばかり見てゐるんですから、まつたく内地の人はお懐《なつか》しいんですよ。』

　実際、かれらは高谷君を歓迎してゐるらしく、大切に収《しま》つてあつたらしい葡萄酒《ぶどうしゆ》の口をぬいて高谷君にすゝめた。鑵詰《かんづめ》の肉や魚なども皿に盛つて出した。こゝらの島に住んでゐる人としては、出来るかぎりの歓待を尽されて、高谷君も気の毒になつて来た。はじめの予定では、ほんの一時間ぐらゐ見廻つて、すぐに帰る積《つも》りであつたが、あまりに人なつかしく款待《もてな》されるので、高谷君も早くは起《た》てなくなつて、色々の話に二時間あまりを費《ついや》してしまつた。そのうちに丸山はこんなことを云ひ出した。

『この頃はこゝらに可怪《おかし》なことが始まりましてね。労働者がみんな逃腰になつて困るんですよ。』

『可怪《おかし》なこと……。どんなことが始まつたんです。』

『人間が失《なくな》るんです。先月からもう五人ばかり行方不明になりました。』と、丸山は顔をしかめながら話した。

『どうしたんでせう。』

『判りません。なんでも四五年前《ぜん》にもそんなことが続いたので、今までこゝに在住してゐたオランダ人はみんな立退《たちの》いてしまつて、しばらく無人島のやうになつてゐた所へ、われ〳〵が三年前から移つて来て、今まで無事に事業をつゞけてゐたんです。勿論《もちろん》、来た当座は十分に警戒してゐましたが、別に変つたこともないので、みんなも安心してゐました。土人達も一時は隣の島へ立退いてゐたんですが、これもだん〳〵に戻つて来て、今ではかうして我々と一緒に働いてゐます。ところが、先月の末《すえ》、二十五日の晩でした。この小屋の近所に住んでゐる土人の女が突然にゆくへ不明になつたんです。どこへ行つたのか判りません。結局は河縁《かわべり》へ水を汲みに行つて、滑《すべ》り落ちて海の方へ押流されて、鱶《ふか》にでも食はれたんだらうと云ふ事になつてしまひました。するとそれから三日ばかり経《た》つて、又ひとりの土人が見えなくなつたんです。かうなると、騒ぎがいよ〳〵大きくなつて、これはどうも唯事《ただごと》でない。むかしの禍《わざわい》がまた繰返されるのではないかと云ふ恐怖に襲はれて、気の弱い、迷信の強い土人達はそろ〳〵逃仕度《にげじたく》に取りかゝるのを、わたくしが無理におさへて、まあ五六日は無事に済んだんですが、今月に這入つて四日ほど経つと、又ひとりの土人が見えなくなる。つゞいて二日目にまた一人、都合《つごう》四人も消えてなくなつたんですから、わたくしも実に驚きました。まして土人達はもう生きてゐる空《そら》もないやうに顫《ふる》へ上《あが》つて、仕事も碌々《ろくろく》手につかないといふ始末で、わたくしも弱り切つてゐますと、好《い》い塩梅《あんばい》に小半《こはん》月《つき》ばかりは何事もないので、少し安心する間もなく、六日前にまた一人、今度は日本人がゆくへ不明になつたんです。』

『日本人が……。やつぱり夜のうちに見えなくなつたんですか。』と、高谷君は眉をよせながら訊いた。

『さうです。いつでも夜なかから夜明までの中《うち》に見えなくなるんです。今までは土人に限られてゐたんですが、今度は日本人の方《ほう》へもお鉢《はち》がまはつて来たので、みんなはいよ〳〵騒ぎ出して、どうしても此処《ここ》にはゐられないと云ふんです。しかし折角《せつかく》これまで経営した仕事を今さら中途で放棄するのも残念ですから、わたくしも色々に理解を加へて、まあ当分は踏み止《とど》まつてゐることにしたんですが、怖くつてこゝには寝られないと云ふので、急に隣の小さい島へ小屋掛けをして、日が暮れると皆《みん》なそこへ行つて寝ることにして、夜があけると此地《こつち》へ出て来るんです。実に不便で困るんですが、差当りは然《そ》うするよりほかはないんです。お察しください。』

丸山もよほど困つてゐるらしく、その男らしい太い眉を陰《くも》らせて話した。高谷君も呼吸をのみ込んでこの不思議な話を聴いてゐた。

『で、そのゆくへ不明になつた人間といふのは、その後《ご》になんの手がかりも無いんですか。』

『ありません。』と、丸山はすぐに頭《かしら》を掉《ふ》つた。『無論に手わけをして色々に穿索《せんさく》したんですけれど、影も形もみえません。なにか猛獣でも襲つて来るのか、あるひは山奥から我々の知らない野蛮人でも忍んで来るのかとも思つたんですが、死骸も残つてゐない、骨も残つてゐない、血のあとも残つてゐないといふのですから、一体どうしたのか些《ちつ》とも見当が付きません。丁度あなたがお出《い》でになつたのを幸ひに、あなたの御意見を伺《うかが》ひたいと思ふんですが……。どうでせう、世間《せけん》にこんなことがあるでせうか。』

『さあ。』と、高谷君も首をかしげた。『ゆくへ不明になつた人間はひとりで寝てゐたんですか。それとも誰かその傍《そば》に寝てゐたんですか。』

『いや、それがまた不思議なんです。ひとりで寝てゐたのならば、まだしもの事ですけれども、日本人は大抵七八人づつ一軒の小屋に枕をならべて寝てゐるんです。まして土人は十人も二十人も土間《どま》にアンペラを敷いて、一緒にかたまつてごろ寝をしてゐるんですから、かりに猛獣が来ても、野蛮人が来ても、ほかの者に覚《さと》られないやうに窃《そつ》と一人を攫《さら》つてゆくと云ふことは、よほど困難の仕事で、誰か気のつく者がある筈です。ねえ、さうぢやありませんか。しかし人間が理窟無しに消えてなくなる訳《わけ》のものでありませんから、わたくしは先《ま》づこれを猿の仕業《しわざ》と鑑定しました。』

『御《ご》もつともです。』

『あなたも御同感ですか。』

『わたくしもそれよりほかに考へはありません。さつきからお話を聴いてゐるうちに、わたくしはドイルの小説を思ひ出しました。』

『はあ、それはどんなことです。』と、丸山はテーブルの上に肱《ひじ》を押出した。隅《すみ》の方の椅子に倚《よ》りかゝつてゐる勇造も、眼をかゞやかして聴き澄ましてゐた。

二

『無論に作り話でせうが、ドイルの小説には斯《こ》ういふことが書いてあるんです。大西洋のある島の耕作地でやはり人間が紛失《ふんじつ》する。骨も残らない、血のあともない。よく詮議してみると、結局それは大きい黒猩々《くろしようじよう》の仕業《しわざ》であつたといふのです。』と、高谷君は説明した。『今度の事件も余ほどよく似てゐるやうですから、或《あるい》はドイルの小説が事実となつて、われ〳〵の見たこともないやうな奇怪な猿のたぐひが、夜中にこの小屋へ襲つて来て、そつと人間を攫《さら》つて行くんぢやありませんかしら。』

『なるほど。』と、丸山もうなづいた。『そこらが好《い》い御鑑定です。唯《ただ》すこし腑《ふ》に落ちないのは、若《も》しそんな怪物が来て人間を引担《ひつかつ》いで行《ゆ》くとしたら、なにか声でも立てさうなものだと思ふんですが……。すこしでも声を立てれば、そばに寝てゐる者のうちで誰か眼をさます者もある筈《はず》ですが……。』

『ドイルの小説によると、その猿はおそろしい力で、先《ま》づ寝てゐる人間の胸の骨をぐつと押すと、骨は砕《くだ》けて一息《ひといき》に死んでしまふ。それを安々《やすやす》とかついで行《い》くんだと云ふことです。たとひ一息に死切《しにき》らないものでも、そのおそろしい力で胸を押されて、もう半死半生《はんしはんしよう》になつた上に、曾《かつ》て見たこともないやうな怪物が自分の上に乗し掛《かか》つてゐるんですから、大抵のものは異常の恐怖に囚《とら》はれて、もう声を出す元気もないのだらうと思はれます。』と、高谷君はかさねて説明した。

『さうでせう。併《しか》し……。』と、丸山はまだ疑ふやうに勇造の方を見返つた。『我々もさう思つたもんですから、毎晩かはる〲に小屋の周囲を見まはつて、威嚇《おどし》にピストルを撃つたこともあります。猛獣は火を恐れるといふので、所々《しよしよ》に焚火《たきび》をしたこともあります。それでもやつぱり無効でした。現に十二ケ所も篝火《かがりび》を焚《た》いた晩に、日本人は攫《さら》つて行《い》かれたんです。』

かうなると、高谷君の議論もよほど影の薄いものになつて来た。麻畑へ忍んでくる怪物は、野蛮人でも猿でもないらしかつた。その次の問題は蟒蛇《うわばみ》である。蟒蛇が這ひ込んで来て、一息に呑んでしまふのではないかとも考へたが、蛇も火を恐れる筈である。ことに夜《や》中《ちゆう》に這ひ出して来るかどうかも疑問であつた。鰐《わに》も陸《おか》へあがることがある。あるひは鰐ではないかといふ説も出たが、こゝらの土人は鰐に就《つ》いては非常に神経過敏であるから、その臭《におい》だけでもすぐにそれと覚《さと》ることが出来る。土人は決して鰐ではないと主張してゐる。では大蜥蜴《おおとかげ》かといふ説も出たが、蜥蜴が人を喰はうとは思はれない。たとひ喰つたとしても、骨も残さずに呑み込んでしまふ筈はない。結局それは野蛮人の仕業であらうと云ふことになつたが、丸山はまだそれを信じないらしかつた。

『若《も》しこゝらの森や山の蔭に、われ〳〵の知らない野蛮人が棲《す》んでゐるとしても、土人も曾《かつ》てそんな人間らしいものを認めたことがないと云ふんです。兎に角わたくしも余《あま》り残念ですから、ほかの者だけを隣の島へ泊りに遣《や》つて、わたくしとこの勇造のふたりだけは毎晩強情にこの小屋に残つてゐるんですが、この二三日はなんにも怪しい形跡も見えません。敵もこつちの油断を狙つて来るらしいんですから、一度いたづらをすると当分は遣《や》つて来ないやうです。そこで此方《こつち》がすこし安心すると、その油断をみて不意に襲つて来る。いつも其手《そのて》で遣《や》られるのですから、今夜あたりはもう油断ができませんよ。』

高谷君も一種の好奇心にそゝられて、自分も今夜はこの小屋に泊つて、その怪物の正体を見とゞけたいと思つた。その話をすると、丸山も非常に喜んだ。

『どうかしてください。あなたも一緒にゐて下されば我々も大いに気丈夫《きじようぶ》です。あなたの御助力で、どうかこの怪物の正体を確めたいものです。どうせお構《かま》ひ申すことは出来ませんが、あなたの寝道具ぐらゐはありますから。』

『どうせ徹夜の考へですから、寝道具などは要《い》りません。夜がふけると冷えるでせうから、毛布が一枚あれば結構です。併《しか》しわたくしはいつまでも帰らないと、船の者が心配するでせうから、誰かわたくしの手紙をとゞけて呉《く》れる者はありますまいか。』

『え、、造作《ぞうさ》もありません。』と、丸山は勇造に云ひ付けて、ひとりの土人を呼ばせた。手帳の紙片《かみきれ》をひき裂いて、高谷君は万年筆でその用向きを書いた。土人はそれを受取つて、すぐに小舟に乗つて使《つかい》にゆくと云つた。今夜こゝに泊まると決定した以上、高谷君はその附近の地理をよく見さだめて置く必要があるので、もう一度そこらを案内してくれまいかと云ふと、丸山は快く承知して一緒に出た。

空はまだ明るかつた。貝殻《かいがら》の裏を覗《のぞ》いたやうな白い大空が、この小さい島の上を弓形《ゆみなり》に掩《おお》つて、そのところ〴〵に黄《き》や紅《あか》の斑《ふ》を打つたやうな小さい雲のかたまりが漂《ただよ》つてゐた。高谷君は今更《いまさら》のやうに、その美しい空の色どりを飽かずにながめた。麻畑の中には大勢の日本人が土人と入りまじつて、麻の葉を忙がしさうに刈つてゐるのが見えた。かれらは大きい帽子を被《かぶ》つてゐるので、その顔はよく見えなかつたが、おそらく夜の悪夢に魘《おそ》はれたやうな心持で、昼も仕事をつゞけてゐるのであらう。高谷君と丸山とのうしろには、かの勇造も附いて来た。

『もう一つ判らないことがあるんですよ。』と、丸山は麻畑をぬけた時に云つた。

三人の目の前には大きい河が流れてゐた。その濁《にご》つた水が海へそゝぐのであらうと、高谷君は想像した。低い堤《どて》に立つてみおろすと、流れは随分急で、堤の赭土《あかつち》を食《く》ひかきながら、白く濁つた泡をふいて轟々《ごうごう》と落ちて行つた。丸山はステツキでその水を指さした。

『御覧ください。この河が境《さかい》になつて、河向ふはあの通りの藪《やぶ》になつてゐるんです。怪物が若《も》しあの藪から出て来るとすれば、どうしてもこの河を渡らなければならない訳《わけ》ですが、こゝを横《よこぎ》ると云ふことは容易ぢやあるまいと思はれるんです。人間は無論ですが、猿にしても蛇にしても、あるひは得体の知れない猛獣にしても、この河を泳いでわたるのは大変でせう。と云つて、河のこつちはもう皆《みん》な開《ひら》けてゐるので、なんにも棲んでゐる筈はありません。どうかんがへても怪物はその河向ふに棲んでゐるか、あるひは海の方から襲つて来るのか、この二つよりほかはありませんが、もし海から襲つて来るとすれば隣の島へも来さうなものです。しかし土人の話によると、隣の島には曾《かつ》てそんな不思議はないといふことです。あなたの御考へで、この大きい河を渡つて来るやうな動物がありませうか。』

『さあ、なにしろ急流ですからね。』と、高谷君は怖ろしい秘密を包んでゐるやうな、濁つた水のながれを見つめてゐた。

三人はまた黙つて川上の方へ遡《のぼ》つて行つた。空はまた美しく輝いてゐたが、堤《どて》のあちらはもうそろ〳〵薄暗くなつて来た。水の音もだん〳〵に静《しずか》になつて来た。丸山は水を指《ゆび》さしてまた説明した。

『こゝから上流《かみ》の方は水勢《すいせい》がよほど緩《ゆる》いんです。河底《かわぞこ》の勾配にも因《よ》りませうが、もう一つには天然の堰《せき》が出来てゐるからです。』

こゝらへ来ると、河底から大きい岩が突出してゐた。何百年来河上《かわかみ》から流れてくる大木の幹《みき》や枝がその岩に堰《せ》かれてかさなり合つて、自然の堤《どて》を築いてゐるので、そこには大きい湖水《みずうみ》のやうなものを作つて、岸の方には名も知れない灌木《かんぼく》や芦のたぐひが生《お》ひ茂つてゐた。

『この通り、こゝらは流れが緩《ゆる》いもんですから、みんなこゝへ来て水を汲《く》んだり洗濯物をしたりするのです。遠い昔から自然にかうなつてゐるんでせうが、まことに都合《つごう》よく出来てゐますよ。』と、丸山は笑つた。『第一、下流《しも》の方は水が濁つてゐて、とても飲料にはなりませんからね。』

勇造は如才《じょさい》なくバケツを用意して来てゐた。かれは灌木を潜《くぐ》り水際《みずぎわ》へ降りて、比較的に清い水を一杯くんで来た。水の上はいよ〳〵薄暗くなつて、一種の霧のやうな冷い空気が芦の茂みから湧き出して来た。

『今夜も降るかも知れませんね。』と、勇造はバケツをさげながら空を仰いだ。三人の頭の上には紫がかつた薄黒い雲の影がいつの間にか浮んでゐた。

『むゝ、今夜も驟雨《しゅうう》かな。』と、丸山も空を視《み》た。『しかし大したことはありませんよ。大抵一時間か二時間で晴れますよ。』と、かれは高谷君に云つた。

それにしても驟雨が近《ちか》づいたと聞いては、こゝらにうろ〳〵してゐるわけにも行《ゆ》かないので、高谷君はもう小屋へ帰らうと云つた。三人はもと来た堤《どて》を伝つて麻畑へ出て小屋の前へ戻つてくると大勢の労働者は仕事をしまつてそこに整列してゐた。

『今夜も隣へ行くのか。』と、丸山は笑ひながら云つた。大勢は挨拶して河下《かわしも》の方へ降りて行つた。さつきも話した通り、かれらは小舟で隣の島へ泊りにゆくのであると、丸山は高谷君に又説明した。さうして勇造に命じて夕飯《ゆうめし》の仕度《したく》にかゝらせた。

日が暮れると果《はた》して激しい驟雨が襲つて来た。その雨のひゞきを聴きながら高谷君は夕飯を喫《く》つた。

三

こゝらの驟雨《しゆうう》は内地人が想像するやうなものではなかつた。まるで大きい瀑布《たき》をならべたやうに一面にどう〳〵と落ちて来て、この小屋も押流《おしなが》されるかと危《あやぶ》まれた。雨の音がはげしいので、とても談話《はなし》などは出来なかつた。高谷君と丸山とはうす暗い部屋のなかに向ひ合つて、だまつて煙草《たばこ》を喫《す》つてゐた。テーブルの上には蠟燭《ろうそく》の火がぼんやりと照《てら》してゐたが、それも隙間から吹き込んでくる飛沫《しぶき》に打たれて、幾たびか消えるので、丸山も終《しまい》には面倒になつたらしく、消えたまゝに捨てゝ置いたので、小屋のなかは真の闇になつてしまつた。唯《ただ》とき〴〵に二人が擦《す》るマッチの光で、主人と客とが顔を見あはせるだけであつた。

となりの部屋では勇造が夕飯《ゆうめし》のあと片附けをしてゐるらしく、板羽目《いたばめ》の隙間から蠟燭の火がちら〳〵揺《ゆら》めいてゐたが、それも終《しまい》には消えてしまつたらしい。雨は小歇《こや》みなしに降《ふ》つてゐた。

『随分ひどい。今夜はいつもより余《よ》ほど長いやうだ。』と、暗いなかで丸山は云つた。

高谷君はマッチを擦《す》つて、懐中時計《かいちゆう》を照《てら》してみると、今夜はもう九時を過ぎてゐた。この暗い風雨《あらし》の夜《よ》、しかも怖ろしい怪物があらはれるとか云ふこの小屋に、丸山と勇造と自分と唯《た》つた三人が居残つただけで、小屋の内《うち》は愚《おろ》か、この島中《しまじゆう》に誰も人間らしいものは一人もゐないのかと思ふと、高谷君はいさゝか心寂しくなつて来た。その怖《おび》えた魂をいよ〳〵脅《おびや》かすやうに雷《らい》が激しく鳴り出した。

『雷が鳴れば、もうやがて止《や》みます。』と、丸山は云つた。

『この雨では怪物も出られますまい。』

『さうです。殊《こと》に雷がかう激しく鳴つては、大抵の怪物も恐れて出ないかも知れません。』

雷はます〳〵轟《とどろ》いて、真蒼《まつさお》な稲妻の光が小屋のなかまで閃《ひらめ》いて来た。そのひかりに照された丸山の顔はさながらの怪物のやうにも見られて、高谷君は薄気味悪くなつた。ふたりはまた黙つてしまつた。となりの部屋も鎮《しず》まつてゐた。雨はそれから二時間ほども降りつゞいて、しまひには小屋のなかまで流れ込んで来たらしい。高谷君の靴の先は濡れて冷くなつて来た。雷は地《じ》ひゞきがするほどに鳴つた。

『あ。』と、丸山は突然に叫んだ。さうして、大きい声でつゞけて呼んだ。『おい、勇造、勇造……弥坂……弥坂……。どこへ行く。』

雷雨が激しいので、高谷君にも迚《とて》もわからなかつたが、風雨に馴れてゐる丸山は勇造がどこへか出てゆく足音を聞きつけたと見える。かれは頻《しき》りに勇造の名を呼んだが、隣ではなんの返事もなかつた。

『この降るのにどこへか出たんですか。』と、高谷君は不安らしく訊いた。

『どうもさうらしい。』と、丸山は神経が亢奮《こうふん》したやうに云つた。かれは突然に起《た》ち上《あが》つてマッチの火を擦《す》りはじめた。高谷君も手伝つて、やう〳〵のことで蠟燭に火を点《とも》した。土間《どま》はもう三寸《さんずん》以上も雨水《あまみず》に浸《ひた》されてゐた。ふたりはその水を渉《わた》りながら、蠟燭の火を消さないやうに保護してあるき出した。隣の部屋とのあひだには四尺ばかりの入口があつて、簾代《すだれがわ》りのアンペラが一枚垂《た》れてゐた。そのアンペラをかゝげて隣の部屋を覗いてみると、果してそこには勇造の姿がみえなかつた。

『あ、遣《や》られたかな。』と、丸山は跳り上つて叫んだ。その途端に蠟燭の火は消えてしまつた。

云ひ知れない恐怖に襲はれながら、高谷君はあわて〳〵マッチを擦つた。もう蠟燭を点すのも悶《もどか》しいので、二人はあらん限りのマッチを擦つて、そこら中《じゅう》を照してみたが、勇造の姿はどうしても見付からなかつた。

『まだ遠くは行かない筈だ。』

丸山は衣兜《かくし》からピストルをとり出して表へ駈け出した。高谷君も用意のピストルを把《と》つて、つゞいて駈け出した。併《しか》しどつちへゆくと云ふ方角も立たないので、ふたりは雷雨のなかをうろ〳〵してゐると、蒼い稲妻がまた光つて、その光に照された麻畑のあひだに勇造のうしろ姿が見えた。ふたりは瀑布《たき》のやうな雨を衝《つ》いて麻畑のなかへ真驀地《まつしぐら》に追つて行つたが、稲妻が消えると、あとはもとの暗やみになつてしまつたので、二人は再び方角に迷ながら、勇造は堤《どて》の方へ行つたらしく思はれたので、ふたりは頻《しき》りにその名を呼びつゞけながら、麻畑を駈けぬけて河の岸へ出ると、雷はまた鳴つた。稲妻もつゞいて走つた。その光の下に勇造の姿が又あらはれた。かれは堤から河の方へ降りてゆくのである。

『弥坂君……勇造君……。』

『勇造……弥坂……。』

咽喉《のど》が裂《さ》けるほどに呼びながら、ふたりは堤《どて》から駈け降りようとすると、湿《ぬ》れた草に滑《すべ》つて丸山が先《ま》づ転《ころ》んだ。高谷君も転んだ。ふたりとも大きい蔓草《つるくさ》に縋《すが》つたので、幸ひに河のなかへ滑り落ちるのを免《まぬが》れたが、そのあひだに勇造の姿は見えなくなつてしまつた。それでも二人は強情《ごうじょう》にかれの名を呼んで、びしよ濡れになつてそこらを駈け廻つたが、どうしても彼のすがたは見付からなかつた。

雷雨はそれから三十分ほどの後《のち》に晴れて、あかるい月が水を照した。ふたりは堤から麻畑を隈《くま》なく探してあるいたが、その結果はいたづらに疲労を増すばかりであつた。二人はもう我慢にも歩かれなくなつて、這ふやうにして小屋に帰つて、そのまゝ寝床の上に倒れてしまつた。

夜があけてから労働者が戻つて来た。彼等はゆうべの話を聴いて蒼くなつた。大勢が手わけをして捜索に出たが、勇造のゆくへは何《ど》うしても判らなかつた。いつまでこゝに残つてゐるわけにも行かないので、高谷君はその日の午後に麻畑の小屋を出た。別れるときに、丸山は云つた。

『もういけません。労働者達はどうしても此処《ここ》にゐるのは忌《いや》だと云ひますから、わたくしも残念ながらこの島を立去つて隣の島へ引移ります。弥坂は実に可哀さうなことをしました。併《しか》しゆうべの出来事からわたくしは斯《こ》ういふことを初めて発見しました。怪物は猿でもない、蟒蛇《うわばみ》でもない、野蛮人でもない。たしかに人間の眼には見えないものです。ピストルでも罠でも捕《と》ることの出来ないものです。眼に見えないその怪物に誘ひ出されて、みんなあの河へ吸ひ込まれてしまふのです。』

『わたくしもそんなことだらうと思ひます。ほかの者がさう云ふなら、あなたももう諦《あきら》めてこゝをお立退きなすつた方が安全でせう。』と、高谷君もかれに注意した。

『ありがたうございます。そんなら御機嫌よろしう。』

『あなたも御機嫌よろしう。』

大勢は河の入口まで送つて来た。高谷君はもとのボートに乗つて元船《もとふね》へ帰つた。

この話のあとへ、高谷君は附加へてかう云つた。

『船へ帰つてから其話をすると、船員も他の乗客も、みんな不思議がつてゐるばかりで、何がなんだか判らない。船に乗組んでゐる医師の意見では、この怪物は無論動物でもない、人間でもない、一種の病気――まあ、熱病のたぐひ、だらうと云ふんだ。さつきも話した通り、河上《かわかみ》には流れの緩い、湖水《みずうみ》のやうなところがある。そこには灌木や芦のたぐひが繁つてゐる。島にゐるものは始終そこへ水をくみに行く。そこに一種のマラリヤ熱のやうなものが潜《ひそ》んでゐて、蚊から伝染するか、あるひは自然に感染するか、どの道その熱病にかゝると、人間の頭が可怪《おかし》くなつて急に気ちがひのやうになる。さうして自分から河へ身を投げるに相違ないと斯《こ》う云ふんだ。なるほど、そんなことがあるかも知れない。それで先づ一通りの理窟はわかつたが、たゞ判らないのは何《ど》の人もみんな河へ飛び込むと云ふことで、もし頭が変になつて自殺するならば、水へ陥《はま》るには限るまい、なかには麻刈鎌《あさかりがま》で自殺する者もありさうなものだが、みんな申合せたやうに其河に呑まれてしまふ。それが僕にはまだ判らない。なんだか彼《あ》のコーヒー色の水の底に、人間の知らない魔物でも潜《ひそ》んでゐるんぢやないかとも疑はれる。医師は又そのうたがひに対してかういふ解釈を加へてゐる。その患者は非常に熱が高くなつて、殆《ほとん》ど身体《からだ》が焼けさうに熱くなるので、苦しまぎれに水に飛び込むのだらうと……これも一つの理窟だが、理窟はまあ何《ど》うにでも付くもので、なにしろ僕は南洋の麻畑に一夜《いちや》をあかして、こんな怖ろしい目に逢つたといふことを話せば好《い》いのだ。ドイルの小説の猩々《しょうじょう》ならば、またそれを退治する工夫《くふう》もあるだらうが、眼にみえないものでは何《ど》うにも仕方がない。果《はた》してそれが一種の病気であるとしても、僕はやはり怖ろしい。君も勇気があるなら一度あの島へ探険に出かけちゃあ何《ど》うだね。』

放《はな》し鰻《うなぎ》

E《イー》君は語る。

本所相生町《ほんじよあいおいちよう》の裏店《うらだな》に住む平吉《へいきち》は、物に追はれるやうに息を切つて駈けて来た。かれは両国《りようごく》の橋番《はしばん》の小屋へ駈け込んで、かねて見識《みし》り越《ご》しの橋番のおやぢを呼んで、水を一杯くれと云《い》つた。

『どうしなすつた。喧嘩《けんか》でもしなすつたかね。』と、橋番の老爺《おやじ》はそこにある手桶《ておけ》の水を汲《く》んでやりながら、少しく眉をひそめて訊いた。

平吉はそれにも答へないで、おやぢの手から竹柄杓《たけびしやく》を引つたくるやうにして、ひと息にぐつと飲んだ。さうして、自分のかけて来た方角を狐のやうに幾《いく》たびか見まはしてゐるのを、橋番のおやぢは呆気《あつけ》に取られたやうにながめてゐた。文政末年の秋の日ももう午《ひる》に近《ちか》づいて、広小路の青物市の呼び声がやがて観世物《みせもの》やおでゞこ芝居の鳴物《なりもの》に変らうとする頃で、昼ながらどことなく冷いやうな秋風が番小屋の軒《のき》の柳を軽くなびかせてゐた。

『どうかしなすつたかえ。』と、老爺は相手の顔をのぞきながら又訊いた。

平吉はなにか云はうとして又躊躇《ちゆうちよ》した。かれは無言でそこにある小桶《こおけ》を指さした。番小屋の店のまへに置いてある盤台風《はんだいふう》の浅い小桶には、泥鰌《どじよう》かと間違へられさうなめそつこ鰻《うなぎ》が二三十匹かさなり合つて蜿《のた》くつてゐた。これは橋番が内職にしてゐる放し鰻で、後生《ごしよう》をねがふ人たちは幾らかの銭《ぜに》を払つてその幾匹かを買ひ取つて、眼のまへを流れる大《おお》川《かわ》へ放してやるのであつた。

『あゝ、さうかえ。』と、おやぢは急に笑ひ出した。『ぢやあ、お前、当つたね。』

その声があまり大きかつたので、平吉はぎよつとしたらしく、あわてゝ又左右《さゆう》を見まはしたかと思ふと、その内《うち》ぶところをしつかりと抱《かか》へるやうにして、なんにも云はずに一目散にかけ出した。駈け出したといふよりも逃げ出したのである。かれは転げるやうに両国の長い橋を渡つて、半分は夢中で相生町の自分の家《うち》へゆき着いた。

ひとり者の彼《かれ》はふるへる手で入口の錠《じよう》をあけて、あわてゝ内へかけ上つて、奥の三畳の襖《ふすま》をぴつたりと立て切つて、やぶれ畳の上にどつかりと坐り込んで、こゝに初めてほつと息をついた。かれは橋番のおやぢに星《ほし》をさゝれた通り、湯島《ゆしま》の富《とみ》で百両にあたつたのである。かれは三十になるまで独身で、きざみ煙草《たばこ》の荷をかついで江戸市中《しちゆう》の寺々や勤番《きんばん》長屋《ながや》を売りあるいてゐるのであるから、その収入は知れたもので、そのまゝでは鬢《びん》の白くなるまで稼《かせ》ぎ通《とお》したところで、所詮《しよせん》一軒の表店《おもてみせ》を張るなどは思ひもよらないことであつた。

ある時、かれは両国の橋番の小屋に休んで、番人のおやぢにその述懐《じゆつかい》をすると、おやぢも一緒にため息をついた。

『御同様《ごどうよう》に運のない者は仕方がない。だが、おまへの方がわたし等《ら》よりは小銭《こぜに》が廻る。その小遣《こづか》ひを何とか遣繰《やりく》つて富でも買つてみるんだね。』

『あたるかなあ。』と、平吉は気のないやうに考へてゐた。

『そこは天にある。』と、おやぢは悟つたやうに云つた。『無理にすゝめて、損をしたと怨《うら》まれちやあ困る。』

『いや、遣《や》つてみよう。当つたらお礼をするぜ。』

『お礼といふほどにも及ばないが、この放しうなぎの惣仕舞《そうじまい》でもして貰《もら》ふんだね。』

ふたりは笑つて別れた。その以来、平吉は無理な遣繰りをして、方々の富札《とみふだ》を買つてみた。

『どうだね。まだ放しうなぎは……。』と、橋番のおやぢは時々冗談半分に訊いた。

平吉はいつも苦い顔をして首を掉《ふ》つてゐた。それがいよ〳〵昨日の湯島の富にあたつて、今朝《けさ》その天神《てんじん》の富会所《とみがいしよ》へ行つて、とゞこほりなく金百両をうけ取つて来たのであるから、かれは夢のやうな喜びと共に一種の大きい不安をも感じた。自分が大金《たいきん》を所持してゐるのを知つて、誰かうしろから追つてくるやうにも思はれて、かれは眼にみえない敵を恐れながら湯島から本所《ほんじよ》まで一と息にかけつゞけた。その途中、橋番の小屋に寄つて、おやぢにもその喜びを報告しようと思つたのであるが、彼は不思議に舌が硬《こわ》ばつてなんにも云ふことが出来なかつた。

橋番の方《ほう》は先《ま》づ明日でもいゝとして、かれは差当《さしあた》りその金《かね》の始末に困つた。勿論あたり札《ふだ》、百両と云つても、そのうち二割の廿両《にじゆうりよう》は冥加金《みようがきん》として奉納して来たので、実際自分のふところに這入つてゐるのは金八十両であるが、その時代の八十両――もとより大金であるから、彼は差当りの処分にひどく悩んだ。正直な彼はこの機会に方々《ほうぼう》の小さい借金を返してしまはうと思つた。それも五両ほどあれば十分であるから、残りの七十五両をどうかしなければならない。床下《ゆかした》にうづめて置かうかとも考へたが、ひとり者の出商売《でしようばい》の彼としては留守のあひだが不安であつた。

金を取つたら何《ど》う使はうかといふことは、ふだんから能《よ》く考へて置いたのであるが、さてその金を使ふまでの処分方《かた》については、彼《かれ》もまだかんがへてゐなかつたので、今この場にのぞんで俄《にわか》に途方にくれたかれは重い懐《ふとこ》ろを抱《かか》へて、癪《しやく》に悩んだ人のやうに呻《うめ》いてゐたが、やがてあることを思ひ附いた。かれはすぐに又飛び出して、町内の左官屋《さかんや》の親方の家《うち》へ駈け込んだ。

左官屋の親方は沢山《たくさん》の出入場《でいりば》を持つてゐて工面《くめん》も好《い》い、人間も正直である。同町内であるから、平吉とはふだんから懇意《こんい》にしてゐる。平吉はそこへかけ込んで、親方にそのわけを話して、しばらくその金をあづかつて貰ふことにしたのである。親方は仕事場へ出てゐて留守であつたが、女房が快《こころよ》く承知して預《あず》かつてくれた。

『だが、わたしは満足に字が書けないから、いづれ親方が帰つて来てから預かり証をかいてあげる。それでいゝだらうね。』

『へえ、よろしうございます。』

重荷をおろしたやうな、憑物《つきもの》に離れたやうな心持で、平吉は自分の家《うち》へ帰つた。しかも彼はまだ落付いてはゐられなかつた。かれはすぐに又飛び出して、近所の時借《ときがり》などを返してあるいた。それから下谷《したや》まで行つて、一番大口《おおぐち》の一両一分を払《はら》つて来た。それでもまだ三両ほどの金をふところにして、かれは帰り路《みち》に再び両国の橋番をたづねた。

『平《へい》さん。また来たね。』と、おやぢは行燈《あんどう》に蠟燭《ろうそく》を入れながら声をかけた。

秋の日はもう暮れかゝつてゐた。この時は平吉はもうだん〳〵に気が落付いて来たので、あと先《さき》を見まはしながら小声で云つた。

『放し鰻をするよ。』

『いよ〳〵当つたのかえ。』と、おやぢは小声で訊きかへした。

平吉は無言で指一本を出してみせると、おやぢは眼を丸くして笑つた。

『そりや結構だ。おめでたい、おめでたい。だが、日が暮れかゝつたので鰻はもう奥へ片附けてしまつた。いつそ明日にしてくれないか。』

『あゝ、いゝとも……。代だけで渡して置いて、あした又来る。』

云ひながら彼は一分金《いちぶきん》三つをつかんで渡すと、おやぢはびつくりしたやうに透《すか》してみた。

『こんなに貰つちやあ済まないな。だが、まあ、折角《せつかく》のお福分《ふくわ》けだ。ありがたく頂戴して置かう。どうぞ明日来てください。放しうなぎの惣仕舞《そうじまい》は近頃お前ばかりだ。』

礼やらお世辞《せじ》やらをうしろに聞きながら、平吉はまた急ぎ足で自分の家《うち》へ帰つた。かれは今になつてまだ午飯《ひるめし》を食《く》はないことを初めて思ひ出したが、これから仕度《したく》をするのも面倒なのと、ふところには今までに持つたことのない二両あまりの金がまだ残つてゐるのとで、かれは又あたふたと駈け出して町内のうなぎ屋へ行つた。一方に放しうなぎをしてゐながら、一方には久振りに蒲焼《かばやき》を食はうと思ひ立つたのである。近所の顔を見識《みし》つてゐながらも、ついぞ二階へ上つたこともない平吉を不思議さうに案内して来た女中にむかつて、彼は小《こ》あらいところを二皿ばかり焼いてくれと註文した。無論に酒も持つて来いと云つた。

座蒲団《ざぶとん》のうへに坐つて、平吉はがつかりした。かれは今朝《けさ》から些《ちつ》とも落付いた心持になれないで、唯《ただ》せか〳〵と駈《か》け摺《ず》り廻つてゐたのである。からだも心も一度に疲れ果てたやうで、彼はもう口を利くのも大儀《たいぎ》になつた。それでも、酒や鰻が運び出されると、かれは又元気が付いて、女中を相手に笑つたり喋《しやべ》つたりした。女中に一朱《いつしゆ》の祝儀をやつた。かれは空腹《すきはら》のところへ無暗《むやみ》に飲んで食つて、女中に扶《たす》けられてやう〳〵に二階を降りたが、もう正体もなく酔ひくづれて、足も地に着かないほどになつてゐた。

『平さんはあぶない。すぐ近所だから送つておあげよ。』と、帳場にゐる女房が見かねて注意した。

祝儀を貰つた義理もあるので、女中はかれの手をひいて表《おもて》へ出ると、月のひかりは地に落ちて霜《しも》のやうに白かつた。露地のなかまで送り込むと、その門口《かどぐち》には一人の女が人待顔《ひとまちがお》にたゝずんでゐた。

あくる朝になつて、この長屋中《ながやじゆう》は勿論、一町内をもおどろかすやうな大事件が発覚した。平吉は奥の三畳で何者にか刺殺《さしころ》されてゐた。入口の四畳半の長火鉢《ながひばち》のまへには、二人の大《だい》の男が血を吐いて死んでゐた。

平吉はうなぎ屋から酔つて帰つて、そのまゝ奥へ這入つて寝込んでしまつたところへ、他《た》のふたりが忍び寄つて刺殺したのである。彼等はそれから家内《かない》を探しまはつた末に、入口の長火鉢のまへで酒を飲んだ。それが毒酒《どくしゆ》であつたので、ふたりともに命をうしなつたのである。それだけのことは検視の上で判明した。しかも彼《か》のふたりは同町内に住んでゐる無頼者《ならずもの》であることも判つた。唯《ただ》わからないのは、ふたりを殺した毒酒の出所《しゆつしよ》で、平吉が毒酒をたくはへて置く筈もない。ふたりが毒酒を持つて来て飲む筈もない。酒は一升《いつしよう》樽《だる》を半分以上も飲み尽してあつた。

それから又二日ほど過ぎた。

両国の橋番のおやぢは今朝も幾匹かの鰻を大川《おおかわ》へ放してゐると、かねて顔を識《し》つてゐる本所の左官屋《さかんや》の女房が通りかゝつた。女房は立ちどまつて挨拶して、誰にたのまれてその鰻を放すのだと訊いたので、おやぢは煙草屋の平吉の供養《くよう》のためであると正直に話した。平吉は殺される日の夕方こゝに寄つて百両の富にあたつた礼だと云つて三分の金をくれて、放し鰻の惣仕舞をして行つた。そのうなぎは翌朝みんな放してしまつたが、考へると平吉が気の毒でならない。富に当つたのが彼の禍《わざわい》で、それを教へたのは自分であるから、いよ〳〵彼に対して済まないやうな気がしてならない。せめてはその供養のために、かうして毎朝幾匹《いくひき》づつかの放しうなぎをしてゐるのであると。かれは洟《はな》をすゝりながら話しつゞけると、女房は黙つて聴いてゐた。

『平さんもほんとうにお気の毒ね。あたしも御供養《ごくよう》に放し鰻をしませうよ。』

女房から一分の金《かね》を渡されて、おやぢは又おどろいた。せい〴〵五十文《もん》か百文が関の山であるのに平吉は格別、この女房までが一分の金をくれるのは何《ど》うしたのであらうと、少しく不審さうにその顔をながめてゐると、女房は自分の手で小桶から一匹の小さい鰻をつかみ出して川へ投げ込んだ。つゞいて自分も身を投げた。橋番のおやぢは呆気《あっけ》に取られて、しばらくは人をよぶ声も出なかつた。

死人に口無しで、もとより詳しい事情はわからないが、平吉に毒酒を贈つたのはこの女房であつたらしい。女房は亭主の留守に平吉から七十五両の金をあづけられて、俄《にわか》に悪心《あくしん》を起してその金を我物《わがもの》にしようと巧《たく》んだ。彼女は日の暮れるのを待つて平吉の家《うち》へたづねて行つて、富にあたつて祝《いわい》とでも名をつけて一升樽《いっしょうだる》を贈つたのであらう。しかしその時は平吉ももう酔つてゐるので、その上に飲む元気もなく、そこらへ酒樽《さかだる》を投《ほう》り出したまゝで正体もなく寝入つてしまつたところへ、町内のならず者ふたりが忍び込んで来た。かれらは平吉が富に当つたことを知つてゐて、先《ま》づ彼を刺殺《さしころ》してその金を奪ひ取るつもりであつたらしいが、金のありかは判らなかつた。かれらは死人のふところから使ひ残りの一両あまりを探し出して、わづかに満足するの外《ほか》はなかつた。かれらは行《ゆ》きがけの駄賃に、そこにある酒樽に眼をつけて飲みはじめた。酒には毒が入れてあつたので、かれらはその場で倒れてしまつた。

以上の想像が事実とすれば、平吉を殺さうとした酒が却《かえ》つて平吉の味方になつて、その場を去らずに仇二人《かたきふたり》をほろぼしたのである。左官の女房が酒を贈らずとも、平吉は所詮逃れない命で、もしその酒がなかつたらば賊は安々《やすやす》と逃げ去つたであらう。平吉に取つて、彼《か》の女房は敵か味方か判らない。思へば不思議な廻《まわ》り合せであつた。

しかしそれで女房の罪が帳消《ちょうけ》しにならないのは判り切つてゐた。たとひ其《その》結果がどうであらうとも、彼《か》の女《じょ》は預かりの金を奪ふがために毒酒を平吉に贈つたのであるから、容易ならざる重罪人である。女房も詮議がだん〳〵にきびしくなつて来たのを恐れて、罪の重荷を放しうなぎと共に大川へ沈めたのであらう。

秋が深くなつて、岸の柳のかげが日ごとに痩《や》せて行つた。橋番のおやぢは二人の供養のために毎朝の放し鰻を怠《おこた》らなかつた。

雪《ゆき》 女《おんな》

一

Ｏ《オー》君は語る。

大正の初年《しよねん》から某《ぼう》商会の満洲支店詰《まんしゆうしてんづめ》を勤めてゐた堀部《ほりべ》君が足かけ十年振りで内地へ帰つて来て、彼《かれ》が満洲で遭遇した雪女の不思議な話を聞かせてくれた。

この出来事の舞台は奉天《ほうてん》に近い芹菜堡子《きんさいほうし》とかいふ所《ところ》ださうである。わたしも曾《かつ》て満洲の土地を踏《ふ》んだことがあるが、その芹菜堡子とかいふのはどんなところか知らない。併《しか》しそれが所謂《いわゆる》雲朔《うんさく》に近い荒涼たる寒村《かんそん》であることは容易に想像される。堀部君は商会の用向きで、遼陽《りようよう》の支店を出発して、先《ま》づ撫順《ぶじゆん》の炭鉱《たんこう》へ行つて、それから汽車で蘇家屯《そかとん》へ引返《ひつかえ》して、蘇家屯から更《さら》に渾河《こんが》の方面にむかつた。蘇家屯から奉天までは真直《まつすぐ》に汽車で行《ゆ》かれるのであるが、堀部君は商売用の都合《つごう》から渾河で汽車にわかれて、供《とも》に連れた支那人と二人で奉天街道をたどつて行つた。

一月の末《すえ》で、一昨日《おととい》はこゝでも可《か》なりの雪が降つた。けふは朝から陰《くも》つて剣《つるぎ》のやうに尖《とが》つた北風がひう〳〵と吹く。土地に馴れてゐる堀部君は毛皮の帽子を眉深《まぶか》にかぶつて、あつい外套《がいとう》の襟《えり》に顔をうづめて、十分に防寒の仕度《したく》を整へてゐたのであるが、それでも惣身《そうみ》の血が凍《こお》るやうに冷えて来た。おまけに途中で日が暮れかゝつて、灰のやうな細《こまか》い雪が突然に吹きおろして来たので、堀部君はいよ〳〵遣切《やりき》れなくなつた。たづねる先は渾河と奉天との丁度《ちょうど》まん中で、その土地でも有名な劉《りゅう》といふ資産家の宅《たく》であるが、そこまではまだ十七清里《しんり》ほどあると聞かされて、堀部君はがつかりした。

日は暮れかゝる、雪は降つて来る。これから満洲の田舎路《いなかみち》を日本の里数で約三里も歩かせられては堪《たま》らないと思つたので、堀部君は途中で供の支那人に相談した。

『これから劉の家《うち》までは大変だ。どこか其処《そこ》らに泊めて貰ふことは出来まいか。』

供の支那人は堀部君の店に長く奉公して、気心のよく知れてゐる正直な青年であつた。彼は李多《リートー》といふのが本名であるが、堀部君の店では日本式に李太郎《りたろう》と呼び慣《なら》はしてゐた。

『劉家《リューチエー》、遠いあります。』と、李太郎も白い息を噴《ふ》きながら答へた。『併《しか》しこゝらに客機《コーチエン》ありません。』

『宿屋《やどや》は勿論《もちろん》あるまいよ。だが、どこかの家《うち》で泊めてくれるだらう。どんな穢《きたな》い家《うち》でも今夜は我慢するよ。この先の村へ這入つたら訊いて見てくれ。』

『よろしい、判りました。』

二人はだん〳〵に烈《はげ》しくなつて来る粉雪《こゆき》のなかを衝《つ》いて、俯向《うつむ》き勝《が》ちに喘《あえ》ぎながら歩いてゆくと、葉のない楊《やなぎ》に囲まれた小さい村の入口にたどり着いた。大きい木のかげに堀部君を休ませて置いて、李太郎はその村へ駈け込んで行つたが、やがて引返《ひつかえ》して来て、一軒の家を見つけたと手柄顔《てがらがお》に報告した。

『泊めてくれる家《うち》すぐに見付けました。家の人、大層《たいそう》親切あります。家は綺麗、不乾浄《プーカンジン》ありません。』

綺麗でも穢くても大抵のことは我慢する覚悟で、堀部君は彼に誘はれてゆくと、それは石の井戸を前にした家で、こゝらとしては先《ま》づ見苦しくない外構《そとがま》へであつた。外套《がいとう》の雪を払ひながら、堀部君は転《ころ》げるやうに門《もん》のなかへ駈け込むと、これは満洲地方で見る普通の農家で、門の中には可《か》なりに広い空地《あきち》がある。その左の方には雇人《やといにん》の住家《すみか》らしい小さい建物があつて、南にむかつた正面のやゝ大きい建物が母屋《おもや》であるらしく思はれた。

李太郎が先に立つて案内すると、母屋からは五十五六にもならうかと思はれる老人が出て来て、快《こころよ》く二人を迎へた。なるほど親切な人物らしいと、堀部君も先《ま》づ喜んで内《うち》へ誘ひ入れられた。家のうちは土間《どま》を据《す》ゑた一間《ひとま》をまん中にして、右と左とに一間づつの部屋が劃《しき》られてあるらしく、堀部君等《ら》はその左の方の部屋に通された。そこは無論土間で、南側と北側とには日本の床《ゆか》よりも少し高い寝床《ねどこ》が設けられて、その上には古びた莚《むしろ》が敷いてあつた。土間には四角なテーブルのやうなものが据ゑられて、木の腰掛けが三脚《さんきやく》列《なら》んでゐた。

老人は自分がこの家《いえ》の主人であると云《い》つた。この頃はこゝらに悪い感冒《かんぼう》が流行《はや》つて、自分の妻も二人の雇人もみな病床《びようしよう》に倒れてゐるので、碌々《ろくろく》にお構《かま》ひ申すことも出来ないと、気の毒さうに云訳《いいわけ》をしてゐた。

『それにしても何か食はして貰ひたい。李太郎、お前も手伝つてなにか温《あたたか》いものを拵《こしら》へてくれないか。』と、堀部君は寒気《かんき》と疲労と空腹とにがつかりしながら云つた。

『よろしい、よろしい。』

李太郎は老人に頼んで、高粱《こうりよう》の粥《かゆ》を炊《た》いて貰ふことになつた。彼は手伝つて土竈《どべつつい》の下《した》を焚《た》きはじめた。その煙《けむり》がこちらの部屋まで流れ込んで来るので、堀部君は慌《あわ》てゝ入口の戸を閉めたが、何分《なにぶん》にも寒くて仕様がないので、再びその戸をあけて出て、自分も竈《へつつい》の前に屈《かが》んでしまつた。

老人が堀部君を歓待《かんたい》したのは仔細《しさい》のあることで、彼は男女《なんによ》三人の子供を有《も》つてゐるが、長男は営口《えいこう》の方へ出稼《でかせ》ぎに行つて、それから更《さら》に上海《シヤンハイ》へ移つて外国人の店に雇はれてゐる。次男は奉天へ行つて日本人のホテルに働いてゐる。さういふ事情から、かれは外国人に対しても自然に好意を有《も》つてゐる。殊《こと》に奉天のホテルでは次男を可愛《かわい》がつて呉《く》れるといふので、日本人に対しては特別の親《したし》みを有《も》つてゐるのであつた。その話しを聞いて、堀部君は好《い》い家《うち》へ泊り合はせたと思つた。粥《かゆ》は高粱の中へ豚の肉を入れたもので、その煮えるのを待ち兼ねて四五椀《わんすす》啜り込むと、堀部君の額《ひたい》には汗が滲《にじ》み出して来た。

『やれ、ありがたい。これで蘇生《いきかえ》つた。』

ほつと息をついて元の部屋へ戻ると、李太郎は竈の下の燃えさしを持つて来て、寝床の下の煖炉《だんろ》に入れてくれた。老人も枯れた高粱の枝をかゝへて来て、惜気《おしげ》も無しに炉のなかへ沢山押込《おしこ》んだ。

『多謝《トーシエー》、多謝《トーシエー》。』

堀部君はしきりに礼を云ひながら、炉のあたゝまる間《あいだ》、テーブルの前に腰をおろすと、老人も来て色々の話をはじめた。こゝの家《いえ》は主人夫婦と今年十三になる娘と、別棟《べつむね》に住んでゐる雇人二人と、現在のところでは一家内《いっかない》あはせて五人暮しであるのに、その三人が枕に就《つ》いてゐるので、働くものは老人と小娘《こむすめ》に過ぎない。仕事のない冬の季節であるから好《い》いやうなものゝ、ほかの気節であつたらどうすることも出来ないと、老人は顔を陰《くも》らせながら話した。それを気の毒さうに聴いてゐるうちに、外の吹雪《ふぶき》はいよ〳〵暴《あ》れて来たらしく、窓の戸をゆする風の音がすさまじく聞えた。

こゝらの農家では夜も灯《ひ》を点《とも》さないのが習《ならい》で、平生《へいぜい》ならば火縄《ひなわ》を吊《つる》して置くに過ぎないのであるが、今夜は客への欵待振《かんたいぶり》に一梃《いっちょう》の蠟燭《ろうそく》がテーブルの上に点《とも》されてゐる。その弱い光で堀部君は懐中時計を透《すか》してみると、午後六時を少し過ぎた頃であつた。こゝらの人達はみな早寝であるが、堀部君に取つてはまだ宵《よい》の口《くち》である。いくら疲れてゐても、今からすぐに寝るわけにも行《ゆ》かないので、幾分か迷惑さうな顔をしてゐる老人を相手に、堀部君は又色々の話をしてゐるうちに、右の方《ほう》の部屋で何かがたりといふ音がしたかと思ふと、老人は俄《にわか》に顔色を変へて、あわたゞしく腰掛けを起《た》つてその部屋へ駈け込んで行つた。

その慌《あわ》て加減があまりに烈《はげ》しいので、堀部君は少し呆気《あつけ》に取られてゐると、老人はなにか低い声で口早《くちばや》に云つてゐるらしかつたが、それぎり少時《しばらく》は出て来なかつた。

『どうしたんだらう。病人でも悪くなつたのか。』と、堀部君は李太郎に云つた。『お前そつと行つて覗《のぞ》いてみろ。』

他《ひと》の内房《ないぼう》を窺《うかが》ふといふのは甚《はなは》だ宜《よろ》しくないことであるので、李太郎は少し躊躇《ちゆうちよ》してゐるらしかつたが、これも一種の不安を感じたらしく、たうとう抜足《ぬきあし》をして真中《まんなか》の土間へ忍び出て、右の方の部屋をそつと窺ひに行つたが、やがて老人と一緒にこの部屋へ戻つて来た。老人の顔の色はまだ蒼ざめてゐた。

『病人、悪くなつたのでありません。』と、李太郎は説明した。しかし彼の顔色も少し穏《おだや》かでないのが、堀部君の注意を惹《ひ》いた。

『ぢや、どうしたんだ。』

『雪の姑娘《クーニャン》、来るかも知れません。』

『なんだ。雪の姑娘といふのは……。』

雪の姑娘――日本でいへば、雪女とか雪女郎《ゆきじよろう》とか云ふ意味であるらしい、堀部君は不思議さうに相手の顔を見つめてゐると、李太郎は小声で答へた。

『雪の娘――鬼子《コイツ》あります。』

『幽霊か。』と、堀部君もいよ〳〵眉を皺《しわ》めた。『そんな化物《ばけもの》が出るのか。』

『化物、出ることあります。』と、李太郎はまた囁《ささや》いた。『こゝの家《うち》、三年前にも娘を取られました。』

『娘を取る……。その化物が……。可怪《おか》しいな。ほんたうかい。』

『嘘ありません。』

なるほど嘘でもないらしい。死んだ者のやうに黙つてゐる老人の蒼い顔には、強い〳〵恐怖の色が浮んでゐた。堀部君もしばらく黙つて考へてゐた。

二

雪の娘――幾年《いくねん》か満洲に住んでゐる堀部君も、曾《かつ》てそんな話しを聴いたことはなかつたが、今夜はじめてその説明を李太郎の口から聞かされた。

今から三百年ほどの昔であらう。清《しん》の太祖《たいそ》が遼東《りようとう》一帯の地を斬《き》り従《したが》へて、瀋陽《しんよう》――今の奉天《ほうてん》——に都《みやこ》を建てた当時のことである。数ある侍妾《じしょう》のうちに姜氏《きょうし》といふ麗《うるわ》しい女があつて、特に太祖の恩寵《おんちょう》を蒙《こうむ》つてゐたので、それを妬《ねた》むものが彼女に不貞《ふてい》の行ひがあると云ひ触らした。その相手は太祖の近臣《きんしん》で楊《よう》といふ美少年であつた。それが太祖の耳に入つて、姜氏と楊とは残酷な拷問《ごうもん》をうけた。妬む者の讒言《ざんげん》か、それとも本当に覚えのあることか、その噂は区々《まちまち》で何《いず》れとも決定しなかつたが、兎《と》もかくも二人は有罪と決められて、楊は死罪に行《おこな》はれた。姜氏は大雪のふる夕《ゆうべ》、赤裸《あかはだか》にして手足を縛《くく》られて、生きながらに渾河《こんが》の流れへ投げ込まれた。

この悲惨な出来事があつて以来、大雪のふる夜《よ》には、妖麗《ようれい》な白い女の姿が吹雪《ふぶき》の中へまぼろしのやうに現れて、それに出逢ふものは命を亡《うしな》ふのである。そればかりでなく、その白い影は折々《おりおり》に人家《じんか》へも忍び込んで来て、若い娘を招き去るのである。招かれた娘のゆくへは判らない。彼女は姜氏の幽魂《ゆうこん》に導かれて、おなじ渾河の水底へ押沈《おししず》められてしまふのであると、土地の者は恐れ戦慄《おのの》いてゐる。その伝説は長く消えないので、渾河地方の雪の夜には妖麗幽怪《ゆうかい》な姑娘《クーニャン》の物語が今も矢はり繰返されてゐるのである。現にこゝの家《うち》でも三年前、丁度今夜のやうな吹雪の夜に、十三になる姉娘を誘ひ出された怖ろしい経験を有《も》つてゐるので、一昨日《おととい》の晩も昨夜も一家内は安き心もなかつた。幸《さいわい》にけふは雪も歇《や》んだので、先《ま》づほつとしてゐると、夕方《ゆうべ》から又もやこんな烈《はげ》しい吹雪となつたので、風にゆられる戸の音にも、天井を走る鼠《ねずみ》の音にも、父の老人は弱い魂《たましい》を脅《おびや》かされてゐるのであつた。

『ふむう、どうも不思議だね。』と、堀部君はその奇怪な説明に耳をかたむけた。『ぢや、こゝの家《うち》では曾て娘を取られたことがあるんだね。』

『さうです。』と、李太郎も怖ろしさうに云つた。『姉も十三で取られました。妹も今年十三になります。また取られるかも知れません。』

『だつて、その雪女はこゝの家《うち》ばかりを狙《ねら》ふ訳《わけ》ぢやあるまい。近所にも若い娘は沢山ゐるだらう。』

『しかし美しい娘、沢山《たくさん》ありません。こゝの家《うち》の娘、大層美しい。わたくし今見て来ました。』

『さうすると、美しい娘ばかり狙ふのか。』

『美しい娘、雪の姑娘《クーニャン》に妬まれます。』

『怪《け》しからんね。』と、堀部君は蠟燭の火を見つめながら云つた。『美しい娘ばかり狙ふと云ふのは、まるで我々のやうな幽霊だ。』

李太郎は莞爾《にっこり》ともしなかつた。彼もこの奇怪な伝説に対して、頗る《すこぶ》根強い迷信を有《も》つてゐるらしいので、堀部君は可笑《おか》しくなつて来た。

『で、昔からその白い女の正体をたしかに見とゞけた者はないんだね。』

『いゝえ、見た者沢山あります。あの雪の中に……。』と、李太郎は見えない表《おもて》を指さした。『白い影のやうなものが迷つてゐます。そばへ近寄つたものは皆死にます。』

『それ以上のことは判らないんだね。で、その影のやうなものは、戸が閉めてあつてもすうと這入《はい》つて来るのか。』

『這入つて来るときには、怖ろしい音がして戸が毀《こわ》れます。戸を閉めて防ぐこと出来ません。』

『さうか。』と、堀部君は思はず声を立て、笑ひ出した。

日本語の判らない老人は、びつくりしたやうに客の笑ひ顔をみあげた。李太郎も眼をみはつて堀部君の顔を見つめてゐた。

『こゝらにも馬賊《ばぞく》はゐるだらう。』と、堀部君は訊いた。

『馬賊《マーツエ》、居《お》ります。』と、李太郎はうなづいた。

『それだよ。屹《きつ》とそれだよ。』と、堀部君は矢はり笑ひながら云つた。『馬賊にも限るまいが、兎にかくに泥坊《どろぼう》の仕業《しわざ》だよ。むかしからそんな伝説のあるのを利用して、白い女に化《ば》けて来るんだよ。つまり幽霊の真似《まね》をして方々《ほうぼう》の若い娘を攫《さら》つて行くのさ。その行くへの判らないといふのは、どこか遠いところへ連れて行つて淫売婦《いんばいふ》か何かに売り飛ばしてしまふからだらう。美しい娘にかぎつて攫はれるといふのが論《ろん》より証拠だ。ねえ、さうぢやないか。』

『さうでありませうか。』と、李太郎はまだ不得心《ふとくしん》らしい眼色《めいろ》を見せてゐた。

『お前からこゝの主人によく話してやれよ。それは渾河《こんが》に投げ込まれた女の幽霊でもなんでもない。たしかに人間の仕業に相違ない。たしかに泥坊の仕業で、幽霊の振りをして若い娘を攫《さら》つて行《ゆ》くのだと……。いや、まつたくそれに相違ないよ。むかしは本当に幽霊が出たかも知れないが、中華民国《ちゆうかみんこく》の今日《こんにち》にそんなものが出る筈《はず》がない。幽霊が這入つて来るときに、戸が毀《こわ》れるといふのも一つの証拠だ。何かの道具で叩き毀して這入つて来るのさ、ねえ、さうぢやあないか。ほんたうの幽霊ならば何処かの隙間《すきま》からでも自由にすつとよ這入つて来られさうなものだのに、怖ろしい音をさせて這入つて来るなどはどうも怪《あや》しいよ。それらを考へたら、幽霊の正体も大抵は判りさうなものだが。……』

天晴《あつぱ》れ相手の蒙《もう》を啓《ひら》いた積《つも》りで、堀部君はこゝまで一息《ひといき》にしやべり続けたが、それは一向《いつこう》に手堪《てごた》へがなかつた。李太郎は木偶《でく》の坊《ぼう》のやうに唯《ただ》、い、い、きよろりとして、此方《こつち》の口と眼の動くのを眺めてゐるばかりで、なんとも判然《はつきり》した返事をしないので、堀部君は少し焦《じれ》つたくなつて来た。悧口《りこう》なやうでも矢はり支那人である。今時こんな迷信に囚《とら》はれて、飽《あく》までも雪女の怪《かい》を信じてゐるのかと思ふと、情《なさけ》なくもあり、ばか〳〵しくも感じられてならなかつた。堀部君は叱るやうに彼を催促《さいそく》した。

『おい。そのことをこゝの主人に話して、早く安心させて遣《や》れよ。可哀《かわい》さうに顔の色を変へて心配してゐるぢやないか。』

叱られて、李太郎も忤《さから》はなかつた。彼は主人の老人にむかつて小声で話しかけた。堀部君も一通りの支那語には通じてゐるので、かれが正直に自分の意見を取次いでゐるらしいのに満足して、黙つて聴く人の顔色をうかゞつてゐると、老人は苦笑ひをして徐《しず》かにその頭《かしら》を掉《ふ》つた。

『まだ判らないのか。馬鹿だな。』

堀部君は舌打ちした。今度は直接に自分から懇々《こんこん》と云ひ聞かせたが、老人は暗い顔にたゞ薄笑ひをしてゐるばかりで、どうしてもその意見を素直には受入れないらしいので、堀部君もいよ〳〵癇癪《かんしゃく》を起した。

『もう勝手にするが好《い》い。いくら云つて聞かせてもわからないんだから仕方がない。こんな人間だから、大事の娘を攫《さら》つて行かれるんだ。ばか〳〵しい。』

こつちの機嫌が悪いらしいので、老人は気の毒さうに黙つてしまつた。李太郎も手持不沙汰《てもちぶさた》のやうな形で俯向《うつむ》いてゐた。

『李太郎。もう寝ようよ。雪女でも出て来ると不可《いけ》ないから。』と、堀部君は云ひ出した。

『寝る、よろしい。』

李太郎もすぐに賛成した。老人は挨拶して自分の部屋の方へ帰つた。寝床の莚《むしろ》を探つてみると、煖炉は丁度いゝ加減に暖まつてゐるので、堀部君は靴をぬいで寝床へ上《あが》つて毛織の膝掛けを着てごろ寝をしてしまつた。李太郎はもう半分以上も燃えてしまつた蠟燭の火を細い火縄に移して、それからその蠟燭を吹き消した。火縄は蓬《よもぎ》の葉を細く撚《よ》り合せたもので、天井から長く吊下げてあつた。

　疲れてゐる堀部君は暖かい寝床の上《うえ》で好《い》い心持に寝てしまつたが、自分の頭の上にある窓の戸を強く揺するやうな音におどろかされて眼を醒《さ》ました。部屋のうちは真暗で、細い火縄の火が秋の蛍のやうに微《かす》かに消え残つてゐるばかりである。向う側の寝床の上には、李太郎が鼾《いびき》を立てゝ寝入つてゐるらしかつた。耳をすまして窺《うかが》ふと、家のうちは森《しん》として鼠の走る音も聞えなかつたが、表の吹雪《ふぶき》はいよ〳〵吹き暴《あ》れて来たらしく、浪《なみ》のやうな音を立てゝ、ごう〳〵と吹き寄せてゐた。窓の戸のゆれたのはこの雪風《ゆきかぜ》であることを堀部君はすぐに覚《さと》つた。満洲の雪の夜、その寒さと寂しさとには馴れてゐながらも、堀部君はなんだか眼が冴えて再び寝つかれなくなつた。

　床《とこ》の上に起き直つて、堀部君はマッチを擦つて、懐中時計を照らしてみると、今夜はもう十二時に近かつた。ついでに巻莨《まきたばこ》を喫《す》ひつけて、その一本を喫ひ終つた頃に、烈しい吹雪はまたどつ〳〵と吹き寄せて来て、窓の戸を吹き破られるかと思ふやうにがた〳〵と煽《あお》られた。宵《よい》の話を思ひ出して、彼《か》の雪女が闖入《ちんにゅう》して来る時には、こんな物音がするかも知れないなどと堀部君は考へた。さうして、又もや横になつたが、一旦冴えた眼はどうしても合はなかつた。

『なぜだらう。』

　自分は有名の寝坊で、いつも朋輩達《ほうばいたち》にも笑はれてゐるくらゐである。何時《なんどき》どんな所でも、枕に就けば屹《きつ》と朝までは正体もなく寝てしまふのが例であるのに、今夜にかぎつて眠られないのは不思議である。やはり彼《か》の雪女の一件が、頭のなかで何かの邪魔をしてゐるのではあるまいか。俺もだん〳〵に支那人にかぶれて来たかと、堀部君は自分で自分の臆病を嘲《あざけ》つたが、又考へてみると、幽霊よりも馬賊《ばぞく》の方がおそろしい。幽霊などは初めから問題にならないが、馬賊は何をするか判らない。日本人が今夜こゝに泊り込んだのを知つて、夜中《やちゆう》に襲つて来ないとも限らない。堀部君は提鞄《さげかばん》の中からピストルを探り出して、枕もとに置いた。かうなるといよ〳〵眠られない。いや、眠られない方が本当であるかも知れないと思ひ直して、堀部君は寝床の上に起き直つてしまつた。

寝鎮《ねしず》まつた村の上に吹雪は小歇《こや》みもなしに暴《あ》れ狂つてゐた。夜がふけて煖炉の火もだん〳〵衰《おとろ》へたらしく、堀部君は何だかぞく〳〵して来たので、探りながら寝床を這ひ降りて、まん中の土間へ焚物《たきもの》の高粱《こうりよう》を取りに行つた。土間の隅には彼《か》の土竈《どべつつい》があつて、そのそばには幾束の高粱が積み重ねてあることを知つてゐるので、堀部君は探り足でその方角へ進んでゆくと、切株の腰掛につまづいて危ふく転《ころ》びさうになつたので、堀部君はあわてゝマッチを擦ると、その火は物に摑まれたやうにふつと消えてしまつた。

その一刹那《いつせつな》である。入口の戸にさら〳〵と物の触れるやうな音が聞《きこ》えた。

三

暗いなかで耳を澄ますと、それは細かい雪の触れる音であるらしいので、堀部君は自分の神経過敏を笑つた。しかもその音は続けて聞えるので、堀部君はなんだか気になつてならなかつた。先刻《さつき》から吹きつけてゐる雪の音は、こんなに静かな柔かいものではない。気のせゐか、何者かゞ戸の外へ忍んで来て内をうかゞつてゐるらしくも思はれるので、堀部君はぬき足をして入口の戸のそばへ忍んで行つた。戸に耳を押付けてぢつと聞き澄ますと、それは雪の音ではない。どうも何者かゞそこに佇《たたず》んでゐるらしいので、堀部君はそつと自分の部屋へ引返して、枕もとのピストルを掴んだ。それから小声で李太郎を呼び起した。

『おい、起きろ、起きろ。李太郎。』

『あい、あい。』と、李太郎は寝ぼけ声で答へたが、矢はりすぐには起き上りさうもなかつた。

『李太郎、早く起きろよ。』と、堀部君は焦《じ》れて揺り起した、『雪女《ゆきおんな》が来た。』

『あなた、嘘あります。』

『嘘ぢやない、早く起きてくれ。』

『ほんたうありますか。』と、李太郎はあわてゝ飛び起きた。

『どうも戸の外に何かゐるらしい。僕も一緒に行くから、戸をあけて見ろ。』

『いけません、いけません。』と、李太郎は制した。『あなた、見ること宜《よろ》しくない。隠れてゐる、よろしい。』

暗がりで顔は見えないが、その声がひどく顫《ふる》へてゐるので、かれが異常の恐怖に襲はれてゐるらしいのが知られた。堀部君はその肩のあたりを引つ掴んで、寝床から曳摺《ひきず》りおろした。

『弱虫め。僕が一緒に行くから大丈夫だ。早くしろ。』

李太郎は探りながらに靴を穿《は》いて、堀部君に引つ張られて出た。入口の戸は左右へ開くやうになつてゐて、まん中には鑰《かぎ》がかけてあつた。そこへ来て又躊躇してゐるらしい彼を小声で叱り励まして、堀部君はその扉をあけさせた。李太郎は顫《ふる》へながら鑰を外《はず》して、一方の扉をそつと細目にあけると、その隙間から灰のやうな細《こま》かい雪が眼潰《めつぶ》しのやうにさつと吹き込んで来た。片手にはピストル、片手はハンカチーフで眼を拭《ぬぐ》ひながら、堀部君は扉のあひだから表を覗くと、外は一面に白かつた。

どちらから吹いて来る風か知らないが、空も土もたゞ真白な中で、そこにも此処《ここ》にも白い渦《うず》が大きい浪《なみ》のやうに巻き上つて狂つてゐる。その外にはなんの影も見えないので、堀部君は案に相違《そうい》した。なんにも居ないらしいのに安心して、李太郎は思ひ切つてその扉を大きく明けると、氷のやうな寒い風が吹雪と共に狭い土間へ流れ込んで来たので、ふたりは思はず身を竦《すく》める途端《とたん》に、李太郎は小声であつと云つた。さうして、力一ぱいに堀部君の腕をつかんだ。

『あ、あれ。御覧なさい。』

彼が指さす方角には、白馬の跳《おど》り狂つてゐるやうな吹雪の渦《うず》が見えた。その渦の中心かとも思ふところに更《さら》に一層の白い影がぼんやりと浮いてゐて、それは女の影であるらしく見えたので、堀部君も愕然《ぎょっ》とした。ピストルを固く握りしめながら、息を殺して窺《うかが》つてゐると、女のやうな白い影は吹雪に揉《も》まれて右へ左へ漂《ただよ》ひながら、門内《もんない》の空地をさまよつてゐるのであつた。雪煙かと思つて堀部君は眼を据《す》ゑて屹《きっ》と見つめてゐたが、それが煙かまぼろしか、その正体を確めることが出来なかつた。併《しか》し、それが人間でないことだけは確かであるので馬賊の懸念《けねん》は先《ま》づ消え失せて、堀部君もピストルを握つた拳《こぶし》がすこし弛《ゆる》むと、家のなかから又もや影のやうに迷ひ出たものがあつた。

その影は二人のあひだをするりと摺《す》りぬけて、李太郎のあけた扉の隙間《すきま》から表《おもて》へふら〳〵と出て行つた。

『あ、姑娘《クーニャン》。』と、李太郎が小声で又叫んだ。

『こゝの家《うち》の娘か。』

あまりの怖ろしさに、李太郎はもう口が利《き》けないらしかつた。併《しか》しそれが家《うち》の娘であるらしいことは容易に想像されたので、堀部君はピストルを持つたまゝで雪のなかへ追つて出ると、娘の白い影は吹雪の渦に呑まれて忽《たちま》ち見えなくなつた。

『早く主人に知らせろ。』

李太郎に云ひ捨てゝ、堀部君は強情に雪のなかを追つてゆくと、門のあたりで娘の白い影が又あらはれた。と思ふと、それは浪に攫《さら》はれた人のやうに、雪煙にまき込まれて門の外へ投げ遣《や》られたらしく見えた。門は幸ひに低いので、堀部君は半分夢中でそれを乗り越えて、表の往来まで追つて出ると、娘の影は大きい楊《やなぎ》の下にまた浮き出した。

『姑娘《クーニヤン》、姑娘《クーニヤン》』と堀部君は大きい声で呼んだ。『上那児去《シヤンナールチユイ》。』

どこへ行《ゆ》くなどと呼びかけても、娘の影は見返りもしなかつた。それは風に吹き遣られる木の葉のやうに、何処《いずく》ともなしに迷つてゆくらしかつた。それでも姑娘を呼びつゞけて七八間《けん》ほども追つてゆくと又ひとしきり烈しい吹雪がどつと吹きまいて来て、堀部君はあやふく吹き倒されさうになつたので、そこらにある、楊に取付いてほつと一息ついた時に、堀部君は更《さら》に怪《あや》しいものを見せられた。それは先刻《さつき》門内の空地にさまよつてゐた女のやうな白い影で、娘よりも二三歩先に雪のなかを浮いてゆくと、娘の影はそれに後《おく》れまいとするやうに追つてゆくのであつた。うづ巻く雪煙の中にその二つの白い影が消えてあらはれて、絢《よ》れて縺《もつ》れて、浮くかと思へば沈み、たゆたふかと思へば又走つて、やがて堀部君の眼のとゞかない所へ隠れてしまつた。

もう諦《あきら》めて引返《ひつかえ》して来ると、内《うち》には李太郎が蠟燭をとぼして、恐怖に満ちた眼色《めいろ》をしてぼんやりと突つ立つてゐた。

『姑娘《クーニャン》はどうした。』と、堀部君はからだの雪を払ひながら訊いた。

『姑娘、居りません。』

堀部君はさらに右の方の部屋をたづねると、主人の老人は寝床から這ひ落ちたらしい妻をかゝへて、土間の上に泣き倒れてゐた。娘らしい者の姿は見えなかつた。

話はこれぎりである。堀部君はあくる朝そこを発《た》つて、雪の晴れたのを幸ひに、三里ほどの路《みち》をたどつて劉《りゆう》の家《うち》をたづねると、その一家でも昨夜の話を聴いて、みな顔の色を変へてゐたさうである。こゝらの者はすべて雪女の伝説を信じてゐるらしいと云ふことであつた。若《も》し堀部君に探偵趣味があり、時間の余裕があつたらば、進んでその秘密を探り究《きわ》めることが出来たかも知れなかつたが、不幸にして彼はそれだけの事実をわたしに報告してくれたに過ぎなかつた。

平造《へいぞう》とお鶴《つる》

N《エヌ》君は語る。

明治四年の冬頃から深川富岡門前《ふかがわとみおかもんぜん》の裏長屋《うらながや》に一つの問題が起つた。それは去年の春から長屋の一軒を借りて、殆《ほとん》ど居喰《いぐ》ひ同様に暮してゐた親子の女が、表通りの小さい荒物屋《あらものや》の店をゆづり受けて、自分たちが商売をはじめることになつたと云《い》ふのである。母はおすまと云つて、四十歳前後である。娘はお鶴と云つて、十八九である。その人柄や詞《ことば》づかひやすべての事から想像して、彼等がこゝらの裏家《うらや》に住むべく育《そだ》てられた人達でないことは誰にも覚《さと》られた。

『あれでも士族《しぞく》さんだよ。』と、近所の者はさゝやいてゐた。

かれらは自分たちの素性《すじよう》をつゝんで洩《もら》さなかつたが、この時代にはかういふ人々の姿が到るところに見出されて、零落《れいらく》した士族——それは誰の胸にも浮ぶことであつた。女ふたりが幾《いく》ら約《つま》しく暮してゐても、居喰ひでは長く続かう筈もない。今のうちに早く相当《そうとう》の婿《むこ》でも取るか、娘の容貌《きりよう》のいゝのを幸ひに相当の旦那《だんな》でも見つけるか、なんとかしたら好《よ》からうにと、蔭《かげ》では余計な気を揉《も》むものがあつたが、痩《や》せても枯《か》れても相手が士族さんであるから、迂闊《うかつ》なことも云はれないといふ遠慮もあつて、周囲の人たちも唯《ただ》いたづらに彼等の運命を眺めてゐるばかりであつた。それが此《こ》の七八月頃からだん〳〵工面《くめん》が好《よ》くなつたらしく、母も娘も秋から冬にかけて、新しい袷《あわせ》や綿入《わたい》れをこしらへたのを、眼の疾《はや》い者がたちまち見つけ出して、それからそれへと吹聴《ふいちよう》した。それだけでも井戸端《いどばた》の噂を作るには十分の材料であるのに、その親子が更《さら》に表通りへ乗り出して、たとひ小さい店ながら、荒物屋の商売をはじめると云ふのであるから、問題がいよ〳〵大きくなつたのも無理はなかつた。

しかし一方から云へば、それは左《さ》のみ不思議なことでもないのであつた。この七八月頃から二十五六の若い男が時々にたづねて来て、なにかの世話をしてゐるらしい。男の身許《みもと》はわからないが、兎《と》もかくも小綺麗《こぎれい》な服装《みなり》をしてゐて、月に二三度は欠《かか》さずにこの露地《ろじ》の奥に姿をみせてゐる。さうして、おすま親子に対する彼の態度から推察《すいさつ》すると、どうも昔の主従《しゆじゆう》関係であるらしい。おそらく昔の家来筋《けらいすじ》の者が旧《きゆう》主人のかくれ家《が》をさがし当てゝ、奇特にもその世話をしてゐるのであらう。親子が今度新しい商売を始めるといふのも、この男の助力に因《よ》ること勿論である。かう考へてみれば、別に不思議がるにも及ばないのであるが、好奇心に富んでゐる此《こ》の長屋の人たちは、不思議でもないやうな此の出来事を無理に不思議な事として、更《さら》に色々の噂を立てた。

『いくら昔の家来筋だつて、今時あんなに親切に世話をする者があるものか。何かほかに仔細《しさい》があるに相違ない。おまけに、あの人は洋服を着てゐることもある。』

この時代には、洋服も一つの問題であつた。或《ある》お世話焼きがおすま親子に向つて、それとなく探りを入れると、母も娘も平生《せいぜい》からつゝましやかな質《たち》であるので、あまり詳しい説明も与《あた》へなかつたが、兎《と》も角《かく》もこれだけの事を彼等の口から洩《もら》した。

こゝへ尋ねて来る男は、おすまの屋敷に奉公してゐた若党《わかとう》の村田平造といふ者で、維新後は横浜の外国商館に勤めてゐる。この六月、両国《りようごく》の広小路《ひろこうじ》で偶然彼にめぐり逢つたのが始まりで、その後親切にたび〳〵尋ねて来てくれる。さうして、唯《ただ》遊んでゐては困《こま》るであらうといふので、彼が百円あまりの金を出してくれて、表通りの店をゆづり受けることになつた。――かう判ると、すべてが想像通りで、いよ〳〵不思議は無いことになるので、長屋の人たちの好奇心も流石《さすが》にだん〳〵薄らいで来た。そのあひだに、おすま親子は表の店へ引移《ひきうつ》つて、造作《ぞうさく》などにも多少の手入れをして、十二月の朔日《ついたち》から商売をはじめた。

『馴れない商売ですから何《ど》うなるか判りませんが、村田が折角《せつかく》勧めてくれますので、兎も角も店をあけて見ますから何分《なにぶん》よろしく願ひます。』と、おすまは近所の人に云つた。前にもいふ通り、この親子は行儀のよい、淑《つつ》ましやかな質《たち》であるので、近所の人たちの気受《きう》けも好かつた。二つには零落《れいらく》した士族に対する同情も幾分《いくぶん》か手伝つて、おすまの荒物店は相当に繁昌《はんじよう》した。士族の商法は大抵失敗するに決まつてゐたが、こゝは余ほど運のいゝ方《ほう》で、明くる年の五六月頃には親子二人の質素《しつそ》な生活に先《ま》づ差支《さしつか》へはないといふ見込みが付くやうになつた。

さうなると娘のお鶴さんももう年頃であるから早くお婿を貰つてはどうだと勧《すす》める者も出て来た。以前は士族さんでも、今は荒物屋のおかみさんであるから、近所の人たちも自然に遠慮が無くなつて、婿の候補者を二三人推薦する者もあつたが、おすま親子はその厚意を感謝するに留まつて、いつも体《てい》よく拒絶してゐた。それでは、あの村田といふ人をお婿にするのかと露骨《ろこつ》に訊いた者もあつたが、おすまは唯《ただ》笑つてゐるばかりで答へなかつた。

併《しか》し従来の関係から推察《すいさつ》して、彼《か》の村田といふ男がお鶴の婿に決められたらしいと云ふ噂が高くなつた。以前はあまり身嗜《みだしな》みもしなかつたが、お鶴もこのごろは髪を綺麗に結《ゆ》ひ、服装《みなり》も小ざつぱりとしてゐるので、容貌《きりよう》の好《よ》いのが又一段と引立《ひきた》つてみえた。

九月のはじめである。この当時はまた旧暦《きゆうれき》であるから、朝夕はもう薄《うす》ら寒くなつて来たので、お鶴は新らしい袷《あわせ》を着て町内の湯屋《ゆや》へ行つた。けふは午頃《ひるごろ》から細《こま》かい雨が降つてゐたので、お鶴は傘をかたむけて灯《ひ》ともし頃《ごろ》の暗《くら》い町を辿《たど》つてゆくと、もう二足《ふたあし》ばかりで湯屋の暖簾《のれん》をくゞらうとする所《ところ》で、物につまづいたやうにばつたり倒れた。鋭い刃物に脇腹を刺されて殆《ほとん》ど声も立てずに死んだのである。往来の人がそれを発見して騒ぎ立てた頃には、雨の降りしきる夕暮の町に加害者の影はみえなかつた。それが洋服を着た男であるとも云ひ、あるひは筒袖《つつそで》のやうなものを着た女であるとも云ひ、その噂は区々《まちまち》であつたが、結局取留《とりと》めたことは判らなかつた。

いづれにしても、この不意の出来事が界隈《かいわい》の人々をおどろかしたのは云ふまでもない。係りの役人の取調《とりしらべ》に対して、おすまはかう云ふ事実を打明けた。

『わたくしの連合《つれあい》は大沢《おおざわ》喜《き》十郎《じゆうろう》と申しまして、二百五十石取《こくどり》の旗本《はたもと》でございましたが、元年《がんねん》の四月に江戸を脱走して奥州《おうしゆう》へまゐりました。その時に用人《ようにん》の黒木百助《ひやくすけ》と、若党《わかとう》の村田平造も一緒に附いてまゐりましたが、連合の喜十郎と用人の百助は白河口《しらかわぐち》の戦《たたか》ひで討《うち》死《じに》をいたしました。若党の平造はどうなつたか判りませんが、身分の軽い者でございますから、おそらく無事に逃げ延《の》びたものであらうと存じて居りますと、昨年の六月、両国の広小路《ひろこうじ》で不図《ふと》めぐり逢ひましたのでございます。平造は案《あん》の通《とお》り、無事に奥州から落ちてまゐりまして、それから横浜へ行つて外国商館に雇はれてゐると申すことで、四年のあひだに様子も大層変りまして、唯今《ただいま》ではよほど都合もよいやうな話でございました。

わたくし共《ども》は主人を失《うしな》ひ、屋敷も潰《つぶ》れてしまひまして、見る影もなく落ちぶれて居ります。それを平造はひどく気の毒がりまして、その後は毎月二三度づゝ横浜から尋ねて来て、色々の面倒を見てくれますばかりか、来《く》る度《たび》ごとに幾《いく》らかづゝの金を置いて行つてくれました。いつそ小商《こあきな》ひでも始めては何《ど》うだと申しまして、唯今の店も買つてくれました。そのお蔭で、わたくし共も何《ど》うにか斯《こ》うにか行《ゆ》き立《た》つやうになりますと、平造はもうこれ限《ぎ》りで伺《うかが》ひませんと申しました。わたくし共もこの上に平造の世話になる気もございませんから、それぎりで別れてしまつても好《よ》かつたのでございますが……。娘のお鶴は平造の親切に感じたのでございませう、内々《ないない》で慕《した》つてゐるやうな様子がみえます。わたくしも出来るものならば、あゝいふ男を娘の婿にして遣《や》りたいといふ気も起りましたので、金銭の世話は別として、相変らず尋ねて来てくれるやうに頼みました。さうして、お鶴を貰つてくれないかと云ふやうなことも仄《ほの》めかしますと、平造は嬉しいやうな、迷惑らしいやうな顔をしまして、御主人のお嬢様をわたくし共の家内《かない》に致すのは余りに勿体《もったい》なうございますからと云ふ、断《ことわ》りの返事でございました。

さうは云ふものゝ、平造もまんざら忌《いや》ではないらしい様子で、その後も相変らず尋ねてまゐりました。八月のはじめに参りました時に、わたくしは再び娘の縁談を持ち出しまして、主人の家来《けらい》のと云ふのは昔のことで、今はわたし達がお前の世話になつてゐるのであるから、身分の遠慮には及ばない。娘もおまへを慕《した》つてゐるのであるから、忌《いや》でなければ貰《もら》つてくれと申しますと、平造は矢はり嬉しいやうな困つたやうな顔をして、自分は決して忌ではないが、その御返事は今度来る時まで待つて頂《いただ》きたいと云つて帰りました。それから八月の末《すえ》になつて、平造はまた参りましたが、生憎《あいにく》わたくしは寺参りに行つた留守でございまして、お鶴と二人で話して帰りました。

その時に娘と差向《さしむか》ひでどんな話をしたのか好《よ》く解《わか》りませんが、平造は縁談を承知したらしいやうな様子で、お鶴は嬉しさうな顔をしてゐました。併《しか》しお鶴の話によりますと、平造が帰るのを店先に立つて見送つてゐると、こゝらで見馴《みな》れない女の児《おんなこ》が店へ這入つて来たさうです。買物に来たのだと思つて、なにを差上《さしあ》げますと、声をかけると、その女の児は怖《こわ》い顔をして、おまへは殺されるよと云つたぎりで出て行つてしまつたと云ふことで……。嬉《うれ》しい中《なか》にもそれが気にかゝると見えまして、それを話した時には、お鶴もなんだか忌《いや》な顔をして居《お》りましたが、何、子供の冗談だらうぐらゐのことで、わたくしは格別に気にも止めずに居りました処《ところ》、それから五六日経《た》たないうちに、娘はほんたうに殺されてしまひましたのでございます。』

この中立《もうした》てによると、お鶴の死は平造との縁談に何かの関係があるらしく思はれた。而《しか》もお鶴に対して怖ろしい予告をあたへた少女は何者であるか、それは勿論わからなかつた。おすまも留守中のことであるので、その少女の人相《にんそう》や風俗《ふうぞく》を知らなかつた。こゝに一つの疑問は、平造がおすま親子に対して、自分の住所や勤め先を明《あきら》かにしてゐないことであつた。単に横浜の外国商館に勤めてゐると云ふだけで、彼はその以外のことを何《なん》にも語らなかつたのである。世間を知らない親子は左《さ》のみそれを怪《あや》しみもしなかつたのであるが、これほどの関係になつてゐながら、それを明《あか》さないのは少しく不審《ふしん》である。彼は商館に寝泊りしてゐると云つてゐたさうであるが、それが何《ど》うも疑《うたが》はしいので、念のために横浜の外国商館を取調べてみたが、どこにも村田平造といふ雇人《やといにん》はなかつた。彼はその後、深川の旧主人の店に再びその姿をみせなかつた。

お鶴殺しの犯人は遂《つい》に発見されなかつた。事件はすべて未解決のまゝに終《おわ》つた。この年の十二月に暦《こよみ》が変つて明治六年の正月は早く来た。したがつて、時候《じこう》は一月《ひとつき》おくれになつて、今までは三月と決まつてゐた花見月《はなみづき》が四月に延びた。その四月の花見に、こゝの町内の一群《ひとむれ》が向島《むこうじま》へ繰出《くりだ》すと、群集《くんじゆ》のなかに年ごろ二十二三の盛装した婦人と二十六七の若い男とが連れ立《だ》つて行くのを見た。その男は確《たしか》に彼の村田平造であると長屋の大工《だいく》のおかみさんが云つた。ほかの二三人もさうらしいと囁《ささや》き合つてゐるうちに男も女も混雑にまぎれて姿を隠してしまつた。

その噂がまた伝はつて、こゝに色々の風説が生み出された。

彼《か》の平造が横浜の商館に勤めてゐるといふのは嘘で、彼はある女盗賊《おんなとうぞく》の手下《てした》になつてゐるのだと云ふ者もあつた。又、かれが商館に勤めてゐるのは事実であるが、姓名《せいめい》を変へてゐるので判らないのである。一緒に連れ立つてゐたのは外国人の洋妾《らしやめん》で脊中《せなか》に一面の刺青《ほりもの》のある女であるといふ者もあつた。而《しか》もそれらの風説に確《たしか》な根拠があるのではなく、平造の秘密はお鶴の死と共に、一種の謎《なぞ》として残された。いづれにしても平造が去らうとする時に去らせてしまへば、おすまの一家《いつか》は何《なん》の禍《わざわ》ひを受けずに済んだのであらう。それがいつまでも母親の悔《くや》みの種《たね》であつた。

附録

その女

『どうも見たやうな女だと思つて、立ちどまつて振返ると、その女のすがたはもう何処《どこ》へか消えてしまつたのさ。』

山根君はかう云つて、そのときの表情をくりかへすやうに、濃い眉のあひだをすこし皺《しわ》めてみせた。山根君は最近に神戸の支店から帰つて、東京の本店詰《ほんてんづめ》となつたのであるが、帰り早々《そうそう》は店の方が忙しいといふので、一月《ひとつき》あまりも音沙汰がなかつたが、けふの日曜は久しぶりで身体《からだ》があいたと云《い》つて、おそい年始をかねて私《わたし》の家《うち》へたづねて来た。

わたしは昔からの下戸《げこ》であるが、山根君は神戸へ行つてから少し飲めるやうになつたらしい、家内《かない》がすゝめる葡萄酒《ぶどうしゅ》のコップを旨《うま》さうに二三杯かさねて引受けて、相変らず元気よくしやべつてゐたが、この話を始め出してからは、ときぐ\に暗い顔をするのが私の眼についた。

『ところで、その女といふのは一体何者だね。堅気《かたぎ》な人間ぢやあないのか。』

『それはわからない。』と、山根君は嘆息《ためいき》まじりで云つた。『僕にもどうしても判《わか》らない。併《しか》しまあ堅気の人間だらう。さうあるべき筈《はず》だ。』

『それはまあそれとして、それから君とその女とのあひだに何《ど》ういふ関係が出来たのだ。』

『関係といふほどのことは無いのさ。』と、山根君は投げるやうに云つた。『その女の名さへ確かに知らないくらゐだもの。』

『ぢやあ、唯《ただ》すれ違ひの恋とでも云ふわけかね。』と、わたしは笑つた。

『まあ、さうも云へるね。奥さん。もう一つ注《つ》いでください。』と、彼はすこし自棄《やけ》になつたやうにコップを突き出した。

『まあ酔はないうちに、その話といふのを好《よ》く伺《うかが》はうぢやありませんか。』と、家内《かない》も酌《しやく》をしながら笑つた。

『なに、大丈夫。むかしの山根ぢやありませんよ。葡萄酒の一本や二本……。あはゝゝゝ。だが、まあ、中途で話をやめるわけにも行《ゆ》かない。久振《ひさしぶ》りで山根が懺悔話《ざんげばなし》をするんですから、どうぞ真面目に聴いてください。』

ひと息にコップを飲み干して、やがてそれを音のするやうにチヤブ台のうへ、置いて、かれは又その神戸の女の話をはじめた。

今もいふ通り、一昨年《おととし》の八月の第一日曜の午後のことだ。僕がひとりで布引《ぬのびき》の滝へ行つて――たび〳〵行つて珍しくもないのだが、その日は随分暑かつたのと、ほかに行く先もなかつたのとで、まあ何が無しにぶら〳〵と出かけてみたのさ。君も知つてゐるだらう、滝へのぼつて行《ゆ》く狭い坂路《さかみち》の途中には、貝細工や玩具《おもちゃ》のやうな土産物《みやげもの》を売つてゐる店が幾軒もならんでゐる。その店のまへに突つ立つて、僕も子供か田舎者のやうに、その売店を一々めづらしさうに覗《のぞ》きながらあるいてゐると、僕のからだに殆《ほと》ん ど突きあたらないばかりに摺《す》れ合つて、坂下の方へ降りて行つたのがさつきから問題にしてゐるその女だ。

その女――年はせい〴〵十九か廿歳《はたち》ぐらゐにしかみえないが、実際は廿一二、あるひはもう三四ぐらゐにもなつてゐるかも知れない。ほそ面《おもて》の、いかにも上品な顔立《かおだち》で、日本の女にはめづらしい位《くらい》に恰好《かっこう》のいゝ鼻のうへに金縁《きんぶち》の眼鏡をかけてゐた。眼鏡の玉はうすい煤色《すすいろ》で、それが又かれの白い顔によく調和してゐた。その女は僕になんの挨拶もしないで行き過ぎてしまつた。勿論、挨拶する筈もない。僕はかれが何者であるかを知らず、先方でも僕を知つてゐる筈がないのだから、単にある女とある男とが往来ですれ違つたといふに過ぎない。併《しか》しそれが何《ど》うも僕の気にかゝつた。と云ふのは、どこかで一度その女を見たことがあるらしいから――。いや、まあ、それだけのことだと思つて置いて貰《もら》はう。

幾度ふり返つても、坂路は折れ曲つてゐるから、もうその女のすがたは見えない。僕はそのまゝにして滝のある方へのぼつて行つたが、もう路《みち》ばたの玩具店《おもちやみせ》などは眼に這入《はい》らなかつた。僕のあたまはその女のことで一杯になつてゐた。どうしても一度見たことのある女だ――その記憶をよび起さうとして、僕はしきりに焦《じ》れて燥《あせ》つたが、残念ながら何うしても思ひ出せない。僕は半分夢中であるいて行つた。

滝のまへには休み茶屋がある。僕はそこの椅子に腰をかけて冷《ひや》し紅茶をのんでゐると、あとから這入つて来た男が額の汗をふきながら声をかけた。

『やあ、山根君。君も来てゐたのか。』

それは僕の店から三軒目の××商会の書記を勤めてゐる鉢崎《はちざき》といふ若い男で、同商売でもあり、近所でもあり、ふだんから心安くしてゐるので、かれは遠慮なしに僕のテーブルの向うに腰をおろして、おなじやうに冷《つめた》い飲物を註文した。

『あついね。』と、鉢崎は云つた。

『むゝ。あつい。』

『ひどくぼんやりしてゐるね。』と、かれは笑つた。『尤《もつと》もおたがひに若い者が、たまの日曜日にこの滝へ来るやうぢやあ、その不景気察するに余りありだからね。はゝゝゝゝ。』

云ひかけて、彼はすこし声をひくめた。

『いや、不景気といへば、僕は今朝《けさ》支配人の家《うち》で聞いたのだが、店の主人は二三日まへにひどい目に逢つたさうだ。』

『どうした。』と、僕はあまり気乗りがしないやうに訊いた。訊いたといふよりは、むしろ彼の詞《ことば》に答へたに過ぎなかつた。

『それが不思議だよ。』と、鉢崎は熱心にさゝやいた。『まあ、聴きたまへ。二三日前、さうだ、木曜日の午後一時頃ださうだ。ひとりの若い綺麗な女が突然に主人のところへたづねて来た。突然と云つても、然《しか》るべき人の紹介状を持つて来たので、主人はすぐに逢つた。』

『君の主人の自宅へ来たのか。それとも店へ来たのか。』

若い綺麗な女――それが僕の注意をひいたので、訊き直した。

『店の方へ来たのさ。』と、鉢崎は説明した。『君も知つてゐる通り、僕の店は商売を手広く遣《や》つてゐる割には建物が古くて小さい。尤《もつと》も両方から挟まれてゐて、もうどつちへも取拡げる余地はないのだが……。なにしろその狭いところに大勢が押合つてゐるのだから、主人の部屋と云つたところで、二階の西洋室、あれでも日本の畳《たたみ》をしいたら十二畳《じよう》ぐらゐはあるかな。そこへその女を通して面会すると、女は横浜のある女学校を卒業したもので、タイプライターに相当の経験をつんでゐるからタイピストとして雇ひ入れてくれないかと云ふのだ。しかし店の方には現在ふたりのタイピストを使つてゐて、もうその上に新しく雇ふ必要もないので、主人もそのわけを云つて断ると、女はひどく失望した様子でそんなら更《さら》に何処へか紹介してくれと頼んだが、僕のところの主人はなか〳〵手堅い性質《せいしつ》だから、初対面の人間なぞを無暗《むやみ》に他《た》へ紹介するやうなことはない。この時はやはり断つて帰した。』

この話を聴いてゐるうちに、僕は初めて思ひ出した。さつき摺れ違つた女は、元居留地《もと》のある商館の入口で、半月ほども前に摺れ違つた女に相違《そうい》なかつた。その女もたしかに薄い煤色の眼鏡をかけてゐた。

かうなると、僕の興味は大いに湧《わ》いて来たので、上半身《かみはんしん》をテーブルの上へ乗り出すやうにして訊いた。

『それで、その女は無事に帰つたのか。』

『まあ、そこは無事に帰つたのだ。併《しか》しそれが無事でない。その女の帰つたあとで、千円の金がなくなつてゐるのに気がついた。勿論《もちろん》、現金ぢやない、銀行の切手で持参人渡《じさんにんわた》しになつてゐるのだ。今思へば、主人もすこし不用心《ぶようじん》であつたのさ。訪問客があると云ふので、その切手を自分の机の上に置いて、ペン拭《ふき》用《よう》の小さいスポンジ入れを文鎮代《ぶんちんがわ》りに乗せたまゝで、部屋のまん中のテーブルの方へ出て行つたものだから、その女客に応接してゐるあひだに何処《どこ》へか消えうせてしまつたと云ふわけさ。』

『すると、その女が盗んだことになるのかね。』と、僕は意外らしく訊きかへした。

『ところが、主人と応対してゐるあひだに、その女は一度も自分の椅子を起《た》つたことがない。主人は曾《かつ》て自分の席を動かなかつたそうだから、その女が盗んだとも思はれない。主人もかれを疑つてはゐないらしい。しかしスポンジ入れを押さへにして置いたのだから、風に吹き飛ばされる筈もない。唯《ただ》、窓の戸があいてゐたから、こつちの話してゐる隙《すき》をうかゞつて、何者かゞ窓から手を入れて……。と、まあ、判断するより外《ほか》はないのだが、君も知つてゐる通り、足《あし》がかりもない高い壁をどうして登つて行つたらう。それがやつぱり判らない。』

『その銀行へはすぐに届けたのだらうね。』

『そりや無論《むろん》さ。』と、鉢崎はうなづいた。『ところが、もう遅い。自転車に乗つた一人の少年が来て、たつた今うけ取つて行つたといふのだ。ひと足のちがひで、どうにもならない。』

『主人は別にこの女をうたがつてゐないのだね。』と、僕は念を押した。

『だつて、来た時から帰るときまで一つ椅子に腰をおろしてゐたのだから、かれが一種の魔法使ひでないかぎり、主人のうしろにあつたものを取つて行く筈があるまいぢやないか。』

『まつたく然《そ》うだ。』

僕はなんだか安心したやうな気がした。鉢崎は紅茶のお代《かわ》りを頼んで置いて、また話し出した。

『その騒ぎの最中に――騒ぎと云つても、ほんの二三人が知つてゐたゞけで、現に僕も今《け》朝《さ》までは何にも知らない一人《いちにん》だつたが——英《えい》五十番の商館からホールといふ若い番頭《ばんとう》が来て、支配人を小蔭《こかげ》へよんで、今何かこゝで紛失物《ふんしつもの》はないかと云ふのだ。図星《ずぼし》をさゝれて、支配人もおどろいて、実は斯《か》く〳〵だと、うつかり打ちあけると、ホールは主人の部屋をみせて貰《もら》へまいかと云ふ、主人も承知して二階へ通すと、ホールは何か頻《しき》りにそこらを見まはして、この犯人は自分が屹《きつ》と探してみせる。勿論《もちろん》、自分に警察権はないから、直接その犯人に手を下《くだ》すことは出来ないが、もう一歩進んで探索した上で、被害者のあなたに或《ある》ヒントをあたへるから、今しばらく待つてくれと云つたさうだ。』

『なにか心当りがあるのかしら。』

『まあ、さうだらうよ。』と、鉢崎は曖昧《あいまい》に答へた。

いつまでこゝに腰をおろしてもゐられないので、鉢崎も僕も滝の前をはなれた。それから何処《どこ》へゆくといふ的《あて》もなかつたが、兎《と》もかくも二人は話しながら坂路を降りた。鉢崎は加納町《かのうまち》にゐる友達をたづねるとか云ふので、途中で彼にわかれて、僕ひとりで電車道の方へぶら〳〵あるいて行つた。宿《やど》へ帰つても詰《つま》らないので、それから賑《にぎや》かい町通りの方へ出てゆくと、八月の日はもう暮れかゝつて来た。どこかで夕飯《ゆうめし》を食はうと思つて、横町《よこちよう》の角《かど》にあるカフエー・クスノキといふ店へ這入ると、けふは日曜日だけに可《か》なりに広い店もなか〳〵混雑してゐた。あいてゐる席が少いので、僕は表《おもて》の窓口に近いところにたゝずんでどこかに椅子はないかと見まはしてゐると、僕の立つてゐるところから三つ目のテーブルの前に若い女の白い顔が浮き出してみえた。

かれはさつき布引の坂路で出逢つた女で、やはり煤色の眼鏡をかけてゐた。向うは勿論無頓着《むとんじやく》で、なにか果物《くだもの》を食つてゐるらしかつたが、僕の方では――両方のあひだに一種の糸が繋《つな》がつてゞもゐるやうな感じがして、思はず伸び上つて其席《その》をのぞくと、丁度あつらへ向きのやうに、そのテーブルに一つの椅子があいてゐる。僕はなんの考へも無しに、つか〳〵と進んでその椅子を占《し》めた。

そこは円《まる》い小さいテーブルで、三つの椅子を囲《かこ》ませるには少し狭かつた。その女のほかには商人風の男が陣取つてゐたが、男はかれの道連《みちづれ》ではないらしかつた。小さいテーブルの上には巻莨《まきたばこ》の灰皿が置いてある、あまり涼しさうにもみえない草花が硝子《がらす》の花瓶に生けてある。そこへその女と男と二人前の皿やコップのたぐひが置きならべてあるのだから、窮屈なることおびたゞしい。あとから席に着いた僕は、小さくなつてテーブルに向つて、ソーダ水と軽い夕飯《ゆうめし》とをあつらへた。

『随分込み合つてゐますな。』と、となりの男が僕に話しかけた。

『こゝはいつでも斯《こ》うですよ。』と、僕は冷《ひや》やかに答へた。

『家《うち》が綺麗で、手軽いからでせう。』と、男は又云つた。

女は黙つて果物を食つてゐた。僕はソーダ水をのみながら鉢崎の話を思ひ出した。タイピスト志願のこの女は、相当の勤め口を見付けたかしらなどとも考へた。なんとか話しかける手がかりはないかなどとも思つた。こんなことに屈托《くつたく》してゐるので、僕はとなりの男が頻《しき》りに話しかけるのに対して、気の毒なほどに卒気《そつけ》ない返事をしながら、なんだか味のわからない肉や野菜を頬張《ほおば》つてゐた。

そのうちに、出る客もある、這入つてくる客もある。店はいよ〳〵混雑して来た。僕が最初の一皿を食つてしまつた時に、その女は更《さら》にアイスクリームを註文した。となりの男はビールをのんでゐた。次の皿の来るのを待つ間、僕は衣兜《かくし》からマッチを探り出して巻《まき》莨《たばこ》にすり付けようとしたが、湿つてゐるせゐか、すぐには火が付かない。ざれて少し強く擦り付けるはづみに、マッチの箱は僕の手から飛んでテーブルの下にぱたりと落ちた。僕はあわてゝ俯向《うつむ》いて拾はうとする時、足もとの埿土《たたき》のうへに何か動いてゐるやうなものをちらツと視《み》た。

天井には明るい電燈が寧《むし》ろ暑苦しいほどに煌々《こうこう》とかゞやいてゐるが、何しろ沢山《たくさん》のテーブルや椅子がわづかに人の往来を許す程度の余地をあますだけに置き列《なら》べられてあるので、天井《てんじよう》の燈《ひ》のひかりは足もとまで十分にとゞかない。その上に行儀のわるい客が果物の皮や巻莨の吸殻や紙屑などを捨て散らしてあるので、テーブルや椅子の下は不愉快なくらゐに汚《きたな》らしく散らかつてゐた。入代《いれかわ》り立代《たちかわ》りの混雑で掃除をする間《ま》もないのだらうと思ひながら、僕は身をかゞめてマッチの箱のゆくへを探してゐると、そこに落ちてゐる果物の皮——丁度その女の草履《ぞうり》の爪先《つまさき》に落ちてゐる果物の皮が動いてゐる。果物の皮が動くのではない、なにか小さな動物がその皮のかげに潜《ひそ》んで、もゐるらしく思はれた。僕は鼠《ねずみ》だらうと思つた。どこからか鼠が出て来て、テーブルの下で食物《くいもの》をあさつてゐるのだらうと思つた。

『叱《し》つ、叱《し》つ。』と、僕は小声でそれを追ひながら探し物をつゞけてゐた。

それが耳に這入つたとみえて、女も身をかゞめた。さうして、自分の椅子の下から僕のマッチの箱を見つけ出してくれた。

『どうも恐れ入ります。』と、僕は丁寧に礼を云つた。女は微笑みながら無言で会釈《えしやく》した。

これでその女と何かの会話をはじめる手がかりが出来たと思ふ途端に、店へ這入つてくる靴の音がきこえて、前にもいふ通り、わづかに人の往来が出来るくらゐの余地をすりぬけて、ひとりの男がどこかの空椅子《あきいす》をさがしながら僕のうしろを通つた。

『御《ご》めんなさい。』

流暢《りゆうちよう》ではあるが、それは日本人の音《おん》でなかつた。しかしこゝらへ外国人の来るのはめづらしくないので、僕は別に気にも留めないで、なにかその女に話しかける問題をかんがへてゐると、となりの男がだしぬけに呶鳴《どな》り出した。彼はビールに酔つてゐるらしかつた。

『えゝ、なにをしやあがる。』

『それですから、わたくしあやまりました。御めんなさい。』と、その外国人はかさねて云つた。

我々のうしろを通るときに、その外国人の臂《ひじ》が隣の男のあたまに障《さわ》つたとか、耳に触れたとかいふのらしい。外国人はおとなしく謝つてゐるのに、酔つてゐる男はなか〳〵承知しなかつた。

『なにを云やあがる。失敬《しつけい》な奴《やつ》だ。』

男は起《た》ちあがつて相手の腕をつかんだ。相手にとられた外国人はと見ると、それは英《えい》の商館の若い番頭のホールといふ男だ。ホールは僕も識《し》つてゐるので、とりあへず起つてその仲裁を試みた。

『まあ、あなた、静かに……。この人もまつたく粗匆《そそう》ですから。』

『黙つてゐろ。』と、男は僕を睨みつけて、ます〳〵ホールに食つてかゝつた。『やい、なんでおれの頭をなぐりやあがつた。』

かれはホールの腕をつかんで小突《こづ》きまはさうとする。ホールは振り放さうとする。そのはづみに、男はよろ〳〵とよろめいて、となりの女の肩のあたりに倒れかゝつたかと思ふと、女はけたゝましい悲鳴をあげた。

『あツ。』

その声があまりに嶮《けわ》しいので、僕もおどろいた。周囲のテーブルの人たちもびつくりして、一度にこつちへ眼をむけた。なかにはその女を救はうとして、椅子から半分起ちかけたのもあつた。女給やボーイもおどろいて駈けつけた。

『どうかしたのですか。』と、僕は先《ま》づ第一に訊いた。

『い丶え、何。』と、女は顔を紅くしながら答へた。さうして、まだ半分ほど残つてゐるアイスクリームの皿をそのま丶にして、早々《そうそう》に勘定《かんじよう》を払つて出て行つた。

この騒ぎで、一方の喧嘩は中止になつてしまつた。となりの男も極《き》まりが悪さうに勘定をすませて、これも早々に出て行つた。ホールも何処へか姿をかくしてしまつた。

『一体どうしたと云ふんだらう。』

そこらのテーブルでは一《ひ》としきりその噂で賑《にぎわ》つた。ボーイや女給等《ら》は意味ありげに笑つてゐた。相手が若い綺麗な女だけに、となりの男が有意《ゆうい》か無意《むい》か、倒れかゝるはづみに何か彼女《かれ》をおどろかすやうな事を仕出《しだ》したのであらうとは、何人《なんぴと》も容易に想像するところであつた。彼女《かれ》に何かのいたづらをしたい為に、わざと外国人に喧嘩を仕掛けたのかも知れないなどと云ふ者もあつた。まつたくそんなことかも知れない。僕はなんだか腹立たしくなつた。僕も仲裁する振《ふり》をして、となりの男をなぐり付けて遣《や》ればよかつたと思つた。

それやこれやで、僕はうまくない夕飯《ゆうめし》をすませて、やはり早々にこゝを出た。表へ出ると、燈《ひ》のあかるい町のうへに今夜は満月かと思はれる大きい月が覗いてゐた。僕はまだ宿へ帰る気になれなかつた。さりとて、人ごみのなかを揉《も》まれてあるくのも暑苦しいので、更に又引返《ひきかえ》して諏訪山《すわやま》の方へ行つた。なぜそこら中《じゆう》をあるき廻つてゐるのか、自分にもよくは判らなかつた。酒も飲まないのに、今夜の僕はなんだか酔つてゐるやうな風で、的《あて》も無しにふら〳〵と迷ひあるいてゐたのだ。誰かに逢ひたいやうな、誰かを探してゐるやうな、妙に苛々《いらいら》するやうな、なんとも説明の出来ない気持でまご〳〵してゐたのだ。

諏訪山《すわやま》の公園にも涼みの人の白い影がちらほら見えた。どこかで琵琶歌《びわうた》を唄つてゐる声もきこえた。それでも下町にくらべると、昼と夜ほどの相違があるので、僕は急にゆつたりしたやうな気分になつて、大きい木のかげのベンチに腰をおろした。僕はひどく疲労したやうにも感じた。

五分間あまりも唯《ただ》ぼんやりとそこに休息してゐると、どこから出て来たのか、ひとりの女が幽霊のやうに僕の眼のまへにあらはれた。月は明るい、瓦斯燈《がすとう》もあかるい。僕は一目みて、それが例の女であることをすぐに知つたので、あわて丶なんとか云ひ出さうとする前に、女は僕のとなりへ列《なら》んで腰をかけた。さうして、摺寄《すりよ》つて囁《ささや》いた。

『あなた。お願ひがありますの。』

『なんです。』

『先刻《せんこく》はカフエーで失礼をいたしました。』と、女はあらためて挨拶した。『実はあの時にわたくしに悪戯《いたずら》をした男が、漆濃《しつこ》くわたくしのあとを附けて来るのでございます。』

『さつきの男が……』

『ほんたうに困つてしまふのでございます。あんな人はなにをするか判りません。』と、女は泣くやうに訴へた。

『怪《け》しからん奴です。こゝへ来たらばわたくしが叱《しか》つて追ひ払つてやります。』

『いゝえ、そんなことをして下さらないでもよござんす。却《かえ》つてあなたの御迷惑になりますから。唯《ただ》、些《ちつ》とのあひだ、これをおあづかり下さい。』

かれは袂《たもと》から何かを出して、手早く僕の左のポケットに入れた。その途端《とたん》に、足早にこゝへ追つて来たらしいのは、さつきの悪《わる》いたづらをした男だ。こん畜生と思つて、僕はベンチを起ちかゝると、女はあわてゝ遮《さえぎ》つた。

『いけません。いけません。あなたは隠れてゐて下さい』

『でも、あいつが……』

『構《かま》ひません、かまひません。早く、早く……』と、女は僕を無理無体に暗い木のかげへ押遣《おしや》つた。

半分は煙《けむ》にまかれて、僕はそのまゝそこに立竦《たちすく》んでゐると、女は明るい月にその白い顔を照《てら》させながら、わざと悠々とそこらをあるいてゐるらしかつた。男はだん〳〵に近《ちかづ》いて来た。僕は大きい木のかげに隠れながら、息をのんで窺《うかが》つてゐると、不意にうしろから僕の肩をたゝく者があつた。おどろいて見かへると、その人はうす暗いなかで云つた。

『わたくしホールです。あなたのポケットの物を見せてください。』

女から頼まれた大事のあづかりものを誰にも渡すものかと、僕は両手で左のポケットをしつかりと押さへると、その力があまり強かつたらしい、ポケットのなかでは奇怪な動物の叫び声がきこえた。

『もうこゝらで止《や》めよう。』と、山根君はすこし疲れたやうに云つた。『奥さん、葡萄酒をついで下さい。』

『なか〳〵面白さうな話だが、まだそのあとがありさうなものだね。そこまでぢやあ尻切《しりき》りとんぼぢやないか。』と、私は笑つた。

山根君は笑はなかつた。かれは家内につがせた葡萄酒を一息にのんでしばらく無言で天井を仰いでゐた。

『おい、君。じらさないで、あとを話して聴かせてくれたまへ。その美人は君のポケットへ何を入れたのだよ。』と、わたしは催促した。

『猿だ。』

『猿……。』と、家内は二度目の酌をしながら眼を見はつた。

『ポケット・モンキーといふ小さい猿ですよ。』と、山根君は説明した。『無論、外国から来るのですが、それは小さい。人間の手掌《てのひら》のなかに摑み込むことが出来るくらゐに小さい猿で、一匹三百円も五百円もするさうです。』

『むゝ。判つた、わかつた。』と、わたしはうなづいた。『その女はその猿を狎《なら》してゐて、その猿を使つて色々の手妻《てづま》を遣《や》るのだらう。うまく考へたな。その主人のほかに被害者は沢山あるのか。』

『あるらしい。商人《あきんど》の店先などに立つて、何かひやかしてゐるうちに、猿は袂《たもと》から抜け出して行つて、高価の指環《ゆびわ》や真珠のたぐひを巧みに盗んで来たさうだ。英の商館でも此《こ》の主人とおなじやうな盗難に逢つたので、番頭のホールが探偵をはじめた。這奴《こいつ》が素人《しろうと》にめづらしい注意ぶかい奴で、ふだんから外国の探偵小説などに興味を有《も》つてゐるとか云ふことだが、被害の現場《げんじよう》をくはしく調べて、机のうへに見馴れない動物の小さい毛が二本ほど落ちてゐるのを発見して、ある動物学者に鑑定を求めたのが本《もと》で、たうとうポケット・モンキーとまで漕ぎ付けたらしい。この主人の机のうへにも矢はりその毛が一本落ちてゐたさうだ。かういふ根《こん》のいゝ奴に逢つちやあ敵《かな》はないね。』

『そこで、女はどうした。』と、わたしはつゞけて訊いた。『カフエーで隣にゐた男といふのはほんたうの探偵だらうね。』

『女はおどろいたに相違ない。ホールと狎合喧嘩《なれあいげんか》をして、女のふところや袂を探らうとしたのだらう。女はおどろいたに相違ない。君のポケットから手妻の種があらはれた以上、女はもう逃路《にげみち》はあるまい。素直に白状したかね。』

山根君は悲しさうに答へた。

『死んだよ。ホールが僕のポケットからモンキーを摑み出して、女の眼のさきに突きつけると、女はもう覚悟したらしい。突然にふところから紙につゝんだ粉薬《こぐすり》を出して、あつといふ間に嚥《の》んでしまつた。』

『さうか。』と、わたしも嘆息《ためいき》をついた。『一体その女は何者だね。ほかにも同類があるらしいぢやないか。』

『同類は十六七の美少年で、これはその明る晩、おなじベンチのところで劇薬自殺を遂《と》げてゐた。それが愛人か、姉弟《きようだい》か判らない。女も少年もその身許《みもと》は一切不明だ。此の主人のところへ迂闊《うかつ》に紹介状を書いてよこした男は、好加減《いいかげん》に彼女《かれ》にあざむかれたので、これも被害者の一人《いちにん》であることが後で判つたさうだ。死体検案の結果、女は混血児《あいのこ》だといふことがすぐに知れたが、少年の方はどうも純粋の日本人らしい。ふたりは何《ど》ういふ関係で、どこから神戸へ流れ込んで来たのか、それらの点は警察でも判らない。ホールにも流石《さすが》に判らない。』

『そのモンキーはどうした。』

『そのモンキーは、僕がポケットを強く押さへたもので可哀《かあい》さうに死んでしまつた。』と、山根君はいよ〳〵暗い顔をした。『なにも彼《か》もみんな滅亡だよ。』

わたしは家内と顔を見あはせた。山根君が近年神戸の花柳界《かりゆうかい》に耽溺《たんでき》してゐたといふ噂も、なるほど嘘ではなかつたらしいと、今夜初めて思ひあたつた。

三国《みくに》の大八《だいはち》

慶長《けいちょう》五年、関ケ原の闘ひが終つた後《のち》、福島侍従正則《まさのり》は徳川方のために大功をあげたる恩賞として、尾張の清須《きよす》二十万石《ごく》の城主から一躍して安藝備後《あきびんご》四十九万八千二百石の太守《たいしゅ》となつたのである。かれはその年の十二月に広島の城にはいつて、あくる年の春から領内の巡検を行つた。自分がこゝの領主となつた以上、領分内の地理形勢を一応は検分しておかなければ万一の時の手くばりも出来ないといふので、かれは僅《わず》かに二三十人の家来《けらい》をつれて、土地の案内をよく知つてゐるものを先導として、それからそれへと巡検した。

備後のうちでも三次《みよし》郡は土地が高くけはしいうへに、四方は山にかこまれてゐるので、山陽道には珍らしいほどに冬の寒い処《ところ》で、霜も雪も深いのは、春分になつて梅の花が初めて開くといふのを見ても知られる、それがために正則の巡検もこの地方は自然あとまはしにされて、四月のなかばに初めてこゝらへ踏み込むことになつた。

『あれが三国山《みくにやま》でござります。』と、案内の者が指さして教へた。

山は備後の国境《くにざかい》で、石見《いわみ》と出雲《いずも》とにまたがつてゐるので、三国といふ名を得たのである。登りは一里あまりに過ぎないが、坂路はすこぶるけはしい。それへ登るには山又山を踏みわけて、光守《みつもり》、大畑《おおはた》などの村々を越えて行かなければならないと、彼は更《さら》に説明した。

『よし、行かう。案内しろ。』と、正則は西北にそびえる山を仰ぎながらいつた。

正則の性質として、かういふ難所を越えることを好んでゐる。殊《こと》にそれが隣国に境《さかい》するとあつては国防の上からも一度は検分しておく必要がある。一旦《いったん》いひ出したら跡《あと》へは退《ひ》かない主人の性質を、家来共《けらいども》もみな知つてゐるので、そのいふがまゝについてゆくと、なるほど案内者のいふ通り、さのみに高い山でもないが途中の路《みち》はなか〳〵けはしい。めつたに旅人《りよじん》の往来もないとみえて、殆《ほとん》ど路のないやうなところもある。一行《いっこう》は樹《き》の枝にすがり、つたかづらに取《と》ついて、あえぎながら登りつゞけた。

『はゝ、頼光《らいこう》の大江山《おおえやま》入りだな。』と、正則はその人らしいしやれをいつた。

『霧が深くあります。御用心なされませ。』と、案内者は注意した。

こゝらは「霧の海」といつて、霧の名所である。このごろは比較的に霧の少《すく》い時節であるが、山にはいると矢はり霧はふかい。見る〳〵うちにあたりはおぼろになつて、峰も森も谷もだん〳〵にうす暗くつゝまれて来たので、さすがの正則も少しく行悩《ゆきなや》んだ。猪武《いのししむ》者《しゃ》といはれる彼もこの霧を冒《おか》して進むのは危険であると思つて、しばらく立木《たちき》のかげに避けてゐたが、霧は容易に晴れさうもないので、かれのかんしやくはむら〳〵と起つた。かれはその霧をふき払《はら》ふやうな大きい声で怒鳴《どな》つた。

『いつまで待つても果《はて》しのないことだ。おれはもう行くぞ。みなもつゞけ。』

　止めても止まらないのはわかつてゐるので、家来どもは手さぐりで長いツタのつるを切つて、たがひにはぐれないやうに五人八人づつそのツタをつかんで行つた。さうして、とき〴〵に呼びかはしながら進むうちに、正則はだら〳〵降《お》りの坂路にさしかゝつた。こゝを降りていゝのか悪いのかわからなかつたが、かれは強情《ごうじよう》に降《くだ》つてゆくと、霧はいつか薄《うす》らいで来て自分たちの眼の下には低い平地のあるらしいのがおぼろげに見おろされたと思ふと、そのあたりで子どもの泣き叫ぶ声がきこえた。

『はて、幼児《おさなご》の泣く声がきこえる。こゝらに人家《じんか》があるかな。』

　正則の問《とい》に対して、案内者はこゝらに人家のあらうはずがないと答へた。しかしその声はつゞけて聞こえるので、正則は猶予《ゆうよ》しなかつた。

『では、山賊どものすみ家《か》であらうも知れぬ。すぐに取《とり》こめて召捕《めしと》れ。』

　家来の大部分は霧のなかに迷つてゐるらしく、正則のそばには案内者と六人の若侍がつき添つてゐるだけであつた。その家来どもは主人の指し図にしたがつて、声のする方角《ほうがく》へ急いでゆくと、果《はた》して一《ひ》とむら茂つた木立《こだち》の奥に一軒の家《いえ》らしいものを見出した。家は天然の大きい岩を前にして、半分は岩を利用して作られたもので、普通の人家《じんか》と岩屋《いわや》とを折《せっ》ちゅうした建物であつた。泣き声がこの家《や》のなかから漏れて来ることを確《たしか》めて、若侍は一度にばら〳〵と躍り込むと、彼等の眼の前には六七人の死がいが血を浴《あ》びて横たはつてゐた。その外《ほか》に一人の少年がツタかづらに両手をくゝられて、丸太の柱につながれてゐる。このむごたらしい有様を見て、戦場の血になれてゐる福島の家来共もすこし驚かされた。

『これ、どうした。おまへはどうしてくゝられてゐるのだ。』と、家来のひとりは少年にむかつて先《ま》づきいた。

少年の泣きながら語るところによると、こゝに横たはつてゐるなきがらは、かれの両親と兄夫婦と奉公人《ほうこうにん》ふたりである。ゆうべ二人連《ふたりづれ》の山伏《やまぶし》が来て、山霧のために路に迷つたから一夜の宿《やど》をかしてくれといふ。気の毒に思つてこゝろよく承知すると、かれらは腹が空《す》いてゐるから何か馳走《ちそう》してくれといふ。それをも承知して、たくはへのそば粉を湯にひたして遣《や》ると、かれらは喜んで食つて寝た。と思ふと、夜なかに窃《そつ》と起きて来て、熟睡してゐる父母を斬り殺した。次に兄夫婦をころした。つゞいて奉公人ふたりを殺した。それでも流石《さすが》に幼いものを殺すに忍びなかつたとみえて、貴様だけはゆるして遣るといつてこの通りに縛《くく》りつけておいて、夜《よ》のあけるを待つていう〳〵と立去つた。山奥の一つ家《や》であるから、だれも救ひに来てくれるものはない。さりとてかうして繋がれてゐては、結局飢死《うえじに》をするのは知れてゐるので、もしや往来《おうらい》の人もあるかと今朝《けさ》から泣きつゞけ呼《よ》びつゞけてゐるのであるといふ事がわかつた。侍共もあはれを催《もよお》して、とりあへず彼《か》の少年のいましめを解《と》いてやると、かれは両親や兄のなきがらに取《とり》ついてまた泣いた。

『さりとは不びんの者だな。』と、正則もその話しを聴かされて顔を陰《くも》らせた。『おまへの名はなんといふ。』

『大太郎《だいたろう》と申します。』

『年は幾つだ。』

『十三でございます。』

『親兄弟をうしなつては難儀《なんぎ》であらう。正則に奉公するか。おまへ等《ら》はまだ知るまいが、おれはこの備後と安藝の領主であるぞ。』

大太郎といふ少年は驚いてよろこんで、なにぶん宜しくおねがひ申しますと答へた。大太郎は十三といつても大柄《おおがら》で、こんな山奥に育つたにも似《に》ず、見るから賢《さか》しげであるのが正則の気に入つて、氏《うじ》はなくとも奉公次第で、あつぱれ一《ひと》かどの侍にも取立てゝやるぞと、かれは新しい家来にいひきかせた。そこへ他の家来共もだん〳〵に落《おち》あつて来たので、正則はかれらにいひつけて六人の死がいの始末をさせて、日の暮《く》れないうちにこゝを立去つた。

そのあくる日の午過《ひるす》ぎである。この一行が大畑といふ村のはづれまで戻つて来ると、寒い地方も春過ぎて、あたりは一面の青葉につゝまれてゐた。その木立の間から青すゝきを掻《か》きわけて、ひとりの若い山伏があらはれた。

『卒爾《そつじ》ながらお武家衆《ぶけしゅう》とみてお願ひがござる。われらの連《つれ》の者が急病で難儀いたして居《お》ります。なにかのお薬をお恵み下さるまいか。』

家来はみな薬の用意をしてゐたので、そのひとりが腰の印《いん》ろうをさぐつて幾粒《いくつぶ》かの丸薬《がんやく》をあたへると、山伏はあつく礼をのべて、その木立のあひだにはいつた。一行のあとについて来た新参《しんざん》の大太郎は遠目にそれをみてゐたが、やがて主人の前へかけて来て訴へた。

『あれはわたくし親兄を殺した山伏でござります。なにとぞ御詮議《ごせんぎ》くださりませ。』

『む丶。あやつ等《ら》か。よい。よい。』

正則はすぐに木立の奥へ踏み込んで見ると、そこには青す丶きを斬りしいて身を横たへてゐる一人の山伏があつた。薬をもらひに来た山伏もそのそばにゐて、病苦に悩んでゐる彼を介抱してゐるらしかつた。

『おのれ等はどこからどこへ行く。』と、正則は先づ聞いた。

ふたりの山伏は顔を見合せて答へなかつた。正則は自分のあとから続いて来た少年をみかへつて、再び彼等にきいた。

『おのれ等《ら》、この小せがれを見知つてゐるか。』

『お丶。』と、一人は大太郎の顔を見て叫んだ。『そやつは山賊《さんぞく》の子でござる。』

『なに、山賊……。』

『親切らしく我々を引き止めて、寝息をうかゞつて刺し殺さうとした奴等《やつら》、一々に斬つて捨《す》てたれど、その小わつぱだけは不びんと存じて助けつかはしてござる。』

どつちが賊だかわからなくなつたので、正則もやゝちうちよしてゐると、大太郎は泣き出した。

『殿、あれはみなうそでござります。あの二人こそ賊でござります。』

十三の少年がうそをつかうとは思はれない。殊《こと》に正則としては、大太郎の訴へが先入《せんにゆう》主《しゆ》となつてゐる傾《かたむ》きもある。この場合、これも山伏の方に七分のうたがひをおかなければならないので、正則はかれらをにらみながらいつた。

『おのれ等の申口《もうしくち》、はなはだうろんであるぞ。兎《と》にかく引つ立てゝ詮議する。まゐれ。』

かれは家来どもを見かへつて、ふたりの山伏になはを打たせようとすると、なんと思つたのか、病み倒れてゐる山伏はたちまち起き上がつて、隠し持つてゐる短刀をわが腹に突つ立てた。

『あれ、取《とり》おさへい。』

正則のはげしい下知《げち》に応じて、家来どもは先づその山伏をとつて押さへ、更に他《た》の山伏をも引捕《ひつとら》へようとすると、かれは近寄る二三人を投げ退《の》けて逃げかゝつた。かうなると家来どもは総がゝりである。殊《こと》に武勇を専一とする福島の家中《かちゆう》であるから、いづれも腕におぼえがある。三人、五人、六人、七人と折りかさなつて、難なく彼を組伏せたかと思ふと、かれらはにわかにあつと叫んだ。組敷かれた山伏は、覚悟か、あやまちか、その口びるをあかく染《そ》めてゐた。かれは舌をかみ切つたのである。

手当のかひもなしに、ふたりの山伏は死んだ。切腹した山伏は最期《さいご》の息の下から、『われ〳〵は盗賊でない。』と、唯《ただ》ひと言、はつきりといひ切つて死んだ。盗賊でないといつても、まつたく覚えのない者ならば尋常に詮議を受くべきである。召捕りに逢つて、ひとりは切腹し、ひとりは抵抗した上に自滅したのを見ると、彼等にうしろ暗い点がないとはいへない。正則は一図《いちず》にかれらを盗賊と認定してしまつた。死がいのふところをあらためると、かれらはいづれも五六枚の小判を所持してゐた。山伏がこれほどの大金を懐中《かいちゆう》してゐるのは怪《あや》しいので、かれらは矢はり盗賊に相違あるまいと、家来一同も思つた。

『おかげさまで、すぐに親兄のかたきを取《とり》まして、こんなうれしいことはございませぬ。』

と、大太郎は涙をながして喜んだ。

正則も一種の満足を感じて、そこを立去つた。それから恵蘇《えそ》、三谿《みたに》の各郡を巡検して、十日あまりを過ごしてゐるうちに雨風の強い夜《よ》に彼《か》の大太郎は姿をかくした。それと同時に、正則が家来に持たせて来た二十枚の小判が革袋のまゝ紛失してゐるのを見ると、大太郎がぬすみ出したのは明白であつた。家来共はおどろいて、すぐに手をわけて追ひ捕へようとしたが、かれのゆくへはわからなかつた。

『畜生、おれをあざむいたか。』と正則は歯をかんでいきどほつた。多寡《たか》が十二三の小わつぱに欺《あざむ》かれたかと思ふと、かれが一倍の憤怒《ふんぬ》を感じたのも無理はなかつた。我々は盗賊でないといつた、山伏が最期《さいご》の一句《いっく》も今更《いまさら》おもひ合《あわ》された。正則は自分の一図《いちず》の性質から軽率《けいそつ》に少年を信じ、軽率に山伏等をうたがつたことを後悔した。

それから十余年の後《のち》三国《みくに》の大八《だいはち》といふ賊が江戸で捕はれた。かれは関東をあらしまはつて江戸に入り込み、芝《しば》の三田辺《みたへん》に潜伏してゐるところを発見されたのである。彼は二十余人の手下を持つてゐた。

もう逃《のが》れがたい運命と観念して大八は一切の罪状を白状した。彼は彼《か》の大太郎の後身で、その父も兄も皆山賊であつた。ある夜宿《よやど》りを求めた山伏ふたりを快《こころよ》く一宿《いっしゅく》させて、その寝込みを襲はうと企《くわだ》てたが、相手はいづれも手利《てき》きであつたので、父も母も兄夫婦も手下二人も却《かえ》つてみな殺しにされてしまつた。そのとき少年の大太郎ひとりを助けておいたのが山伏等の禍《わざわい》となつて、大太郎は巧《たくみ》に正則を欺《あざ》むき、その手をかりて忽《たちま》ち彼等に復《ふく》しうしたのであつた。それから正則の金をぬすんで先づ大坂に逃げのぼつたが、かれの悪心《あくしん》は年と共に増長して十余年の後《のち》には関東にかくれもない強盗の頭分《かしらぶん》となりすましたのである。かれは江戸中を引きまはされて、はりつけの刑におこなはれた。

それで大八の処分は済んだが、かれの白状によつて、江戸の侍ふたりの消息《しょうそく》がわかつた。その侍等は徳川家の命《めい》をうけて、羽黒山《はぐろさん》の山伏にすがたをかへて、上方《かみがた》から中国筋へ間者《かんじゃ》に入り込んだまゝ、十余年後の今日まで再び戻つて来なかつたのである。たとひ徳川の家来であつても、それが間者である以上、福島家に対して表向きの掛合《かけあい》を持込むことは出来なかつたが、徳川の家来ふたりを殺したといふことは正則にとつては大いなる不幸であつた。左《さ》なきだに徳川家からにらまれてゐる福島正則はこの事件によつて更《さら》に黒星《くろぼし》ひとつを加へることになつた。

それから七八年後《ご》の元和《げんな》五年六月、正則はその封《ほう》を奪はれて、信州川中島《かわなかじま》へ流罪《るざい》を申《もうし》つけられた。

解　題

千葉俊二

『今古探偵十話』は、「綺堂讀物集乃五」として昭和三年（一九二八）八月に春陽堂から刊行された。『三浦老人昔話』『青蛙堂鬼談』『近代異妖篇』『探偵夜話』につぐ綺堂読物集の第五弾である。「暮春の一夜、例の青蛙堂で探偵趣味の会合が催されたことは、已《すで》に前巻の『探偵夜話』に紹介したが、当夜は意外の盛会で、最初は十五六人の予定であつたのが、あとから又七八人も不意に押掛けて来て、それからそれへと種々《いろいろ》の新しい話が出た。そこで、わたしは『青蛙堂鬼談』の拾遺として更に『近代異妖編』を綴つたやうに、今度もまた『探偵夜話』の拾遺として、更に『探偵十話』を綴ることにした」と、冒頭で本篇の成立事情を語っている。綺堂読物集の好評は、怪異談、探偵談のそれぞれの拾遺を編ませることになったが、またこの文庫シリーズの続巻の刊行も可能としてくれる。

『今古探偵十話』と題されているように、「ぬけ毛」「慈悲心鳥」「山椒魚」などの現代ものと「蜘蛛の夢」「馬妖記」「放し鰻」などの時代ものとが混在し、なかには「女俠伝」「雪女」のように中国を舞台としたものや、「麻畑の一夜」のようにフィリピンを舞台とし作が相半ばするかたちで収められており、その意味でも『今古探偵十話』からの収録が多かったけれど、ちなみに『慈悲心鳥』は大正九年（一九二〇）九月二十日に國文堂書店から刊行されている。収録作品は「剣魚」「兄妹の魂」「慈悲心鳥」「蛔虫」「ぬけ毛」「娘義太夫」「狸尼」「椰子の実」「山椒の魚」「麻畑の一夜」「狸の皮」「医師の家」の十二篇である。そして、次のような「はしがき」がついていた。

この短編集はテリブルとかグロテスクとか云ふたぐひの物語をあつめたもので、事実に多少の潤色を加へたのもあり、全く作者の空想に出でたのもある。此種の物語にあり勝の舶来品は一つもない。不完全ながらもこと〲く和製である。所謂国産奨励の意味で、何分にも御愛読を願ひたい。

ドイル先生は其著炉畔物語に序して——これらの物語は冬の夜に炉畔で読まれんことを望む。しかし如何なる時、いかなる場所に於ても、読者に興味を与ふることが出来れば、作者は非常に満足する。——と云ふやうなことを述べてゐられたやうに記憶してゐる。私などの書いたものは初めから何の註文もない。勿論、そんな註文を持出す資格もない。何時どこでお読みなさらうとも御勝手次第である。唯、一人でも愛読者の多からんこと、それが作者の切に願ふところである。

『慈悲心鳥』は、明らかにコナン・ドイルの炉畔物語を意識して作られた一冊である。ドイルの炉畔物語とは、一九〇八年に刊行された"Round The Fire Stories"のことだが、ドイル自身の記している序文によれば、これは"grotesque"と"terrible"にかかわる短篇をあつめて一冊にまとめたものだ。その意味では『慈悲心鳥』は綺堂版炉畔物語だったが、綺堂読物集ではそれらがふたつに分けられて、第四集『探偵夜話』と第五集『今古探偵十話』とに再編集されたわけである。

前著『探偵夜話』の「解題」にも記したけれど、綺堂の代表作『半七捕物帳』がコナン・ドイルのシャーロック・ホームズに触発されたものであることはよく知られている。青蛙房版『岡本綺堂読物選集8　翻訳編　下』の「世界怪談名作集解題」において木村毅は、"The Case-book of Sherlock Holmes"のシャーロック・ホームズが半七に、ケース・ブックが捕物帳になったと指摘しているが、『世界怪談名作集』は昭和四年（一九二九）八月に世界大衆文学全集第三十五巻として改造社から刊行されている。綺堂はこの怪談もののアンソロジーにもコナン・ドイルから「北極星号の船長」（The Captain of the Polestar）の一篇をとって翻訳している。

ドイルはシャーロック・ホームズの探偵ものばかりか、怪異、冒険、恐怖、ミステリー、

SF、海洋奇譚など実に多くの多種多様な短編小説を書いている。その点で半七捕物帳の探偵ものと同時に、この読物集のシリーズにまとめられた多くの「怪奇探偵談」（『探偵夜話』）を書いた綺堂とよく似ている。というより、綺堂がドイルの行き方を学んだのかも知れないが、『今古探偵十話』に収録された作品は、前著『探偵夜話』に比べた場合、「探偵十話」と名乗りながらも、探偵小説的な要素よりも怪奇小説的なそれの含有量の方が多いといわざるを得ないようである。

たとえば、「馬妖記」。元禄二年三月、筑前の名島の城下を流れる多々良川に海馬が出るという噂がたった。その正体はよく分からないが、その出現は暗い夜に限られ、とてつもなく大きなものだという。村人のひとりの後家がその怪獣に踏まれ、肋の骨が幾枚も踏み砕かれて死ぬという出来事があり、海獣探索に出かけた城中の若侍のひとりもその犠牲となる。のちに後家は若い情人に殺されたのだということが判明するが、その情人も怪獣に踏み殺されて死んでしまう。その怪しい海馬を狩りとれということになって、屈強な侍八十人と鉄砲組の足軽五十人の大仕掛けな馬狩がおこなわれた。

怪しい影を見つけて追いかけたが、その影は海に逃れたのか、溺れて海に沈んだのか、その行方は分からずじまいとなった。また誰もその正体を見とどけたものもなく、「人々の説明は区々《まちまち》で」、馬、熊、狒々というものもあった。が、「馬にしても、熊にしても、それが普通の物よりも遥かに大きく、さうして頗る長い毛に掩はれてゐるらしいと云ふことは、どの人の見たところも皆一致してゐた」という。そして最後に語り手のM君は「今日已に絶滅してゐる一種の野獣が何処かの山奥からでも現れて来たのではないか」という空想を語り、「コナン・ドイルの小説にもそれによく似たやうな話があつて、ジヨン・ブリユー・ギヤップと云ふところに古代の大熊が出たと書いてある」という。

この作品では後家殺しという探偵小説的な設定への関心が、途中でほとんど見失われ、正体不明の怪しい海馬への興味に引きずられていってしまう。その怪獣の正体は最後になっても分からずじまいのままで、読者はわずかにコナン・ドイルの小説への言及によって推測ができるといった具合である。ここに触れられているドイルの作品は「青の洞窟の怪」（The Terror of Blue John Gap、「ジヨン・ブリユー・ギヤップ」は綺堂の記憶違い）という作品で、ムラサキホタル石の洞窟（青の洞窟とあるが、これは有名なイタリアの青の洞窟《グロッタ・アズーラ》とは無関係）で主人公の見た怪物は、地上のどんなクマよりも大きく、十倍以上のからだの大きさだったといい、次のような説明がなされる。

あれは太古の洞窟クマといったものなのであろうが、その後の環境変化につれて大いに育成し変形したのであろう。太古からの長い年月、地上と地下の生物はべつべつに成長進化をつづけていたのだが、山の中腹に割れ目ができ、一匹のケモノが上のほうへさまよい出てきて、それが古ローマ人のトンネルをつたわって地上へ出てきたのだ。地下

生活者がいずれもそうであるように視力を失なったが、他の方面の能力が発達してこれを補ってきたに違いない。（延原謙訳）

こうした設定はそのままドイルの代表作のひとつ「失われた世界」（The Lost World）を髣髴させるが、『今古探偵十話』ではもうひとつドイルに言及した作品がある。「麻畑の一夜」である。製麻事業に関係している主人公は、麻畑をもつフィリピンの小さな島を訪ねる。ふたりの日本人が迎えてくれたが、その島ではまったく理由も分からず、ときどき突然に行方不明になるものがいる。必ず夜のうちにいなくなるので、大勢の労働者は隣の島で寝泊まりすることにしているが、つい最近も日本人が犠牲になったという。主人公はその謎を探るためにふたりの日本人と一緒に、その夜、その島に泊まることになった。

こうした物語の枠組みは、ドイルの「たる工場の怪」（The Fiend of the Cooperage）という作品とまったく同じである。鱗翅類を研究する主人公は蝶を採集するためにアフリカの大西洋沿岸の島に着くと、現地人を使いながらアフリカの豊かな木材でたるを製造するふたりのヨーロッパ人に迎えられる。その島ではこのところ三日目ごとに夜になると人間がひとりずつ行方不明になるということが起こり、黒人たちは恐がって島の小屋に住むことをせず、廃船のなかで寝起きしている。今夜はその三日目にあたり、工場の支配人はその夜に熱病にかかって寝室で休むことになったけれど、主人公はもうひとりの白人の医師とともにその謎を究明するためにたる工場で一夜を過ごすことにする。

そうなのだ。「麻畑の一夜」はドイルの「たる工場の怪」を換骨奪胎して作られた作品、というよりもその翻案といってもいいくらいなのだが、ふたつの作品ではその謎の正体の描き方がまったく違っている。ドイルの場合、「青の洞窟の怪」にしても「たる工場の怪」にしてもその怪をなす正体を具体的なかたちで描きだしているけれど、綺堂の場合はそれをあいまいな推測のかたちにとどめている（「麻畑の一夜」ではドイルの作品の魔物を「黒猩々」としているが、実際には「たる工場の怪」ではそれは「小さなビヤだるくらいある」顔をもったへびだということになっている）。

地下に封じ込められた過去の世界から現代へまぎれ込んだ太古の生物、あるいはヨーロッパ人には未知の領域であったアフリカの奥地から豪雨によって河口まで流されてきた人を絞め殺し呑み込んでしまうという巨大なヘビも、いまとなっては大時代的なファンタジーにすぎない。しかし、ドイルの時代にはまだまだそれなりのリアリティをもって読者を楽しませることもできたのだろう。が、綺堂の方では、古文書に記された奇談とか、目には見えない細菌によって感染した熱帯地方に特有な熱病とか、それなりに合理的な説明がなされている。ここに両者の気質の違いというか、現実認識の大きな隔たりがあるといってもよいだろう。

柴田宵曲「綺堂読物の素材（六）」（『岡本綺堂戯曲選集　第八巻』月報）によれば「放

し鰻」は、『鼠璞十種《そはくじつしゅ》』所収の「道聴塗説」第十五編の「大屋の悪心」が元ネタである。「道聴塗説」は大郷信斎の随筆で、第四篇より第十六篇までは文政十、十一年に風聞、目撃したところを記したもの。信斎は鯖江侯に仕える儒者で、これは在国の藩主に呈覧するために書いたという。ある独身者が百両の富くじにあたり、二十両を礼金に奉納、六十両は大屋へ預け、二十両は借金を返したり買物などして三両ばかりが手許に残った。夜中盗賊が押し入り、その三両を奪い在り合わせた樽の酒を飲んで出ていったが、数町も歩かないうちにみな倒れて死んでしまう。その酒は大屋が贈ったものだったので、大屋は即時に召し捕られたという。

「女俠伝」は中国の名勝地西湖を舞台に書かれたものだけれど、西湖を舞台とした文学作品ということになれば、清《しん》の康熙《こうき》年間に古呉墨浪子《こごぼくろうし》によって著された『西湖佳話』が有名である。この「女俠伝」にも『西湖佳話』のなかの「西泠《せいれい》韻蹟」に描かれた名妓蘇小小が重要な役をになっている。蘇小小は、南朝の斉《せい》の時代に西湖の北、西泠橋のほとりに住んでいたが、容色が並はずれて美しいばかりか、天性さかしく詩才に富んでおり、ひとの器量を見抜く見識においても、義俠心においても並はずれてすぐれていたという。その才色の評判が絶頂をむかえたころ、かりそめの病に托して身を引き、二十そこその若さで世を去ったという。

綺堂は昭和十年（一九三五）十一月にサイレン社から『支那怪奇小説集』を刊行してい

るが、そこには罪なくして殺された父の仇を報ずるために、長年にわたって城中にひそみ郡守の首をとったという女性を描いた「女俠」の一篇もある。もちろんこれが直接的に「女俠伝」に関係するわけではないが、綺堂が作中でも触れているように中国の古典にはこうした女俠を語ったものが多い。現在、この「薄命の佳人」の墓がある西冷橋のほとりには、「秋風秋雨人を愁殺す」で有名な女性革命家の秋瑾《しゆうきん》の墓があり、そこには立派な秋瑾の立像も建てられているが、この秋瑾も女俠のひとりだったといえよう。

このように『今古探偵十話』は和漢洋のさまざまな素材によりながら、綺堂の想像力によって大幅に変更が加えられ、イメージを増幅したり、修整したりして綺堂読物独特の味付けがほどこされていることが分かる。「蜘蛛の夢」はいろいろなことが実に目まぐるしく次から次へと起こり、結末を知らずに読みすすめてゆけば、それこそ迷宮にでもまよい込んだかのような状況におかれる。最後に事情が分かってしまえば、それらが一本の糸でつながれ、理路整然と片が付いてしまうのだが、読んでいるときには、あたかも蜘蛛の糸に絡まれてしまったかのように、全体の見通しが利かず、狭い視野から事件を局所的に見ているばかりである。まさに私たちが私たちの人生を見ているさまに似ていよう。

「雪女」には日露戦争で従軍記者として満洲の地を踏んだ体験が反映されているだろうし、「平造とお鶴」の平造が維新後は横浜の外国商館に勤めていたというシチュエーションには、戊辰戦争に参戦して負傷し、ひそかに横浜居留地の英国人商人にかくまわれ、維新後に英国公使館に勤めることになったという綺堂の父の体験がなにほどか反映しているように思われる。「平造とお鶴」は最後まで謎は謎のままに終るが、その末尾は「いづれにしても平造が去らうとする時に去らせてしまへば、おすまの一家は何の禍ひを受けずに済んだのであらう。それがいつまでも母親の悔みの種であつた」と結ばれる。

「放し鰻」にしても、百両の富くじに当たりさえしなければ、きざみ煙草の荷をかついで売りあるく平吉は命を落とすこともせず、その金を預かった左官屋の親方の女房も酒に毒を入れるといった罪をつくって、みずから死を選ぶことをしなくてもよかったはずである。

「平造とお鶴」のおすまも「平造が去らうとする時に去らせてしまへば」、ひとり娘のお鶴を失わずに済んだろう。まさに私たちの人生を支配しているファクターが何であるかは分からないもので、ほんの些細なキッカケが結果的に大きな事件をよび起こしてしまうことにもなる。綺堂読物の根底にうかがわれる人生哲学といっていい。

初出は以下のとおりである。

今古探偵十話
ぬけ毛　初出誌未確認（『慈悲心鳥』に収録）
女俠伝　「現代」昭和三年一月号（原題「女俠」）
蜘蛛の夢　「文藝倶楽部」昭和三年一月号

慈悲心鳥　「ポケット」大正七年九月号（のち『慈悲心鳥』に収録）
馬妖記　「講談倶楽部」昭和二年五月号（原題「妖馬怪異記」）
山椒魚　「ポケット」大正九年六月号（原題「山椒の魚」、のち『慈悲心鳥』に収録）
麻畑の一夜　「娯楽世界」大正七年六月号（のち『慈悲心鳥』に収録）
放し鰻　初出誌未確認（『岡本綺堂日記』大正十二年十一月三十日にこの月の執筆リストに「放し鰻（民衆講談、十四枚）」とある）
雪　女　「面白倶楽部」大正九年十二月号（原題「吹雪の夜」）
平造とお鶴　「文藝講談」昭和二年三月号（原題「平造の秘密」）

附　録

その女　「太陽」大正十三年一月号
三国の大八　「旬刊写真報知」大正十四年七月十五日号

附録の「その女」「三国の大八」はともに単行本未収録の作品である。「その女」の掲載紙の目次には「探偵小説　その女」とある。またこの作品の一部には印刷の欠損箇所があって判読不能だが（本書の二二八頁三行目の上から四字分）、ここでは文脈から推測して補っておいた。「三国の大八」が掲載された「旬刊写真報知」は綺堂がたびたび寄稿した雑誌だけれど、なかなか見ることのむずかしい雑誌のひとつである。資生堂企業資料館に所蔵された一冊にたまたま収録されていたので、ここに再録させていただくことにした。

著者略歴

岡本綺堂（おかもと　きどう）

一八七二年（明治五）東京生まれ。本名は敬二。元御家人で英国公使館書記の息子として育ち、「東京日日新聞」の見習記者となる。その後さまざまな新聞の劇評を書き、戯曲を執筆。大正時代に入り劇作と著作に専念するようになり、名実ともに新歌舞伎の作者として認められるようになる。一九一七年（大正六）より「文藝倶楽部」に連載を開始した「半七捕物帳」が、江戸情緒あふれる探偵物として大衆の人気を博した。代表作に戯曲『修禅寺物語』『鳥辺山心中』『番町皿屋敷』、小説『三浦老人昔話』『青蛙堂鬼談』『半七捕物帳』など多数。一九三九年（昭和十四）逝去。

編者略歴

千葉俊二（ちば　しゅんじ）

一九四七年生まれ。早稲田大学第一文学部卒業。現在、早稲田大学教育・総合科学学術院教授。著書に『谷崎潤一郎　狐とマゾヒズム』『エリスのえくぼ　森鷗外への試み』（小沢書店）『物語の法則　岡本綺堂と谷崎潤一郎』『物語のモラル　谷崎潤一郎・寺田寅彦など』（青蛙房）ほか。『潤一郎ラビリンス』（中公文庫）全十六巻、『岡本綺堂随筆集』（岩波文庫）などを編集。

本書は、一九三二年（昭和七）五月に春陽堂から刊行された日本小説文庫『綺堂讀物集五　今古探偵十話』を底本とし、一九二八年（昭和三）八月に春陽堂から刊行された『綺堂讀物集乃五　今古探偵十話』を適宜参照しました。さらに、「その女」と「三国の大八」は初出誌を底本としました。

正字を新字にあらためた（一部固有名詞や異体字をのぞく）ほかは、当時の読本の雰囲気を伝えるべく歴史的かなづかいをいかし、踊り字などもそのままとしました。ただし、ふりがなは現代読者の読みやすさを優先して新かなづかいとし、明らかな誤植は修正しました。

底本は総ルビですが、見た目が煩雑であるため略しました。ただし、現代の読者のために、簡単なことばであっても、独特の読み仮名である場合は、極力それをいかしました。

本書に収載された作品には、今日の人権意識からみて不適切と思われる表現が使用されておりますが、本作品が書かれた時代背景、文学的価値、および著者が故人であることを考慮し、発表時のままとしました。

（中公文庫編集部）

中公文庫

今《きん》古《こ》探《たん》偵《てい》十《じう》話《わ》
——岡本《おかもと》綺《き》堂《どう》読《よみ》物《もの》集《しゅう》五《ご》

2014年6月25日　初版発行
2020年10月30日　再版発行

著　者　岡《おか》本《もと》　綺《き》堂《どう》

発行者　松田　陽三

発行所　中央公論新社
〒100-8152　東京都千代田区大手町1-7-1
電話　販売 03-5299-1730　編集 03-5299-1890
URL http://www.chuko.co.jp/

ＤＴＰ　柳田麻里
印　刷　三晃印刷
製　本　小泉製本

Published by CHUOKORON-SHINSHA, INC.
Printed in Japan　ISBN978-4-12-205968-9 C1193

し-15-11
新選組遺聞　新選組三部作
子母澤寛
新選組三部作の第二作。永倉新八・八木為三郎・近藤勇五郎など、ゆかりの古老たちの生々しい見聞や日記で綴った、新選組逸聞集。〈解説〉尾崎秀樹
202782-4

し-15-12
新選組物語　新選組三部作
子母澤寛
「人斬り鍬次郎」「隊中美男五人衆」など隊士の実相を綴った表題作の他、近藤の最期を描いた「流山の朝」を収載。新選組三部作完結。〈解説〉尾崎秀樹
202795-4

し-15-15
味覚極楽
子母澤寛
〝味に値無し〟――明治・大正のよき時代を生きた粋人たちが、さりげなく味覚に託して語る人生の深奥を聞書き名人でもあった著者が綴る。〈解説〉尾崎秀樹
204462-3

し-15-16
幕末奇談
子母澤寛
新選組が活躍する幕末期を研究した「幕末研究」と番町皿屋敷伝説の真実など古老の話を丹念に拾い集めた「露宿洞雑筆」の二部からなる随筆集。
205893-4

し-15-17
新選組挽歌　鴨川物語
子母澤寛
鴨川の三条河原で髪結床を構える三兄弟を中心に、動乱の京を血に染める勤王志士と新選組、そして彼らに関わる遊女や目明かしたちの生と死を描く幕末絵巻。
206408-9

く-20-1
猫
クラフト・エヴィング商會
井伏鱒二／谷崎潤一郎他
猫と暮らし、猫を愛した作家たちが思い思いに綴った珠玉の短篇集が、半世紀ぶりに生まれかわる。ゆったり流れる時間のなかで、人と動物のふれあいが浮かび上がる、贅沢な一冊。
205228-4

く-20-2
犬
クラフト・エヴィング商會
川端康成／幸田文他
ときに人に寄り添い、あるときは深い印象を残して通り過ぎていった名犬、番犬、野良犬たち。彼らと出会い、心動かされた作家たちの幻の随筆集。
205244-4

た-30-11
人魚の嘆き・魔術師
谷崎潤一郎
愛親覚羅氏の王朝が六月の牡丹のように栄え耀いていた時分――南京の貴公子の人魚への讃嘆、また魔術師と半羊神の妖しい世界に遊ぶ。〈解説〉中井英夫
200519-8

各書目の下段の数字はＩＳＢＮコードです。978－4－12が省略してあります。

て-8-1
地震雑感／津浪と人間　寺田寅彦随筆選集
寺田寅彦
千葉俊二
細川光洋 編
寺田寅彦の地震と津浪に関連する文章を集めた。地震国難の地にあって真の国防を訴える警告の書。小宮豊隆宛震災絵はがき十葉の図版入。〈解説・註解〉千葉俊二・細川光洋
205511-7

お-78-1
三浦老人昔話　岡本綺堂読物集一
岡本綺堂
死んでもいいから背中に刺青を入れてくれと懇願する若者、置いてけ堀の怪談——岡っ引き半七の友人、三浦老人が語る奇譚の数々。〈解題〉千葉俊二
205660-2

お-78-2
青《せい》蛙《あ》堂《どう》鬼《き》談《だん》　岡本綺堂読物集二
岡本綺堂
夜ごと人間の血を舐る一本足の美女、蝦蟇に祈禱をするうら若き妻、夜店で買った猿の面をめぐる怪異——暗闇に蠢く幽鬼と妖魔の物語。〈解題〉千葉俊二
205710-4

お-78-3
近代異妖篇　岡本綺堂読物集三
岡本綺堂
人をひとり殺してきたと告白する藝妓のはなし、影を踏まれるのを怖がる娘のはなしなど、江戸から大正期にかけてのふしぎな話を集めた。〈解題〉千葉俊二
205781-4

お-78-4
探偵夜話　岡本綺堂読物集四
岡本綺堂
死んだ筈の将校が生き返った話、山窩の娘の抱いた哀切な秘密、駆落ち相手を残して変死した男の話など、探偵趣味の横溢する奇譚集。〈解題〉千葉俊二
205856-9

お-78-6
異妖新篇　岡本綺堂読物集六
岡本綺堂
狢《むじな》や河獺《かわうそ》など、近代化がすすむ日本の暗闇にとり残された生き物や道具を媒介に、異界と交わるものたちを描いた「近代異妖篇」の続篇。〈解題〉千葉俊二
206539-0

お-78-7
怪　獣　岡本綺堂読物集七
岡本綺堂
自分の裸体の写し絵を取り戻してくれと泣く娘の話、美しい娘に化けた狐に取り憑かれる歌舞伎役者の話など、綺堂自身が編んだ短篇集最終巻。〈解題〉千葉俊二
206649-6

お-78-8
玉藻の前
岡本綺堂
「殺生石伝説」を下敷きにした長編伝奇小説。平安朝、金毛九尾の妖狐に憑かれた美少女と、幼なじみの陰陽師の悲恋。短篇「狐武者」を収載。〈解題〉千葉俊二
206733-2